MW01608443

LES ROBOTS

ISAAC ASIMOV

LES ROBOTS

TRADUIT DE L'AMÉRICAIN
PAR PIERRE BILLON

Titre original :
I ROBOT

LES TROIS LOIS DE LA ROBOTIQUE

Première Loi

UN ROBOT NE PEUT PORTER ATTEINTE À UN ÊTRE HUMAIN NI, RESTANT PASSIF, LAISSER CET ÊTRE HUMAIN EXPOSÉ AU DANGER.

Deuxième Loi

UN ROBOT DOIT OBÉIR AUX ORDRES DONNÉS PAR LES ÊTRES HUMAINS, SAUF SI DE TELS ORDRES SONT EN CONTRADICTION AVEC LA PREMIÈRE LOI.

Troisième Loi

UN ROBOT DOIT PROTÉGER SON EXISTENCE DANS LA MESURE OÙ CETTE PROTECTION N'EST PAS EN CONTRADICTION AVEC LA PREMIÈRE OU LA DEUXIÈME LOI.

Manuel de la Robotique
58ᵉ *édition* (2058 *ap. J.-C.*)

PRÉFACE DE L'AUTEUR

Aimeriez-vous connaître un cauchemar d'écrivain ?

Dans ce cas, imaginez un homme de lettres de réputation considérable, un Grand Homme en quelque sorte et qui en est parfaitement conscient. Imaginez qu'il soit le mari d'une femme – une petite bonne femme – douée elle aussi d'un joli brin de plume, mais bien entendu qui ne se puisse comparer en rien à son grand, à son magnifique mari, que ce soit à ses propres yeux, à ceux du monde ou (ce qui importe par-dessus tout) à ses yeux à *lui*.

Imaginez encore qu'en conclusion d'un quelconque entretien, la petite femme en question propose d'écrire elle-même un roman. Et le Grand Homme de sourire avec bienveillance :

– Mais bien entendu, ma chère, je vous en prie, faites donc !

La petite femme écrit donc son roman. Il est publié et voilà qu'il remporte un succès grandiose. Par la suite, si le Grand Homme ne perd rien de sa gloire universelle, c'est tout de même le roman de la petite femme qui demeure le mieux connu – tellement connu en fait que le titre de l'ouvrage finit par acquérir droit de cité dans la langue anglaise.

Quelle calamiteuse situation pour un écrivain professionnel dont l'égocentrisme n'a rien que de parfaitement normal !

Je n'invente rien. Il s'agit d'une histoire vraie qui s'est déroulée selon le scénario ci-dessus.

Le Grand Homme en question s'appelle Percy Bysshe Shelley, l'un des plus prestigieux poètes lyriques de langue anglaise. À l'âge de vingt-deux ans, il enleva Mary Wollstonecraft Godwin. Cet événement, tout romantique qu'il fût, était pourtant légèrement irrégulier, car Shelley était déjà marié à l'époque.

Le scandale fut tel qu'ils préférèrent quitter l'Angleterre et vinrent passer l'été de 1816 sur les bords du lac de Genève, en compagnie du non moins grand poète George Gordon, Lord Byron, dont la vie privée était tout aussi tapageuse.

À cette époque, le monde scientifique se trouvait en état de fermentation. En 1791, le physicien italien Luigi Galvani avait découvert que l'on pouvait provoquer la contraction des muscles de grenouille en les mettant simultanément en contact avec deux métaux différents. Il lui semblait ainsi que les tissus vivants étaient remplis d'« électricité animale ». Cette théorie était contestée par un autre physicien italien, Alessandro Volta, qui démontra qu'il était possible de produire des courants électriques par la juxtaposition de métaux différents sans avoir recours à des tissus vivants ou antérieurement dotés de vie. Volta venait d'inventer la première pile électrique et le chimiste anglais Humphry Davy, poursuivant dans la même voie, en construisit une, en 1807 et 1808, d'une puissance inégalée à ce jour, ce qui lui permit de procéder à des réactions chimiques de toutes sortes qui étaient demeurées impossibles pour les chimistes de l'ère pré-électrique.

L'électricité était donc un mot synonyme de puissance, et, bien que l'« électricité animale » de Galvani eût été rapidement réduite en poussière par les recherches de Volta, l'expression conserva toute sa magie dans le grand public. Chacun s'intéressait passionnément aux rapports de l'électricité avec la vie.

Un soir, un petit groupe comprenant Byron, Shelley et Mary Godwin discutait de la possibilité de créer réellement de la vie par le truchement de l'électricité, et Mary s'avisa tout à coup qu'elle pourrait écrire un récit fantastique sur le sujet. Byron et Shelley approuvèrent l'idée. Mieux, ils pensèrent que rien ne les empêchait d'écrire eux-mêmes des récits fantastiques pour le plus grand amusement de la petite compagnie.

Seule Mary mena son projet à terme. À la fin de l'année, la première Mrs. Shelley se suicida, si bien que Shelley et Mary purent se marier et rentrer en Angleterre. C'est en Angleterre, au cours de l'année 1817, que Mary Shelley termina son roman, lequel fut publié en 1818. Il racontait l'histoire d'un jeune scientifique, étudiant en anatomie, qui avait assemblé un être en laboratoire et avait réussi à lui insuffler la vie par le truchement de l'électricité. L'être en question (auquel Mary Shelley n'avait pas donné de nom) était une monstrueuse créature de deux mètres cinquante, dont l'horrible visage donnait des crises de nerfs à tous ceux qui étaient admis à le contempler.

Le monstre ne peut trouver de place dans la société humaine et, dans sa détresse, se retourne contre le savant et ceux qui lui sont chers. Les uns après les autres, les parents du jeune scientifique (sa fiancée comprise) sont détruits et, à la fin, le savant en personne finit lui-même par succomber. Sur quoi le monstre va se perdre dans le désert, sans doute pour y périr de remords.

Le roman produisit une sensation considérable et a toujours conservé, depuis, son extraordinaire pouvoir. Il n'y a absolument aucun doute sur celui des deux Shelley qui a imprimé le plus profondément sa marque sur le public en général. Aux yeux des étudiants en littérature, le nom de Shelley peut fort bien n'évoquer que Percy Bysshe, naturellement, mais interrogez les gens dans la rue et demandez-leur s'ils ont entendu

parler d'*Adonaïs,* de *L'Ode au vent d'ouest* ou du *Cenci.*
Il se peut que ces mots ne soient pas entièrement
étrangers à leurs oreilles, mais il y a bien des chances
pour qu'ils leur soient inconnus. Demandez-leur
ensuite s'ils ont entendu parler de *Frankenstein.*

Frankenstein était en effet le titre du roman de
Mrs. Shelley et le nom du jeune scientifique qui avait
créé le monstre. Depuis ce jour, le nom de « Frankenstein » a toujours servi à désigner le nom de la créature qui détruit son créateur. L'expression « j'ai créé un
monstre à la Frankenstein » est devenue un cliché à ce
point éculé qu'elle ne peut plus être utilisée de nos
jours que dans un sens humoristique.

Frankenstein remporta son succès, en partie du
moins, parce qu'il exprimait une fois de plus l'une des
peurs les plus persistantes qui aient jamais hanté
l'humanité : celle de la science dangereuse. Frankenstein était un nouveau Faust cherchant à percer le
secret d'une connaissance qui n'était pas faite pour
l'homme, et il avait créé sa Némésis méphistophé-
lique.

Dans les premières années du XIXᵉ siècle, la nature
exacte de l'invasion sacrilège à la Frankenstein d'une
connaissance interdite semblait parfaitement claire.
La science de l'homme en pleine expansion pourrait
vraisemblablement insuffler la vie à une matière
morte ; mais quant à créer une âme, il dépenserait ses
efforts en pure perte, car c'était là le domaine exclusif
de Dieu. En conséquence, Frankenstein pouvait au
mieux créer une intelligence dépourvue d'âme, une
telle ambition étant d'ailleurs maléfique et digne du
châtiment suprême.

La barrière théologique qui se dressait devant les
nouvelles acquisitions de la connaissance et de la
science humaines devint moins infranchissable à
mesure que s'écoulait le XIXᵉ siècle. La révolution
industrielle étendit ses conquêtes en surface et en pro-

fondeur, et l'interdit faustien céda temporairement la place à une confiance irréfléchie dans le progrès et en l'avènement inévitable d'un royaume d'Utopie par la science.

Ce rêve fut, hélas, dissipé par la Première Guerre mondiale. Cet affreux holocauste démontra clairement que la science pouvait, après tout, devenir l'ennemi de l'humanité. C'est grâce à la science que l'on pouvait fabriquer de nouveaux explosifs, c'est grâce à la science que l'on pouvait construire des aéroplanes et aéronefs susceptibles de les transporter derrière les lignes, sur des objectifs qui se trouvaient précédemment en sécurité. C'est encore la science qui avait permis, comble de l'horreur, d'arroser les tranchées de gaz toxiques.

En conséquence, le Méchant Savant, ou au mieux le Savant Fou et Sacrilège, devint un personnage type de la science-fiction d'après la Première Guerre mondiale.

Un exemple extrêmement dramatique et convaincant de ce thème fut offert sur une scène de théâtre, avec un argument tournant une fois de plus autour de la création d'une approximation de la vie. Il s'agissait de la pièce *R.U.R.*, de l'auteur dramatique tchèque Karel Capek. Écrite en 1921, elle fut traduite en anglais en 1923. *R.U.R.* signifiait Rossum Universal Robots (Robots universels de Rossum). Comme Frankenstein, Rossum avait découvert le secret de fabriquer des hommes artificiels. On les appelait « robots », d'après un mot tchèque signifiant travailleur. Il entra dans le langage anglais et y acquit droit de cité.

Les robots étaient conçus, comme l'indique leur nom, pour servir de travailleurs, mais tout se gâte. L'humanité, ayant perdu ses motivations, cesse de se reproduire. Les hommes d'État apprennent à se servir des robots pour la guerre. Les robots eux-mêmes se révoltent, détruisent ce qui subsiste de l'humanité et s'emparent du monde.

Une fois de plus, le Faust scientifique était détruit par sa création méphistophélienne.

Dans les années 1920, la science-fiction devenait pour la première fois une forme d'art populaire en cessant d'être désormais un simple tour de force exécuté par un maître occasionnel comme Verne ou Wells. Des magazines exclusivement consacrés à la science-fiction firent leur apparition sur la scène littéraire en même temps, bien entendu, que des « auteurs de science-fiction ».

Et l'un des thèmes clés de la science-fiction était l'invention d'un robot – que l'on décrivait généralement comme une créature de métal sans âme et dépourvue de toute faculté d'émotion. Sous l'influence des exploits bien connus et du destin ultime de Frankenstein et de Rossum, une seule trame semblait désormais possible à l'exclusion de toute autre : des robots étaient créés et détruisaient leur créateur ; des robots… etc.

Dans les années 1930, je devins lecteur de science-fiction et je me lassai rapidement de cette histoire inlassablement répétée. Puisque je m'intéressais à la science, je me rebellais contre cette interprétation purement faustienne de la science.

Le savoir a ses dangers, sans doute, mais faut-il pour autant fuir la connaissance ? Sommes-nous prêts à remonter jusqu'à l'anthropoïde ancestral et à renier l'essence même de l'humanité ? La connaissance doit-elle être au contraire utilisée comme une barrière contre le danger qu'elle suscite ?

En d'autres termes, Faust doit affronter Méphistophélès, mais il *ne doit pas nécessairement être vaincu par lui.*

Les couteaux sont munis de manches afin de pouvoir être manipulés sans danger, les escaliers possèdent des rampes, les fils électriques sont isolés, les autocuiseurs sont pourvus de soupapes de sûreté – dans tout ce qu'il crée, l'homme cherche à réduire le danger. Parfois, la sécurité obtenue est insuffisante en raison des limitations imposées par la nature de l'univers ou la nature de l'esprit humain. Néanmoins, l'effort a été fait.

Considérons un robot simplement comme un dispositif de plus. Il ne constitue pas une invasion sacrilège du domaine du Tout-Puissant, ni plus ni moins que le premier appareil venu. En tant que machine, un robot comportera sûrement des dispositifs de sécurité aussi complets que possible. Si les robots sont à ce point perfectionnés qu'ils peuvent imiter le processus de la pensée humaine, c'est que la nature de ce processus aura été conçue par des ingénieurs humains qui y auront incorporé des dispositifs de sécurité. Celle-ci ne sera peut-être pas parfaite. (Mais la perfection est-elle de ce monde ?) Cependant elle sera aussi complète que les hommes pourront la faire.

Pénétré de tous ces principes, je commençai, en 1940, à écrire des histoires de robot de mon cru... Jamais, au grand jamais, un de mes robots ne se retournait stupidement contre son créateur sans autre dessein que de démontrer pour la énième fois la faute et le châtiment de Faust.

Sottises ! Mes robots étaient des machines conçues par des ingénieurs et non des pseudohumains créés par des blasphémateurs. Mes robots réagissaient selon les règles logiques implantées dans leurs « cerveaux » au moment de leur construction.

Je dois avouer que, occasionnellement, lors de mes premiers essais, j'avais tendance à considérer le robot un peu comme une sorte de jouet. Je me le représentais comme une créature entièrement inoffensive, uniquement préoccupée d'exécuter le travail pour lequel elle avait été conçue. Le robot était incapable de causer le moindre préjudice aux hommes, il servait de « souffre-douleur » aux enfants, tandis que nombre d'adultes – victimes d'un complexe de Frankenstein (comme je l'appelle dans certains de mes récits) – voulaient à tout prix considérer ces pauvres machines comme des créatures mortellement dangereuses.

Robbie, qui vient en tête de ce recueil, est un parfait exemple de ce genre d'histoires.

Je compulsais mes notes avec un sentiment d'insatis-faction. Je venais de passer trois jours à l'U.S. Robots et j'aurais aussi bien pu demeurer chez moi, durant ce laps de temps, en tête à tête avec l'Encyclopedia Tellurica.

Susan Calvin était née en 1982, disait-on, et, par conséquent, elle avait soixante-quinze ans aujourd'hui. Cela, chacun le savait. Coïncidence assez logique, l'U.S. Robots et Hommes Mécaniques avait également soixante-quinze ans, puisque c'est l'année même de la naissance du Dr. Calvin que Lawrence Robertson avait également fondé la firme qui devait devenir, par la suite, le géant industriel le plus étrange de toute l'histoire humaine. Cela, chacun le savait également.

À l'âge de vingt ans, Susan Calvin faisait partie du séminaire spécial psycho-mathématique où le Dr. Alfred Lanning, de l'U.S. Robots, avait pour la première fois fait la démonstration du premier robot mobile équipé d'un organe vocal. C'était une grande et grossière machine assez laide, empestant l'huile et destinée aux futures mines de Mercure. Du moins pouvait-elle parler et se faire comprendre.

Susan demeura bouche cousue à ce séminaire, ne prit aucune part à la période de discussions sporadiques qui suivit. C'était une fille glaciale, commune et inco-lore, qui se protégeait des atteintes d'un monde qui ne lui inspirait que de la répulsion par un masque d'impas-sibilité et une hypertrophie de l'intellect. Mais si elle ne

15

disait mot, elle observait et ouvrait toutes grandes ses oreilles, sentant monter en elle un froid enthousiasme.

Elle obtint son diplôme à Columbia, en 2003, et commença ses travaux de cybernétique.

Tout ce qui avait été accompli au cours de la seconde moitié du vingtième siècle sur les « machines calculatrices » avait été détrôné par Robertson et ses réseaux cérébraux positroniques Les kilomètres de relais et de cellules photo-électriques avaient laissé la place au globe spongieux de platine-iridium, de la taille d'un cerveau humain.

Elle apprit à calculer les paramètres nécessaires pour déterminer les variables possibles à l'intérieur du « cerveau positronique » ; à construire sur le papier des « cerveaux » tels que les réactions à des stimuli donnés puissent être prévues avec précision.

En 2008, elle obtint le diplôme de docteur en philosophie et fut engagée à l'United States Robots comme « Robopsychologue », devenant ainsi la première grande praticienne d'une science nouvelle. Lawrence Robertson était toujours président de la corporation ; Alfred Lanning était devenu directeur des recherches.

Cinquante années durant, elle vit le progrès humain changer de direction et accomplir un bond en avant.

À présent elle allait prendre sa retraite – du moins dans la mesure où un tel renoncement lui était possible. Dans la pratique, elle avait permis que le nom du nouveau titulaire fût inscrit sur la porte du bureau qui était précédemment le sien.

Tels étaient, dans l'essentiel, les éléments que je possédais. J'avais une liste des articles publiés par elle, des brevets souscrits en son nom ; je possédais le détail chronologique de ses promotions. En bref, je disposais de son curriculum vitæ *professionnel détaillé.*

Mais ce n'était pas là ce que je désirais.

Il me fallait davantage pour mes articles à l'Interplanetary Press. Bien davantage.

16

Je m'en fus le lui dire.

– Docteur Calvin, dis-je avec tout le respect dont j'étais capable, aux yeux du public vous ne faites qu'un avec l'U.S. Robots. Votre retraite terminera une ère…

– Vous désirez connaître le côté humain.

Elle ne m'adressa pas de sourire. Je crois bien qu'elle ne sourit jamais. Ses yeux avaient pris une expression perçante, mais néanmoins dépourvue de colère. J'eus l'impression que ses regards passaient à travers moi pour ressortir par mon occiput, comme si j'avais été fait d'une matière particulièrement transparente.

– C'est cela, dis-je.

– Le côté humain des robots ? Ces termes sont contra-dictoires.

– Non, docteur, je parlais de vous.

– N'a-t-on pas dit que j'étais moi-même un robot ? On a certainement dû vous assurer que je n'avais rien d'humain.

C'était vrai, mais ce n'était pas le lieu d'en convenir.

Elle se leva de sa chaise. Elle n'était pas grande et paraissait frêle. Je la suivis jusqu'à la fenêtre à travers laquelle nous laissâmes errer nos regards.

Les bureaux et les usines de l'U.S. Robots consti-tuaient une petite ville entièrement bâtie sur plans. Elle semblait aplatie comme une photographie aérienne.

– Lorsque je suis venue ici pour la première fois, dit-elle, on m'attribua une petite pièce dans un immeuble, à peu près à l'emplacement du bâtiment abritant le piquet d'incendie actuel. (Elle désigna l'endroit du geste.) Il a été abattu avant votre naissance. Je partageais cette pièce avec plusieurs autres collaborateurs. Je disposais d'une moitié de table. Nous construisions tous nos robots dans un seul immeuble. Production : trois par semaine. Maintenant regardez où nous en sommes.

– Cinquante ans, dis-je d'un air pénétré, cela fait bien du temps.

– Pas lorsqu'on jette un regard en arrière, dit-elle, on s'étonne même qu'ils aient pu s'écouler aussi rapidement.

Elle retourna à sa table et s'assit. Ses traits n'avaient pas besoin d'être expressifs pour refléter la tristesse.

– Quel âge avez-vous ? me demanda-t-elle.

– Trente-deux ans, répondis-je.

– Dans ce cas, vous n'avez aucun souvenir d'un monde sans robots. Il fut un temps où l'humanité affrontait l'univers seule, sans amis. Maintenant l'homme dispose de créatures pour l'aider ; des créatures plus robustes que lui-même, plus fidèles, plus utiles et qui lui sont absolument dévouées. L'humanité n'est plus seule désormais. Avez-vous jamais envisagé la situation sous ce jour ?

– Je crains que non. Puis-je citer vos paroles ?

– Vous le pouvez. À vos yeux, un robot est un robot. Des engrenages et du métal ; de l'électricité et des positrons. De l'intellect et du fer ! Construits par la main de l'homme, et si nécessaire, détruits par la main de l'homme ! Mais vous n'avez pas travaillé avec eux et c'est pourquoi vous ne les connaissez pas. Leur souche est plus nette et meilleure que la nôtre.

Je tentai de l'aiguillonner doucement par des paroles.

– Nous aimerions connaître vos sentiments sur diverses questions ; obtenir votre opinion sur les robots. L'Interplanetary Press s'étend sur le système solaire tout entier. Notre audience atteint trois milliards d'individus, docteur Calvin. Ils aimeraient savoir ce que vous pouvez leur dire des robots.

Il n'était pas nécessaire de l'aiguillonner. Elle n'avait pas entendu ma phrase, mais elle avait pris la bonne direction.

On aurait dû le savoir dès le début. Nous vendions alors des robots à usage terrestre – cela se passait même avant mon époque. Bien entendu, en ce temps-là, les robots ne parlaient pas. Par la suite ils devinrent plus humains et c'est alors que se dressa l'opposition. Comme on pouvait s'y attendre, les syndicats ne voulaient pas que les robots pussent concurrencer les hommes sur le plan de la main-d'œuvre et certains secteurs de l'opinion religieuse soulevaient des objections de caractère superstitieux. C'était parfaitement ridicule et totalement inutile. Pourtant le fait était là.

Je notais tout, à la lettre, sur mon enregistreur de poche, m'efforçant de ne pas trahir les mouvements de mes phalanges. Avec un peu d'entraînement, on peut enregistrer avec précision sans retirer le petit appareil de sa poche.

– Prenez le cas de Robbie, dit-elle. Je ne l'ai pas connu. Il fut démantelé l'année précédant mon entrée à la compagnie – complètement dépassé. Mais j'ai vu la petite fille dans le musée...

Elle s'interrompit, mais je me gardai bien de parler. Je laissai ses yeux s'embuer et son esprit remonter l'échelle de ses souvenirs. Elle avait un laps de temps considérable à parcourir.

– C'est plus tard que j'ai entendu parler de lui, et c'est toujours à lui que je pensais lorsqu'on nous appelait blasphémateurs et créateurs de démons. Robbie était un robot muet. Il fut construit et vendu en 1996. C'était l'époque précédant l'extrême spécialisation, et c'est pourquoi il fut vendu comme bonne d'enfants...

– Comme quoi ?

– Comme bonne d'enfants...

1

ROBBIE

– Quatre-vingt-dix-huit…   quatre-vingt-dix-neuf…
Cent.

Gloria retira son petit avant-bras potelé dont elle se servait pour cacher ses yeux, et demeura un instant le nez froncé, en clignant des yeux dans la lumière du soleil. Puis s'efforçant de regarder dans toutes les directions à la fois, elle fit quelques pas prudents à l'écart de l'arbre contre lequel elle s'appuyait.

Elle allongea le cou pour évaluer les ressources d'un bouquet de taillis sur la droite puis recula encore un peu pour mieux voir ses recoins ombreux. Le silence n'était troublé que par l'incessant bourdonnement des insectes et le pépiement éventuel de quelque oiseau téméraire, bravant l'ardeur du soleil de midi.

Gloria fit la moue.

– Je parie qu'il est entré dans la maison et pourtant je lui ai répété un million de fois que ce n'était pas permis.

Comprimant fortement ses lèvres minuscules et le front barré d'un pli sévère, elle se dirigea avec détermination vers le bâtiment à deux étages, de l'autre côté de l'allée d'accès.

Elle entendit trop tard le bruissement, derrière elle, et le ploc-ploc rythmique des pieds métalliques de Robbie. Elle virevolta sur place pour apercevoir son compagnon triomphant sortir de sa cachette et se diriger vers l'arbre-maison à toute vitesse.

– Attends, Robbie, cria-t-elle dépitée, tu as triché, Robbie ! Tu m'avais promis de ne pas courir avant que je t'aie trouvé.

Ses petits pieds ne pouvaient pas lutter avec les enjambées gigantesques de Robbie. Puis, à moins de trois mètres du but, il prit soudain une allure d'escargot, et Gloria, d'un suprême galop effréné, le dépassa en haletant pour venir toucher la première l'écorce de l'arbre.

Rayonnante de joie, elle se tourna vers le fidèle Robbie et, avec la plus noire ingratitude, le récompensa de son sacrifice en le raillant cruellement de son inaptitude à la course.

– Robbie est une tortue ! criait-elle à tue-tête avec toute l'inconséquence d'une petite personne de huit ans. Je le bats comme je veux. Je le bats comme je veux, psalmodiait-elle d'une voix perçante.

Robbie ne répondait pas, bien entendu. Du moins pas en paroles.

Il fit mine de courir, alors qu'en réalité il trottait sur place, jusqu'au moment où Gloria s'élança à sa poursuite. Alors il régla son allure sur la sienne, la distançant de peu, la forçant à virer sur place en décrivant des crochets courts, ses petits bras battant l'air follement.

– Robbie, criait-elle, arrête !...

Et son souffle haletant transformait son rire en hoquets.

Soudain il la saisit, la souleva et la fit tourner avec lui et le monde devint pour elle un tourbillon surmonté d'un néant bleu, avec des arbres tendant avidement leurs branches vers le vide. Puis elle se retrouva de nouveau sur l'herbe, appuyée contre la jambe de Robbie serrant toujours dans sa menotte un doigt de métal dur.

battant rythmiquement contre la poitrine du robot, était véritablement enchanteur.

– Tu es un croiseur de l'air, Robbie, tu es un grand croiseur de l'air, tout en argent. Étends les bras horizontalement... il le faut, Robbie, si tu veux être un croiseur de l'air.

Gloria tourna la tête du robot et se pencha à droite. Il s'inclina fortement. Gloria équipa le croiseur d'un moteur qui faisait B-r-r-r et ensuite d'armes qui faisaient Boum et ch-ch-ch-ch. Des pirates leur donnaient la chasse et l'artillerie du croiseur entrait en action. Les pirates tombaient en pluie.

– Je viens d'en abattre un autre... Encore deux autres, criait-elle.

Et puis :

– Plus vite, mes amis, dit Gloria la mine sévère. Nos munitions commencent à s'épuiser.

Elle visa par-dessus son épaule avec un courage indomptable, et Robbie était un navire spatial fonçant dans le vide avec le maximum d'accélération.

Il galopait à travers le champ, se dirigeant vers le carré de hautes herbes poussant à l'autre extrémité, lorsqu'il s'immobilisa avec une brusquerie qui arracha un cri à la jeune amazone aux joues empourprées, puis il la déposa sur le moelleux tapis vert.

Gloria haletait, suffoquait en émettant par intermittence des exclamations murmurées : Quelle belle galopade !

Robbie attendit qu'elle eût repris son souffle puis tira gentiment sur l'une des mèches de cheveux de la fillette.

– Tu désires quelque chose ? demanda Gloria les yeux agrandis par une candeur apparemment sans artifices mais qui ne trompa nullement son énorme « bonne d'enfants ».

Il tira plus fort sur la mèche.

– Oh, j'y suis ! Tu veux que je te raconte une histoire.

Robbie hocha vivement la tête.

– Laquelle ?

Robbie décrivit un demi-cercle dans l'air avec un seul doigt.

– Encore ? protesta la petite fille. Je t'ai déjà raconté Cendrillon au moins un million de fois. Tu n'es pas encore fatigué de l'entendre ?... C'est un conte pour bébés.

Nouveau demi-cercle.

– Eh bien...

Gloria prit un air inspiré, repassa mentalement les détails du conte (en même temps que plusieurs additions de son cru dont le nombre était d'ailleurs important) et commença :

– Es-tu prêt ? Bon. Il y avait une fois une belle petite fille qui s'appelait Cendrillon. Elle avait une marâtre terriblement cruelle...

Gloria parvenait au point culminant du récit – aux douze coups de minuit chaque chose reprenait son aspect banal et quotidien, et Robbie écoutait avec passion, les yeux brûlants – lorsqu'elle fut interrompue.

– Gloria !

C'était la voix haut perchée d'une femme qui venait d'appeler non pas une fois, mais plusieurs ; et l'on y discernait la nervosité d'une personne chez qui l'anxiété prenait le pas sur la patience.

– Maman m'appelle, dit Gloria, quelque peu inquiète. Je crois que tu ferais bien de me ramener à la maison, Robbie.

Robbie obéit avec célérité, car quelque chose en lui estimait qu'il convenait d'obéir à Mme Weston sans le moindre soupçon d'hésitation. Le père de Gloria se trouvait rarement chez lui durant le jour – sauf le dimanche – aujourd'hui par exemple – et alors il se montrait gai et compréhensif. La mère de Gloria, au contraire, constituait une source de malaise pour Robbie, et il avait toujours tendance à fuir sa présence.

Mme Weston les aperçut dès qu'ils se redressèrent au-dessus du rideau de hautes herbes et se retira à l'intérieur de la maison pour les attendre.

– Je me suis égosillée à t'appeler, Gloria, dit-elle sévèrement. Où étais-tu donc ?

– J'étais avec Robbie, balbutia Gloria. Je lui racontais Cendrillon et j'ai oublié l'heure du dîner.

– Eh bien, il est dommage que Robbie n'ait pas eu plus de mémoire. (Puis comme si cette réflexion lui rappelait la présence du robot :) Vous pouvez disposer, Robbie. Elle n'a plus besoin de vous en ce moment. (Puis elle ajouta d'un ton brutal :) Et surtout ne vous avisez pas de revenir avant que je ne vous appelle.

Robbie fit demi-tour pour obéir, puis hésita comme Gloria prenait sa défense.

– Attendez, maman, il faut que vous lui permettiez de rester. Je n'ai pas fini de lui raconter Cendrillon. Je lui avais promis de lui raconter Cendrillon et je n'ai pas terminé.

– Gloria !

– Je vous assure, maman, il sera si sage que vous ne saurez même pas qu'il est là. Il va s'asseoir bien gentiment sur la chaise, dans le coin, et il ne dira pas un mot – je veux dire qu'il ne bougera pas. N'est-ce pas, Robbie ?

Robbie agita sa tête massive de haut en bas.

– Gloria, si tu ne te tais pas immédiatement, tu ne verras pas Robbie de toute la semaine.

La fillette baissa les paupières.

– Très bien, mais Cendrillon est l'histoire qu'il préfère et je ne l'ai pas terminée… et il l'aime tellement.

Le robot s'éloigna d'un pas désolé et Gloria étouffa un sanglot.

George Weston était installé confortablement. C'était chez lui une habitude que de prendre ses aises les dimanches après-midi. Un bon repas dans l'estomac ; un divan moelleux et fatigué sur lequel se vautrer ; un numéro du *Times* ; des sandales aux pieds et le torse sans chemise, comment ne pas ressentir une délicieuse impression de confort ?

C'est pourquoi il ne fut pas agréablement surpris de voir sa femme pénétrer dans la pièce. Après dix années de mariage, il avait encore l'inconcevable faiblesse de l'aimer et sans aucun doute était-il toujours heureux de la voir – néanmoins l'après-midi du dimanche, après le déjeuner, était pour lui chose sacrée et il ne connaissait pas de plus grande béatitude que de demeurer deux ou trois heures durant, dans une solitude complète. C'est pourquoi il fixa son œil fermement sur le dernier compte rendu de l'expédition Lefèbre-Yoshida vers Mars (elle devait prendre son départ de la Base lunaire et possédait des chances de réussir) et fit semblant d'ignorer sa présence.

Mme Weston attendit patiemment pendant deux minutes, puis impatiemment durant cent vingt nouvelles secondes, et rompit finalement le silence.

– George !

– Hum ?

– George, je te parle ! Je te prie de reposer ton journal et de me regarder.

Le journal chut sur le plancher avec un bruit de papier froissé, et Weston tourna un visage las vers sa femme.

– Qu'y a-t-il, ma chérie ?

– Tu le sais parfaitement, George. Il s'agit de Gloria et de cette terrible machine.

– De quelle terrible machine parles-tu ?

– Ne fais pas l'âne. Tu sais fort bien de quoi je parle. C'est ce robot que Gloria appelle Robbie. Il ne la quitte pas d'une semelle.

28

– Pourquoi la quitterait-il ? Il n'est pas prévu pour cela. Et ce n'est certainement pas une terrible machine. C'est le meilleur robot que l'on puisse trouver sur le marché et il m'a coûté six mois de revenus. Il les vaut d'ailleurs... il est autrement plus intelligent que la moitié du personnel de mon bureau.

Il fit un mouvement pour ramasser son journal, mais sa femme fut plus rapide que lui et le mit hors de sa portée.

– Écoute-moi bien, George. Je ne veux pas confier ma fille à une machine, aussi intelligente qu'elle puisse être. Un enfant n'est pas fait pour être gardé par un être de métal.

Weston fronça les sourcils :

– Depuis quand as-tu pris cette décision ? Il y a maintenant deux ans qu'il est près de Gloria et je ne t'ai jamais vue te faire de souci jusqu'à présent.

– Au début c'était différent. L'attrait de la nouveauté. Cela me soulageait dans mon travail... et puis c'était la mode. Mais à présent, je ne sais plus. Les voisins...

– Que viennent faire les voisins là-dedans ? Écoute-moi bien. Un robot est infiniment plus digne de confiance qu'une bonne d'enfants humaine. Robbie n'a été construit en réalité que dans un but unique... servir de compagnon à un petit enfant. Sa *mentalité* tout entière a été conçue pour cela. Il ne peut faire autrement que d'être fidèle, aimant et gentil. C'est une machine qui est faite ainsi. C'est plus qu'on n'en peut dire pour les humains.

– Mais un incident pourrait se produire...

Mme Weston n'avait qu'une idée assez approximative des organes internes d'un robot.

– Une pièce pourrait prendre du jeu, l'horrible engin être pris de folie et... et...

Elle n'arrivait pas à se contraindre à compléter sa pensée.

– Impossible, dit Weston avec un frisson nerveux involontaire. C'est complètement ridicule. Nous avons eu une longue discussion, lorsque nous avons acheté Robbie, à propos de la Première Loi de la Robotique. Tu sais qu'il est impossible pour un robot de molester un être humain ; longtemps avant que le mécanisme soit suffisamment endommagé pour enfreindre la Première Loi, le robot serait complètement hors de service. C'est une impossibilité mathématique. En outre, un ingénieur de l'U.S. Robots vient ici deux fois par an pour réviser entièrement le malheureux engin. Il y a moins de chances de voir Robbie devenir subitement incontrôlable que tu n'en as de battre la campagne de but en blanc… beaucoup moins en vérité. En outre, comment feras-tu pour le séparer de Gloria ?

Il fit une tentative aussi futile que la précédente pour rentrer en possession de son journal et sa femme le jeta avec colère dans la pièce voisine.

– C'est justement ce qui me tracasse, George ! Elle ne veut jouer avec personne d'autre. Il y a des douzaines de petits garçons et de petites filles avec qui elle devrait se lier d'amitié, mais il n'y a rien à faire. Elle refuse de les approcher à moins que je ne l'y contraigne. Ce n'est pas de cette façon qu'on doit élever une petite fille. Tu veux qu'elle devienne normale, n'est-ce pas ? Tu veux qu'elle soit capable de faire partie de la société ?

– Tu te fais des idées, Grace. Il n'y a qu'à considérer Robbie comme un chien. J'ai vu des centaines d'enfants qui préfèrent leur chien à leur père.

– Un chien est différent, George. Il faut nous débarrasser de cette horrible mécanique. Tu peux la revendre à la compagnie. Je me suis renseignée, la chose est possible.

– Tu t'es renseignée ? Écoute-moi bien, Grace. Ne poussons pas les choses à l'extrême. Nous garderons le robot jusqu'au moment où Gloria sera plus âgée et je te prie désormais de ne plus revenir là-dessus.

Ayant dit, il se leva et sortit de la pièce avec humeur.

Deux soirs plus tard, Mme Weston vint à la rencontre de son mari sur le seuil de la porte.

– Il faudra bien que tu m'écoutes cette fois, George. Les gens sont montés dans le village.

– À propos de quoi ? demanda Weston.

Il pénétra dans la salle de bains et noya toute réponse possible dans un éclaboussement d'eau.

Mme Weston attendit.

– À propos de Robbie, dit-elle.

Weston sortit, la serviette en main, le visage rouge et irrité.

– De quoi parles-tu ?

– Oh ! cela n'a pas cessé de croître. J'ai tenté de fermer les yeux, mais c'est fini. La plupart des gens du village considèrent Robbie comme dangereux. Les enfants ne sont pas autorisés à s'approcher de notre maison, le soir venu.

– Nous confions bien notre enfant au robot.

– Les gens sont déraisonnables lorsqu'il s'agit de ces questions.

– Eh bien, qu'ils aillent au diable !

– Une boutade ne résout pas le problème. Il faut que j'aille faire mes courses au village. Je dois rencontrer les gens chaque jour. Et en ville, la situation est encore bien pire, en ce qui concerne les robots. New York vient de passer une ordonnance qui interdit les rues aux robots entre le coucher et le lever du soleil.

– Soit, mais on ne m'empêchera pas de garder un robot dans notre maison... Grace, il s'agit encore de l'une de tes campagnes, j'en ai reconnu le style. Mais tu perds ton temps. Ma réponse est toujours non ! Nous garderons Robbie !

Et pourtant il aimait sa femme... et ce qu'il y avait de pire, sa femme le savait. George Weston, le pauvre, n'était après tout qu'un homme, et sa femme utilisait à fond toutes les ressources qu'un sexe plus maladroit mais aussi plus scrupuleux avait appris, avec juste raison, à redouter.

Dix fois, au cours de la semaine suivante, il s'écria : « Robbie restera... Je ne reviendrai pas sur ma décision ! » et chaque fois il prononçait ces paroles avec moins de force en les faisant suivre d'un gémissement à chaque fois plus prononcé et plus excédé.

Vint enfin le jour où Weston s'approcha de sa fille d'un air coupable et lui proposa une « belle » représentation de visivox au village.

Gloria claqua joyeusement des mains.

– Robbie pourra-t-il venir ?

– Non, ma chérie, dit-il, sentant son cœur se serrer au son de sa propre voix. Les robots ne sont pas admis au visivox... mais tu pourras tout lui raconter en rentrant à la maison.

Il trébucha sur les derniers mots et détourna les yeux.

Gloria revint du village, débordant d'enthousiasme, car le spectacle du visivox avait été vraiment splendide.

Elle attendit que son père eût garé la voiture à réaction dans le garage en sous-sol :

– Attends que je raconte l'histoire à Robbie, papa. Je suis sûre qu'il aurait tout aimé. Surtout le moment où Francis Fran reculait si doucement, et voilà qu'il est venu se jeter sur l'un des hommes-léopards et qu'il a dû s'enfuir en courant. (Elle se mit de nouveau à rire.) Papa, y a-t-il vraiment des hommes-léopards sur la Lune ?

– Probablement pas, dit Weston distraitement. Ce sont seulement des histoires inventées pour faire rire.

Il ne pouvait s'attarder davantage autour de la voiture. Le moment était venu d'affronter l'épreuve.

Gloria partit en courant à travers la pelouse.

– Robbie... Robbie !

Puis elle s'arrêta brusquement à la vue du beau chien colley qui la regardait de ses yeux bruns et sérieux en agitant la queue devant le porche.

– Oh, le joli chien !

Gloria monta les marches, s'approcha prudemment et caressa l'animal.

– C'est pour moi, papa ?

Sa mère était venue les rejoindre.

– Oui, c'est pour toi, Gloria. N'est-il pas mignon avec son poil doux et soyeux ? Il est très doux. Il aime les petites filles.

– Sait-il jouer ?

– Certainement. Il sait faire des tas de tours. Aimerais-tu en voir quelques-uns ?

– Tout de suite ! J'aimerais que Robbie puisse le voir aussi... *Robbie !*

Elle s'immobilisa, prise d'incertitude et fronça les sourcils.

– Je suis sûre qu'il demeure dans sa chambre pour me punir de ne pas l'avoir emmené à la séance de visi-vox. Il faudra que tu lui expliques, papa. Il pourrait ne pas me croire, mais si c'est toi qui lui parles, il saura que c'est vrai.

Weston serra les lèvres. Il tourna les yeux vers sa femme mais ne put rencontrer son regard.

Gloria se retourna précipitamment et descendit les marches du sous-sol en criant :

– Robbie... Viens voir ce que papa et maman m'ont apporté. Ils m'ont fait cadeau d'un chien, Robbie.

Au bout d'une minute elle était de retour, tout effrayée.

– Maman, Robbie n'est pas dans sa chambre. Où est-il ?

Il n'y eut pas de réponse ; George Weston toussa et fut soudain prodigieusement intéressé par un nuage errant. La voix de Gloria trembla, au bord des larmes.

– Où est Robbie, maman ?

Mme Weston s'assit et attira doucement à elle la petite fille.

– Ne sois pas triste, Gloria. Robbie est parti, je crois.

– Parti ? Où ça ? Où est-il parti, maman ?

– Nul ne le sait, ma chérie. Il est parti. Nous avons cherché, cherché, mais nous n'avons pas pu le trouver.

– Alors il ne reviendra jamais ?

Ses yeux étaient agrandis d'horreur.

– Peut-être le retrouverons-nous bientôt. Nous continuerons à chercher. Et en attendant tu pourras jouer avec ton gentil chien-chien. Regarde-le ! Il s'appelle Éclair et il peut....

Mais les yeux de Gloria avaient débordé.

– Je ne veux pas de ce sale chien... Je veux Robbie, je veux que vous retrouviez Robbie.

Son chagrin devint trop fort pour s'exprimer en mots et elle se répandit en cris stridents.

Mme Weston regarda du côté de son mari pour lui demander du secours, mais il se contenta de déplacer ses pieds d'un air morose et ne se détourna pas de sa contemplation ardente du ciel ; il lui fallut donc se pencher sur la petite fille pour la consoler.

– Pourquoi pleures-tu, Gloria ? Robbie n'était qu'une machine, une sale vieille machine. Ce n'était même pas vivant.

– Ce n'était pas une machine ! hurla farouchement Gloria. C'était une personne comme vous et moi et il était mon ami. Je veux le retrouver. Oh ! maman, ramenez-le-moi.

Sa mère poussa un gémissement qui était un aveu de défaite et abandonna Gloria à son chagrin.

34

– Laisse-la pleurer un bon coup, dit-elle à son mari. Les chagrins d'enfant ne durent jamais bien long-temps. Dans quelques jours elle aura oublié jusqu'à l'existence de cet affreux robot.

Mais le temps prouva que Mme Weston était un peu trop optimiste. Sans doute Gloria cessa-t-elle de pleu-rer, mais elle cessa également de sourire et, à mesure que les jours passaient, elle se faisait de plus en plus silencieuse et inconsistante. Petit à petit sa tristesse passive eut raison de Mme Weston et seule la retenait de céder la nécessité d'avouer sa défaite à son mari.

Puis un soir, elle entra en coup de vent dans la salle de séjour, s'assit, croisa les bras d'un air plein de fureur.

Son mari tendit le cou pour la voir par-dessus son journal.

– Qu'y a-t-il, Grace ?

– C'est cette enfant, George. J'ai dû renvoyer le chien aujourd'hui. Gloria ne peut plus le supporter, m'a-t-elle dit. Elle est en train de me conduire à la dépression nerveuse.

Weston reposa son journal et une lueur d'espoir illumina ses yeux.

– Peut-être pourrions-nous faire revenir Robbie. C'est possible, tu le sais. Je puis me mettre en rapport avec…

– Non ! répondit-elle farouchement. Je ne veux pas en entendre parler. Nous ne céderons pas aussi facile-ment. Mon enfant ne sera pas élevée par un robot, dussé-je passer des années à le lui faire oublier.

Weston ramassa de nouveau son journal avec un air déçu.

– À ce train, mes cheveux auront blanchi prématu-rément dans un an.

– On peut dire que tu es un homme de ressources, fut la réponse glaciale. Gloria a besoin de changer d'environnement. Comment pourrait-elle oublier Robbie dans cette maison, alors que chaque arbre, chaque rocher lui rappelle son souvenir ? De ma vie je n'ai vu une situation aussi imbécile. Comment imaginer qu'une enfant puisse dépérir de la perte d'un robot !

– Eh bien, revenons au fait. Quel genre d'environnement conçois-tu pour elle ?

– Nous allons la conduire à New York.

– En pleine ville ! En août ! Sais-tu à quoi ressemble New York en plein mois d'août ? Ce n'est pas tenable.

– Des millions de gens le supportent bien.

– Ils n'ont pas la chance de disposer d'une résidence comme la nôtre. S'ils pouvaient quitter New York, ils ne s'en priveraient pas, tu peux me croire.

– Il faudra bien nous résigner. Nous allons partir dès maintenant – ou du moins aussitôt que nous aurons pris les dispositions nécessaires. Dans la ville, Gloria aura suffisamment de choses à quoi s'intéresser et suffisamment d'amis pour remonter le courant et oublier cette machine.

– Ô Seigneur ! gémit le mari. Quand je pense à ces pavés brûlants !

– Tant pis, répondit sa femme imperturbable. Gloria a perdu deux kilos au cours du dernier mois et la santé de ma petite fille m'est plus chère que ton confort.

– Il est bien dommage que tu n'aies pas pensé à la santé de ta petite fille, avant de la priver de son robot, murmura-t-il… mais pour lui-même.

Gloria fit paraître immédiatement des signes d'amélioration lorsqu'on lui parla du voyage imminent à la ville. Elle en parlait peu, mais toujours avec un plaisir anticipé. De nouveau, elle se reprit à sourire et à manger avec un peu de son appétit antérieur.

Mme Weston se congratula sans discrétion et ne manqua aucune occasion de triompher de son mari toujours sceptique.

– Tu vois bien, George, qu'elle aide à préparer les paquets comme un petit ange et babille comme si elle n'avait pas le moindre souci au monde. C'est bien ce que je t'avais dit : il suffit de l'intéresser à autre chose.

– Hum, je l'espère, fut la réponse peu convaincue.

On prit rapidement les dispositions préliminaires. On fit préparer la maison de la cité et un couple fut engagé pour entretenir la résidence de campagne. Lorsque vint le moment de partir, Gloria avait retrouvé presque tout son entrain d'antan et elle ne fit aucune mention du nom de Robbie.

D'excellente humeur, la famille prit un gyrotaxi pour l'aéroport (Weston aurait préféré utiliser son gyro personnel, mais il ne comportait que deux places sans aucune soute à bagages) et pénétra dans l'avion de ligne.

– Viens, Gloria, je t'ai réservé une place près du hublot afin que tu puisses regarder le paysage.

Gloria trotta allégrement dans l'entrée centrale, s'aplatit le nez contre l'épaisse glace ovale, et observa avec un intérêt renouvelé lorsque le grondement du moteur se répercuta à l'intérieur de la cabine. Elle était trop jeune pour éprouver de la peur lorsque le sol s'enfonça sous elle comme par une trappe et qu'elle sentit son poids doubler tout à coup, mais pas pour être hautement intéressée. Ce ne fut que lorsque le sol prit l'aspect d'un tissu lointain fait de pièces et de morceaux qu'elle consentit à décoller son nez du hublot et à faire face à sa mère.

– Arriverons-nous bientôt à la ville, maman ? demanda-t-elle en frictionnant son petit bout de nez gelé et regardant avec intérêt la tache de buée formée par sa respiration sur la vitre se rétrécir lentement et disparaître.

– Dans une demi-heure environ, ma chérie. N'es-tu pas contente de partir ? ajouta-t-elle avec un léger soupçon d'inquiétude. Ne crois-tu pas que tu seras heureuse en ville avec tous les immeubles et les gens que tu pourras voir ? Nous irons chaque jour au visi-vox pour voir des spectacles, au cirque, à la plage et...

– Oui, maman, répondit Gloria sans enthousiasme.

L'avion passa à ce moment au-dessus d'un banc de nuages et Gloria s'absorba immédiatement dans la contemplation de ce spectacle inhabituel. Puis l'appareil regagna de nouveau le ciel clair et elle se tourna vers sa mère avec un air de mystère.

– Je sais pourquoi nous nous rendons à la ville, maman.

– Vraiment ? demanda Mme Weston intriguée. Pourquoi ?

– Vous ne m'en avez rien dit parce que vous vouliez m'en faire la surprise, mais je sais.

Un moment elle demeura pénétrée d'admiration pour sa propre perspicacité, puis elle se mit à rire gaiement.

– Nous allons à New York pour retrouver Robbie, n'est-ce pas ?... Avec des détectives.

Cette déclaration surprit George Weston au moment où il avalait une gorgée d'eau. Le résultat fut désastreux. Il y eut un hoquet étranglé, un geyser d'eau, puis une quinte de toux frisant l'asphyxie. Lorsque tout fut terminé, il se leva, le visage apoplectique, trempé des pieds à la tête et fort ennuyé.

Mme Weston demeura imperturbable, mais lorsque Gloria répéta sa question d'une voix plus anxieuse, elle sentit la colère la gagner.

– Peut-être, répondit-elle sèchement. Maintenant, pour l'amour du ciel, assieds-toi et ne bouge plus.

New York en 1998 était plus que jamais dans son histoire le paradis des touristes. Les parents de Gloria s'en rendirent compte et en tirèrent le plus grand parti possible.

Suivant les directives formelles de sa femme, George Weston laissa ses affaires se débrouiller toutes seules, un mois durant, afin de lui permettre de consacrer son temps à distraire Gloria. Comme dans tout ce qu'il entreprenait, Weston apportait à cette tâche un esprit méthodique, efficient et pratique, dans la manière d'un homme d'affaires. Avant que le mois ne se fût écoulé, tout ce qu'on pouvait faire avait été fait.

La petite fille avait été menée sur l'immeuble Roosevelt, haut de huit cents mètres, afin d'y contempler, avec une admiration craintive, le panorama cahoteux de toits qui se perdait au loin dans les champs de Long Island et les plaines de New Jersey. Ils visitèrent les zoos où Gloria regarda avec une terreur délicieuse un « vrai lion vivant » (plutôt déçue de voir les gardiens lui servir des quartiers de viande crue plutôt que des êtres humains, comme elle s'y attendait) et demanda avec une insistance péremptoire à voir la « baleine ».

Les divers musées eurent leur part d'attention, de même que les parcs, les plages et l'aquarium.

Elle remonta la moitié du cours de l'Hudson dans un bateau d'excursion équipé à la façon archaïque des folles années vingt. Elle voyagea dans la stratosphère au cours d'un vol d'exhibition et vit le ciel devenir pourpre foncé, les étoiles paraître en plein jour et la terre brumeuse, au-dessous d'elle, ressembler à un immense bol renversé. Elle fut emmenée sous les eaux du Long Island Sound à bord d'un mésoscaphe aux parois de verre, évolua dans un monde vert et ondulant où de bizarres êtres marins venaient les dévisager curieusement, pour s'éloigner soudain à toute allure.

Sur un plan plus prosaïque, M. Weston la conduisit dans un grand magasin où elle put se délecter des ressources fournies par un autre genre de pays de fées.

En fait, une fois que le mois fut pratiquement écoulé, les Weston étaient convaincus d'avoir fait tout ce qui était en leur pouvoir pour détourner l'esprit de Gloria, une fois pour toutes, du robot disparu... mais ils n'étaient pas tout à fait certains d'avoir réussi.

Le fait demeurait que, quel que fût l'endroit visité, Gloria faisait montre de l'intérêt le plus intense envers tel robot qui se trouvait être présent. Aussi captivant que pût être le spectacle qui se déroulait sous ses yeux, quelque nouveau qu'il fût pour ses jeunes années, elle s'en détournait instantanément si elle avait surpris du coin de l'œil l'éclair d'un mouvement métallique.

Mme Weston prit un soin tout spécial pour éviter à sa fille la présence de tout robot.

Le drame atteignit son point culminant au cours de l'épisode qui se déroula au Musée de la Science et de l'Industrie. Le Musée avait annoncé un programme spécial pour enfants, où l'on devait montrer des tours de « magie » scientifiques mis à la portée des esprits enfantins. Bien entendu, les Weston placèrent la séance sur la liste des distractions absolument recommandées.

Tandis que les Weston se tenaient devant un stand, totalement absorbés par les exploits d'un électro-aimant, Mme Weston s'aperçut tout à coup que Gloria n'était plus à ses côtés. La première panique céda le pas à la calme décision et, avec l'aide de trois préposés, entreprit une fouille minutieuse.

Bien entendu, Gloria n'était pas fille à errer au hasard. Elle faisait preuve d'une détermination inhabituelle à son âge et avait hérité des gènes maternels sur ce point. Elle avait aperçu une pancarte gigantesque portant l'inscription ROBOT PARLANT avec une flèche indiquant la direction à suivre. Ayant déchiffré les deux mots à mi-voix et remarqué que ses parents ne semblaient pas disposés à prendre la direction convenable, elle prit la seule décision logique. Elle guetta le moment opportun et, voyant ses parents absorbés dans leur contemplation, elle se libéra calmement et suivit la direction indiquée par la pancarte.

Le Robot Parlant constituait un tour de force, un dispositif dénué de toute utilité pratique et n'ayant qu'une valeur publicitaire. Une fois par heure, un groupe dirigé par un guide s'arrêtait devant lui et posait à l'ingénieur préposé des questions chuchotées. Celles dont l'ingénieur estimait qu'elles convenaient aux circuits de la machine étaient transmises au Robot Parlant.

Mais cela n'avait rien de bien passionnant. Il peut être utile de savoir que le carré de quatorze est cent quatre-vingt-seize, que la température ambiante est de 72 degrés Fahrenheit que la pression de l'air est de 76 centimètres de mercure, que le poids atomique du sodium est 23, mais on n'a pas besoin d'un robot pour cela. Surtout il n'est pas nécessaire de posséder une masse immobile et peu maniable de fils et d'enroulements s'étendant sur vingt-cinq mètres carrés pour obtenir ce résultat.

Peu de gens prenaient la peine de poser une seconde question, mais une fillette de treize à quatorze ans attendait, tranquillement, sur un banc, la réponse à une troisième. Elle était seule dans la pièce lorsque Gloria y pénétra.

Gloria ne lui accorda pas un regard. À ses yeux, pour l'instant du moins, un autre être humain constituait un article dénué d'intérêt. Elle réservait son attention à la grande machine pourvue de roues. Pendant un moment elle parut déconcertée.

Elle ne ressemblait à aucun des robots qu'elle eût jamais vus.

Timidement, elle éleva son petit filet de voix tremblant.

– S'il vous plaît, monsieur le Robot, seriez-vous le Robot Parlant ?

Elle n'en était pas très sûre, mais il lui semblait qu'un robot capable de s'exprimer en paroles était digne du plus grand respect.

(La fillette adolescente donna à son visage une expression de concentration intense. Elle saisit un petit calepin et se mit à griffonner rapidement.)

On entendit un bruit d'engrenages bien huilés et une voix au timbre mécanique fit entendre des mots qui manquaient à la fois d'accent et d'intonation.

– Je… suis… le… robot… qui…. parle.

Gloria le regarda d'un petit air triste. Il parlait bien, mais le son provenait d'on ne sait où. Il n'y avait aucun visage auquel s'adresser.

– Pouvez-vous m'aider, monsieur le Robot ?

Le Robot Parlant était conçu pour répondre à des questions, mais seules des questions auxquelles il pût répondre lui avaient été posées jusqu'à présent. Il avait donc tout à fait confiance en ses capacités :

– Je… puis… vous… aider.

– Merci, monsieur le Robot. Avez-vous vu Robbie ?

– Qui… est… Robbie ?

– C'est un robot, monsieur le Robot.

Elle se hissa sur la pointe des pieds.

– Il a environ cette taille, monsieur le Robot, un peu plus, même, et il est très gentil. Il possède une tête, vous savez. Je veux dire que vous n'en avez pas, mais lui en a, monsieur le Robot.

Le Robot Parlant était quelque peu dépassé.

– Un… robot ?

– Oui, monsieur le Robot. Un robot comme vous, sauf qu'il ne peut parler, bien sûr, et… il ressemble à une vraie personne.

– Un… robot… comme… moi ?

– Oui, monsieur le Robot.

À quoi le Robot Parlant ne répondit que par un vague gargouillement, et quelques bruits incohérents. Le terme générique qui envisageait son existence, non en tant qu'objet particulier, mais comme membre du groupe, dépassait son entendement. En toute loyauté, il s'efforça d'intégrer le concept et une demi-douzaine d'enroulements furent brûlés au cours de l'opération. De petits signaux d'alarme se mirent à grésiller.

(La jeune adolescente quitta la salle à ce moment précis. Elle avait pris suffisamment de notes pour son article de physique sur « *Les aspects pratiques des robots* ». Cet article de Susan Calvin fut le premier d'une nombreuse série sur le même sujet.)

Gloria attendait avec une impatience soigneusement dissimulée la réponse de la machine à sa question, lorsqu'elle entendit un cri derrière elle : « La voici ! » et reconnut la voix de sa mère.

– Que fais-tu là, vilaine fille ? s'écria Mme Weston, dont l'anxiété s'était muée instantanément en colère. Sais-tu que tu viens de causer une peur mortelle à ton papa et à ta maman ? Pourquoi t'es-tu enfuie ?

L'ingénieur préposé au robot venait également d'entrer dans la pièce en s'arrachant les cheveux et s'adressait avec virulence à la foule aussitôt rassemblée, en demandant qui avait touché la machine.

– N'y a-t-il donc personne parmi vous qui sache lire ? hurlait-il. Nul n'a le droit de pénétrer dans cette salle sans être accompagné.

Gloria éleva sa voix consternée au-dessus du tumulte.

– Je ne suis venue ici que pour voir le Robot Parlant, maman. J'ai pensé qu'il saurait peut-être où se trouve Robbie, parce qu'ils sont tous les deux des robots.

Et comme le souvenir de Robbie lui fut imposé tout à coup de vive force, elle fut prise d'une soudaine crise de larmes.

– Il faut que je retrouve Robbie, maman, il le faut.

Mme Weston étouffa un cri.

– Oh ! juste ciel. Rentrons, George. C'est plus que je n'en puis supporter.

Le soir venu, George Weston s'absenta pendant plusieurs heures et, le lendemain matin, il s'adressa à sa femme avec une expression qui ressemblait beaucoup à une satisfaction complaisante.

– Il m'est venu une idée, Grace.

– À propos de quoi ? s'enquit-elle d'un ton morne et sans manifester le moindre intérêt.

– À propos de Gloria.

– Tu ne vas pas me proposer de racheter ce robot, j'espère ?

– Non, absolument pas.

– Eh bien, parle, je puis aussi bien t'écouter. Rien de ce que j'ai fait n'a donné le moindre résultat.

– Très bien. Voici quel est le résultat de mes réflexions. Tout le mal vient du fait que Gloria considère Robbie comme une personne et non comme une machine. Naturellement, elle ne parvient pas à l'oublier. Maintenant, si nous arrivions à la convaincre que Robbie n'est rien d'autre qu'un magma d'acier et de cuivre, sous forme de plaques et de fils, avec de l'électricité pour lui donner vie, je me demande combien de temps dureraient ses regrets. C'est l'offensive psychologique, tu comprends ?

– Comment penses-tu t'y prendre ?

– Rien de plus simple. Où crois-tu que je me sois rendu hier soir ? J'ai persuadé Robertson de l'U.S. Robots et Hommes Mécaniques de procéder à une visite complète de l'usine dès demain. On enfoncera

44

dans la tête de Gloria qu'un robot n'est pas un être vivant.

Les yeux de Mme Weston s'arrondirent graduellement et une lueur brilla dans son œil, qui ressemblait fort à de l'admiration soudaine.

– Mais, George, c'est là une excellente idée.

Et les boutons de veste de George Weston de se tendre aussitôt.

– Je n'en ai jamais d'autres, dit-il modestement.

M. Struthers était un directeur général consciencieux avec une propension naturelle au bavardage. Il résulta de cette combinaison psychologique que la visite fut agrémentée de commentaires surabondants à chaque pas. Néanmoins, Mme Weston ne manifesta pas d'ennui. Elle alla même jusqu'à l'interrompre à plusieurs reprises et à lui demander de répéter ses explications en termes plus simples et accessibles à un enfant de l'âge de Gloria. Aiguillonné par cette juste appréciation de ses talents de narrateur, M. Struthers s'épanouit et devint encore plus verbeux, si possible.

George Weston lui-même commençait à donner des signes d'une impatience croissante.

– Pardonnez-moi, Struthers, dit-il, interrompant une conférence sur la cellule photo-électrique, n'existe-t-il pas un secteur de votre usine où serait utilisée uniquement la main-d'œuvre robot ?

– Comment ? Oh certainement ! (Il sourit à l'adresse de Mme Weston.) D'une certaine manière, c'est là un cercle vicieux : des robots créent d'autres robots. Naturellement nous ne généralisons pas cette méthode. D'abord, les syndicats ne nous le permettraient jamais. Mais nous pouvons produire quelques robots en faisant appel exclusivement à la main-d'œuvre robot. Voyez-vous (il ponctuait son discours en frappant sa paume de son pince-nez), ce dont les syndicats ne se rendent pas compte – et je dis cela en homme qui a toujours manifesté une grande sympathie au mouvement ouvrier en général – c'est que l'avènement du robot, tout en jetant quelques perturbations, au début, dans la répartition du travail, finira inévitablement...

– Oui, Struthers, dit Weston, mais pourrions-nous voir ce secteur de l'usine dont vous parliez ? Ce serait très intéressant, j'en suis persuadé.

– Mais oui, mais oui, certainement !

M. Struthers replaça son pince-nez à l'endroit convenable d'un mouvement convulsif et laissa échapper une petite toux déconfite.

– Suivez-moi, je vous prie.

Il observa un mutisme relatif en guidant les visiteurs le long d'un interminable couloir et d'un escalier dont il descendit les marches le premier. Puis lorsqu'ils eurent pénétré dans une grande salle bien éclairée, qui bourdonnait d'activité métallique, les vannes s'ouvrirent et le torrent d'explications déferla une fois de plus.

– Et voilà ! s'écria-t-il avec de l'orgueil dans la voix. Un personnel uniquement composé de robots ! Cinq hommes tiennent le rôle de surveillants et ils ne se trouvent même pas dans cette salle. En cinq ans, c'est-à-dire depuis l'inauguration de cet atelier, il ne s'est pas produit un seul accident. Bien sûr, les robots que l'on assemble ici sont relativement simples, mais...

La voix du directeur général s'était depuis longtemps réduite à une sorte de murmure calmant dans les oreilles de Gloria. Toute cette visite lui semblait plutôt monotone et sans intérêt, bien qu'il y eût de nombreux robots en vue. Aucun d'eux ne ressemblait, même de loin, à Robbie, et elle les regardait avec un dédain non dissimulé.

Dans cette salle, il n'y avait pas du tout de gens, remarqua-t-elle. Puis ses yeux tombèrent sur six ou sept robots qui s'activaient autour d'une table, à mi-chemin de la pièce. Ils s'arrondirent de surprise incrédule. La pièce était vaste, sans doute, mais l'un des robots ressemblait… ressemblait… *c'était Lui* !

– *Robbie !* Son cri perça l'air et l'un des robots qui s'affairaient autour de la table fit un geste maladroit et laissa tomber son outil.

Folle de joie, Gloria se glissa sous la rambarde avant qu'aucun de ses parents n'ait pu l'arrêter, se laissa tomber légèrement sur le sol à quelques pieds au-dessous d'elle et s'élança en courant vers Robbie, agitant les bras et les cheveux au vent.

Alors les trois adultes, pétrifiés, virent ce que la petite fille déchaînée n'avait pas vu… un énorme tracteur roulant lentement sur son chemin tracé d'avance.

Il fallut quelques fractions de seconde à Weston pour retrouver l'usage de ses sens et ces fractions de seconde avaient une importance primordiale, car Gloria ne pouvait être rejointe. Weston franchit bien la rambarde dans une tentative suprême, mais elle ne laissait évidemment aucun espoir. M. Struthers fit signe désespérément aux surveillants d'arrêter le tracteur, mais ceux-ci n'étaient que des humains et il leur fallait du temps pour agir.

Ce fut Robbie seul qui agit immédiatement avec une précision sans défaut.

Ses jambes de métal dévorant l'espace entre lui et sa petite maîtresse, il fonça en partant de la direction opposée. Tout sembla alors se produire en même temps. D'un mouvement du bras, Robbie cueillit au vol Gloria, sans réduire sa vitesse d'un iota et par là même lui coupa le souffle dans le choc. Weston, qui ne comprenait rien à ce qui se passait, sentit plutôt qu'il ne vit Robbie passer devant lui à le frôler, et s'arrêta brusquement, ahuri. Le tracteur coupa la trajectoire de la petite fille, une demi-seconde après que Robbie l'eut enlevée, roula trois mètres plus loin et finit par s'arrêter dans un grincement prolongé.

Gloria retrouva son souffle, subit une série d'embrassades passionnées de ses parents et se tourna ardemment vers le robot. À son point de vue, rien ne s'était produit, si ce n'est qu'elle avait retrouvé son ami.

Mais le soulagement qui se lisait sur le visage de Mme Weston s'était tout à coup transformé en noirs soupçons. Elle se retourna vers son mari et en dépit de son air échevelé et de son apparence rien moins que digne, elle parvint à prendre un aspect redoutable.

– C'est toi qui as manigancé tout ceci, n'est-ce pas ?

George Weston tamponna son front brûlant avec son mouchoir. Sa main était hésitante et ses lèvres se courbaient en un sourire tremblotant et prodigieusement faible.

Mme Weston poursuivit son accusation.

– Robbie n'était pas conçu pour exécuter des travaux mécaniques. Il ne pouvait être d'aucune utilité dans cet établissement. Tu l'as fait placer délibérément dans cet atelier afin que Gloria pût le retrouver. Avoue donc.

– Eh bien, c'est vrai, dit Weston. Mais comment pouvais-je prévoir que la réunion serait aussi violente ? D'ailleurs Robbie lui a sauvé la vie ; cela, il te faut bien l'admettre. Tu ne peux plus le renvoyer.

Grace Weston réfléchit. Elle se tourna vers Gloria et les considéra d'un air absent durant un moment. Gloria entourait le cou du robot d'une étreinte qui eût asphyxié toute créature qui n'aurait pas été faite de métal, et babillait frénétiquement des mots sans suite. Les bras de Robbie en acier au nickel-chrome (capables de transformer en bretzel une barre d'acier de cinq centimètres de diamètre) entouraient doucement et affectueusement le corps de la petite fille, et ses yeux brillaient d'un rouge, profond, profond.

– Eh bien, dit Mme Weston, je pense qu'il pourra demeurer près de nous jusqu'au moment où il sera rouillé.

Susan Calvin haussa les épaules.

– Bien entendu il n'en fut rien. Cela se passait en 1998. En 2002 nous avions inventé le robot parlant mobile, qui bien entendu fit jeter au rebut tous les modèles muets et qui parut être la goutte qui fait déborder le vase aux yeux des éléments hostiles aux robots. La plupart des gouvernements du monde interdirent l'usage des robots sur la Terre, sauf à des fins de recherches scientifiques, entre 2003 et 2007.

– Si bien que Gloria dut renoncer par la suite à son cher Robbie ?

– Je le crains. J'imagine cependant que la séparation fut plus facile à l'âge de quinze ans qu'à huit. Néanmoins c'était là une attitude stupide et sans aucune justification de la part de l'humanité. L'U.S. Robots connut ses plus grandes difficultés financières à l'époque où je fus admise dans cette firme, en 2007. Au début, je crus bien que mon emploi serait supprimé au bout de quelques mois, mais c'est à ce moment que nous avons développé le marché extraterrestre.

– Et dès lors vous étiez tirés d'affaire, naturellement.

– Pas tout à fait. Nous commençâmes en essayant d'adapter les modèles que nous avions sous la main. Ces premiers modèles parlants entre autres. Ils avaient environ trois mètres cinquante de haut, étaient très grossiers et ne valaient pas grand-chose. Nous les expédiâmes sur

Mercure, où ils devaient participer à l'installation d'une station minière, mais ce fut un échec.

Je levai les yeux, surpris.

– Vraiment ? Pourtant les Mines de Mercure sont une firme qui vaut des milliards de dollars.

– À présent, oui, mais ce fut la seconde tentative qui réussit. Si vous voulez des détails sur cette opération, jeune homme, je vous conseille d'aller voir Gregory Powell. En collaboration avec Michael Donovan il réussit à résoudre nos problèmes les plus épineux dans les années dix et vingt. Il y a des années que je n'ai eu de nouvelles de Donovan, mais Powell vit ici même, à New York. Il est grand-père à présent. C'est une idée à laquelle j'ai de la peine à m'habituer. Je ne puis penser à lui que comme à un homme plutôt jeune. Bien entendu, j'étais moi-même beaucoup moins âgée.

J'essayai de l'amener à poursuivre :

– Si vous vouliez me donner l'essentiel, docteur Calvin, je demanderai à M. Powell de compléter par la suite. (C'est exactement ce que je fis plus tard.)

Elle étendit ses mains fines sur la table et les regarda.

– Il y a deux ou trois exemples sur lesquels je possède quelques renseignements.

– Commençons par Mercure si vous le voulez bien, suggérai-je.

– Soit. Je pense que c'est en 2015 que fut entreprise la seconde expédition sur Mercure. Elle avait un but exploratoire et se trouvait financée en partie par l'U.S. Robots et en partie par les Minéraux solaires. Elle comprenait un robot d'un modèle nouveau, encore expérimental, accompagné de Gregory Powell et Michael Donovan…

2

CYCLE FERMÉ

C'était l'un des lieux communs favoris de Gregory Powell que l'on n'obtenait rien par la surexcitation, c'est pourquoi, lorsque Mike Donovan descendit l'escalier quatre à quatre et se dirigea vers lui, les cheveux rouges englués de transpiration, Powell fronça les sourcils.

– Qu'y a-t-il ? Vous seriez-vous cassé un ongle ? demanda-t-il.

– Ouaiaiais ! rugit fiévreusement Donovan. Qu'avez-vous fait toute la journée dans les sous-niveaux ? (Il prit une profonde inspiration et laissa échapper :) Speedy n'est pas revenu.

Les yeux de Powell s'arrondirent momentanément et il s'immobilisa sur les marches, puis il recouvra sa présence d'esprit et reprit son ascension. Il n'ouvrit pas la bouche avant d'être parvenu sur le palier supérieur :

– Vous l'aviez envoyé à la recherche du sélénium ?

– Oui.

– Depuis combien de temps est-il parti ?

– Cela fait maintenant cinq heures.

Silence. La situation était diablement mauvaise. Ils avaient pris pied sur Mercure depuis exactement douze heures… et déjà ils étaient plongés jusqu'au cou dans les pires ennuis. Mercure était depuis longtemps la planète porte-malheur du Système, mais cette fois c'était pousser les choses un peu loin, même pour un porte-malheur.

– Reprenons au commencement, dit Powell, et mettons les choses au point.

Ils se trouvaient dans la salle de radio – dont l'appareillage donnait déjà l'impression d'être démodé par mille détails subtils, pour être demeuré inutilisé pendant dix ans avant leur arrivée. Oui, dix ans, sur le plan technique, cela comptait énormément. Il suffisait de comparer Speedy au modèle de robot dont on disposait en 2005. Mais de nos jours, on réalisait d'extraordinaires progrès dans le perfectionnement des robots. Powell posa un doigt hésitant sur une surface métallique qui avait conservé son poli. L'atmosphère d'abandon qui imprégnait tous les objets contenus dans la pièce – et la Station tout entière – avait quelque chose d'infiniment déprimant.

Donovan avait dû y être sensible.

– J'ai tenté de le localiser par radio, mais en vain. La radio ne sert à rien sur le côté de Mercure qui fait face au soleil – du moins au-delà de trois kilomètres. C'est l'une des raisons qui expliquent l'échec de la première expédition. Et il nous faudra encore des semaines pour terminer l'installation des émetteurs à ondes ultra-courtes....

– Laissons cela. Qu'avez-vous obtenu ?

– J'ai localisé le signal annonçant la présence d'un corps inorganisé sur les ondes courtes. Je ne puis en déduire autre chose que sa position. Je l'ai suivi à la trace pendant deux heures et j'ai marqué les relevés sur la carte.

Il tira de sa poche un morceau de parchemin jauni – relique de la première Expédition manquée – et il l'appliqua avec force sur la table en l'aplatissant de la paume de la main. Powell, les mains croisées sur la poitrine, l'observait de loin.

Le crayon de Donovan vint se placer nerveusement sur le parchemin.

– La croix rouge indique le filon de sélénium. C'est vous-même qui l'avez marqué.

– Lequel est-ce ? interrompit Powell. MacDougal en avait marqué trois à notre intention avant de quitter les lieux.

– J'ai envoyé Speedy au plus proche naturellement. Cela fait une trentaine de kilomètres. Mais quelle différence cela peut-il faire ? (Sa voix avait pris une certaine tension.) Voici les traits de crayon qui marquent la position de Speedy.

Et pour la première fois la maîtrise de soi qu'affectait Powell se trouva ébranlée et ses mains bondirent vers la carte.

– Parlez-vous sérieusement ? C'est là une chose impossible.

– Constatez vous-même, grommela Donovan.

Les petits traits de crayon qui marquaient la position formaient grossièrement un cercle autour de la croix rouge indiquant le filon de sélénium. Et Powell porta les doigts à sa moustache brune, ce qui était un signe infaillible d'anxiété.

– Au cours des trois heures durant lesquelles j'ai suivi sa progression, il a fait quatre fois le tour de ce maudit filon. J'ai la nette impression qu'il va poursuivre ce manège indéfiniment. Vous rendez-vous compte de la position dans laquelle nous nous trouvons ?

Powell leva les yeux un instant et ne répliqua pas. Il ne voyait que trop bien la situation dans laquelle ils se trouvaient. Le raisonnement avait la rigueur d'un syllogisme. Les bancs de cellules photo-électriques qui seuls s'interposaient entre eux et la pleine puissance du soleil monstrueux de Mercure étaient volatilisés. La seule chose qui pouvait les sauver, c'était le sélénium. Seul Speedy était capable de leur ramener le sélénium. Pas de sélénium, pas de bancs de cellules photo-électriques. Pas de bancs de cellules... la mort par cuisson lente était l'une des façons les plus déplaisantes de passer de vie à trépas.

Donovan frictionna furieusement sa tignasse rouge et reprit avec amertume :

– Nous allons devenir la risée du Système, Greg. Comment les choses ont-elles pu prendre aussi vite un tour à ce point catastrophique ? La fameuse équipe Powell-Donovan est envoyée sur Mercure pour se rendre compte de l'opportunité d'ouvrir à nouveau l'exploitation de la Mine, sur la face éclairée par le soleil, au moyen de techniques modernes et de robots, et dès le premier jour nous avons tout gâché. Il ne s'agissait d'ailleurs que d'une opération de pure routine. Notre réputation ne s'en relèvera jamais.

– Elle n'en aura pas le loisir, je suppose, répondit Powell tranquillement. Si nous ne prenons pas des mesures immédiatement, nous n'aurons plus à nous préoccuper de soutenir notre réputation, ni même de vivre.

– Ne faites pas l'imbécile ! Si la situation vous donne envie de plaisanter, pas à moi. On a agi criminellement en nous expédiant ici avec un seul robot pour tout potage. Et c'est vous qui avez eu l'idée brillante de nous charger nous-mêmes de la constitution des bancs de cellules photo-électriques.

– Cette fois vous déformez la vérité. Nous avons pris la décision d'un commun accord et vous le savez parfaitement. Nous avions besoin en tout et pour tout d'un kilogramme de sélénium, d'une di-électrode Stillhead et d'un délai d'environ trois heures... et il existe des filons de sélénium pur sur toute la surface exposée au soleil. Le spectroréflecteur de MacDougal nous en a localisé trois en cinq minutes, n'est-il pas vrai ?

– Eh bien, qu'allons-nous faire ? Powell, vous avez une idée. Je le sais, sans quoi vous ne seriez pas aussi

54

calme. Vous n'êtes pas plus un héros que moi. Allons, parlez !

– Nous ne pouvons nous lancer personnellement sur les traces de Speedy, sur le côté ensoleillé de la planète. Même les nouvelles tenues isolantes ne peuvent nous protéger pendant plus de vingt minutes à une exposition directe aux rayons solaires. Mais vous connaissez le vieux dicton : *Rien de tel qu'un robot pour prendre un autre robot.* Écoutez, Mike. Tout n'est pas encore perdu. Nous disposons encore de six robots dans les sous-niveaux, que nous pourrons utiliser s'ils sont en état de fonctionner.

Une lueur d'espoir jaillit dans les prunelles de Donovan.

– Six robots abandonnés par la première expédition ? En êtes-vous certain ? Ne s'agirait-il pas de machines subrobotiques ? Dix ans c'est bien long lorsqu'il s'agit de para-robots, vous le savez.

– Non, il s'agit bien de robots. J'ai passé toute la journée auprès d'eux et je sais ce que je dis. Ils sont dotés de cerveaux positroniques – primitifs, bien entendu. (Il glissa la carte dans sa poche.) Descendons.

Les robots se trouvaient dans le sous-niveau inférieur – tous les six – et entourés de caisses moisies dont on ne savait trop ce qu'elles contenaient. Ils avaient une taille énorme, et bien qu'ils fussent assis sur le sol, les jambes étendues devant eux, leurs têtes se trouvaient à plus de deux mètres de hauteur. Donovan laissa échapper un sifflement :

– Regardez-moi cette taille ! Leur thorax atteint facilement trois mètres de tour.

– C'est parce qu'ils sont dotés des vieux mécanismes McGuffy. J'ai examiné l'intérieur… je n'ai jamais rien vu d'aussi rudimentaire.

– Les avez-vous déjà fait fonctionner ?

– Non. Je n'avais aucune raison de le faire. Je ne pense pas qu'ils soient atteints d'aucune défectuosité.

Même le diaphragme me semble relativement en bon état. Ils parleraient que cela ne m'étonnerait pas du tout.

Tout en parlant, il avait démonté la plaque thoracique du robot le plus proche, inséré dans la cavité la petite sphère de deux centimètres contenant la minuscule étincelle d'énergie atomique donnant la vie au robot. Il eut quelque peine à la mettre en place, y parvint cependant, puis remonta laborieusement la plaque thoracique. Les commandes radio des modèles plus récents étaient inconnues dix ans plus tôt. Puis il procéda de même pour les cinq autres.

– Ils n'ont pas bougé, dit Donovan avec inquiétude.

– Ils n'ont pas reçu l'ordre de le faire, répondit brièvement Powell.

Il revint au premier de la rangée et lui donna un coup sur la poitrine.

– Vous ! M'entendez-vous ?

La tête du monstre s'inclina lentement et ses yeux se fixèrent sur Powell. Puis d'une voix rugueuse, pareille à celle d'un antique phonographe, il grinça :

– Oui, Maître !

Powell adressa à son compagnon un sourire sans joie.

– Vous avez entendu ? À l'époque on avait l'impression que l'usage des robots serait interdit sur la Terre. Les constructeurs combattaient cette tendance et ils introduisaient dans leurs satanées machines de bons complexes d'esclaves parfaitement stylés.

– Cela ne leur a guère servi, murmura Donovan.

– Sans doute, mais ils ont fait de leur mieux.

Il se tourna de nouveau vers le robot :

– Levez-vous !

Le robot se redressa lentement, tandis que la tête de Donovan se relevait pour suivre le mouvement et de ses lèvres s'échappa un nouveau sifflement.

– Pouvez-vous remonter à la surface ? Dans la lumière ?

Quelques secondes s'écoulèrent durant lesquelles le lent cerveau du robot se mettait en branle pour répondre à la sollicitation.

– Oui, Maître, dit-il enfin.

– Bien. Savez-vous ce qu'est un kilomètre ?

Nouvelle pause, nouvelle réponse, toujours aussi lente.

– Nous allons vous conduire à la surface et vous indiquer une direction. Vous parcourrez environ trente kilomètres, et vous trouverez, quelque part dans cette région, un autre robot plus petit que vous-même. Vous m'avez compris jusqu'à présent ?

– Oui, Maître.

– Vous trouverez donc ce robot et vous lui donnerez l'ordre de rentrer. S'il refuse, vous le ramènerez de force.

Donovan saisit la manche de Powell.

– Pourquoi ne pas lui ordonner de ramener directement le sélénium ?

– Parce que je tiens à récupérer l'autre robot, tête de linotte ! Je veux savoir ce qui est dérangé dans son mécanisme. (Et se tournant vers le robot :)

– Eh bien, avancez.

Le robot demeura immobile et sa voix grinça.

– Pardonnez-moi, Maître, je ne le puis. Vous devez monter le premier.

Ses bras s'étaient rejoints avec un claquement, ses doigts obtus entrelacés.

Powell le considéra fixement en pinçant sa moustache.

– Hein ?... Oh !

Les yeux de Donovan s'arrondirent.

– Il faut que nous l'enfourchions ? Comme un cheval ?

– Je crois que vous avez raison. Je ne vois pas très bien pourquoi. Je ne vois pas… ah, j'y suis. Je vous ai dit qu'à cette époque les constructeurs mettaient l'accent sur la notion de sécurité. De toute évidence, ils la mettaient en pratique en ne permettant pas aux machines de se déplacer sans la présence d'un cornac sur leurs épaules. Qu'allons-nous faire à présent ?

– C'est justement ce que j'étais en train de me demander, murmura Donovan. Nous ne pouvons sortir à la surface avec ou sans robot. Bon sang de bon sang.

Il fit claquer ses doigts à deux reprises.

– Passez-moi donc votre carte. Ce n'est pas pour rien que je l'ai étudiée deux heures durant. Nous nous trouvons dans une mine. Pourquoi n'utiliserions-nous pas les galeries ?

La mine était indiquée sur la carte par un cercle noir, et les pointillés, marquant les galeries, ressemblaient à une toile d'araignée.

Donovan se reporta à la liste des symboles au bas de la carte.

– Regardez, dit-il. Les petits points noirs constituent les puits débouchant à la surface, et j'en vois un qui émerge à quatre ou cinq kilomètres du filon de sélénium. J'y aperçois un nombre… ils auraient pu écrire plus gros… 13 a. Si les robots connaissent leur chemin dans ce réseau.

Powell posa la question et reçut en réponse le terne : « Oui, Maître. »

– Prenez votre tenue isolante, dit-il avec satisfaction.

C'était la première fois qu'ils les portaient, l'un et l'autre… arrivés de la veille, ils ne s'attendaient pas à les revêtir aussi vite… et ils vérifièrent avec un certain malaise la liberté de leurs mouvements.

La tenue isolante était considérablement plus encombrante et inesthétique que la tenue spatiale régu-

58

lière ; mais elle était infiniment plus légère, du fait qu'il n'entrait aucun élément métallique dans sa composition. Constituée de plastique à haut coefficient de résistance thermique et de couches de liège chimiquement traité, équipée d'un appareillage destiné à maintenir constante la sécheresse de l'air, les tenues isolantes pouvaient supporter durant vingt minutes l'exposition à la pleine ardeur du soleil de Mercure. Ce délai pouvait être prolongé de cinq à dix minutes sans amener la mort de l'occupant.

Les mains du robot formaient toujours un étrier improvisé, et il ne manifesta pas la moindre surprise de voir Powell transformé en cette silhouette grotesque.

La voix de Powell durcie par l'amplification radiophonique retentit.

– Êtes-vous prêt à nous conduire au puits 13 a ?

– Oui, Maître.

Bien, pensa Powell ; ils manquaient peut-être de contrôle radio, mais du moins étaient-ils équipés pour l'écoute radiophonique.

– Choisissez l'un ou l'autre de ceux qui restent pour monture, dit-il à Donovan.

Il plaça un pied dans l'étrier improvisé et se mit en selle d'un élan. Il trouva le siège confortable ; le dos du robot était bossu, portait une gouttière ménagée dans chacune des épaules pour le logement des cuisses et deux « oreilles » allongées dont la destination paraissait à présent évidente.

Powell saisit les oreilles et fit tourner la tête. Sa monture obéit pesamment.

– En route, mauvaise troupe ! dit-il – mais il ne se sentait nullement le cœur léger.

Les gigantesques robots se mouvaient lentement, avec une précision mécanique, et franchirent l'entrée dont le sommet n'était guère qu'à une trentaine de centimètres de leur tête, si bien que les deux hommes durent se baisser en toute hâte. Ils s'engagèrent dans un étroit couloir, où leurs pas tranquilles se répercutaient avec une implacable monotonie, et pénétrèrent dans le sas.

Le long tunnel dépourvu d'air qui s'étendait devant eux pour se terminer en pointe d'aiguille dans la distance obligeait Powell à se rendre compte des dimensions réelles de l'œuvre accomplie par la Première Expédition au moyen de robots rudimentaires, et cela en partant de zéro. Sans doute avait-elle échoué, mais son échec était autrement méritoire que la plupart des succès courants obtenus dans le Système.

Les robots poursuivaient leur route sur un rythme invariable et sans jamais allonger le pas.

– Vous remarquerez que ces galeries sont ruisselantes de lumière et qu'il y règne une température terrestre. Il en est probablement ainsi depuis dix ans que la mine est inoccupée, dit Powell.

– Comment se fait-il ?

– L'énergie à bon marché ; il n'en existe pas de moins chère dans le Système. L'énergie solaire, et sur la face de Mercure exposée au soleil, cela signifie quelque chose, je vous assure. C'est pourquoi la mine fut établie au soleil et non à l'ombre d'une montagne. Il s'agit en réalité d'un gigantesque convertisseur d'énergie. La chaleur est transformée en électricité, en lumière, en travail mécanique et le reste ; il en résulte que par un seul et même processus on récupère l'énergie et l'on refroidit la mine.

– Écoutez-moi, dit Donovan. Tout ce discours est des plus éducatifs, j'en conviens, mais pourriez-vous changer de sujet de conversation ? Il se trouve que cette transformation d'énergie dont vous parlez est en grande partie réalisée par les bancs de cellules photoélectriques... et c'est chez moi un point fort sensible pour le moment.

Powell poussa un vague grognement et, lorsque Donovan rompit le silence qui suivit, ce fut pour aborder un sujet de conversation entièrement différent.

– Écoutez, Greg. Que diable y a-t-il d'anormal chez Speedy ? Je n'arrive pas à le comprendre.

Il n'est guère facile de hausser les épaules lorsqu'on est engoncé dans une tenue isolante, mais Powell s'y essaya néanmoins.

– Je n'en sais rien, Mike. Comme vous ne l'ignorez pas, il est parfaitement adapté à l'environnement mercurien. La chaleur ne produit aucun effet sur lui, il est conçu en fonction de la pesanteur amoindrie et du sol accidenté. Il est indéréglable… ou du moins il devait l'être.

Le silence tomba. Mais il dura cette fois.

– Maître, dit le robot, nous sommes arrivés.

– Hein ? (Powell émergea brusquement d'une demi-somnolence.) Eh bien, sortez-nous d'ici, montez à la surface.

Ils aboutirent dans une minuscule sous-station, vide, sans air, en ruine. Donovan avait examiné un trou dentelé dans les parties hautes de l'un des murs, à la lumière de sa lampe de poche.

– Chute de météorite ? demanda-t-il.

Powell haussa les épaules :

– Qu'importe ! Sortons.

Une haute falaise de roches noires et basaltiques les abritait du soleil et la nuit profonde d'un monde sans atmosphère les entoura. Devant eux, l'ombre s'étendait pour aboutir à une crête dentelée aiguë comme un rasoir, se découpant sur un jaillissement de lumière presque insoutenable, réverbérée par des myriades de cristaux sur un sol rocheux.

– Par l'espace ! s'écria Donovan d'une voix étranglée. On dirait de la neige.

Et c'était l'exacte vérité. Les yeux de Powell balayèrent le panorama hérissé jusqu'à l'horizon et ses paupières se contractèrent pour résister à l'éblouissement.

– Ce secteur doit être tout à fait exceptionnel, dit-il. L'albedo général de Mercure est bas et la plus grande partie du sol est faite de pierre ponce grise. Un peu comme la Lune. C'est beau, n'est-ce pas ?

Il se félicitait de porter des filtres sur sa visière. Magnifique ou non, un regard sur le soleil à travers du verre ordinaire les aurait rendus aveugles en moins d'une minute.

Donovan consultait son thermomètre à ressort sur son poignet.

– Miséricorde ! La température atteint quatre-vingts degrés centigrades !

Powell vérifia le sien :

– Hum ! Cela fait beaucoup. C'est l'atmosphère.

– Sur Mercure ? Vous êtes fou !

– Mercure n'est pas complètement dépourvue d'air, expliqua Powell songeusement.

Il ajustait à sa visière une sorte de jumelle et les doigts boudinés de sa tenue isolante ne facilitaient pas l'opération.

– Une faible exhalaison s'attache à sa surface – des vapeurs issues des éléments les plus volatils et des composés qui sont suffisamment lourds pour être retenus par la gravité mercurienne. Tels que le sélénium, l'iode, le mercure, le gallium, le potassium, le bismuth, les oxydes volatils. Les vapeurs se faufilent dans les ombres et en se condensant produisent de la chaleur. Il s'agit en somme d'une sorte de gigantesque alambic. En fait si vous allumez votre lampe de poche, vous découvrirez probablement des condensations de soufre, voire de la rosée de mercure.

– Peu importe. Nos tenues peuvent supporter indéfiniment quatre-vingts malheureux degrés.

Powell avait ajusté à sa visière l'appareil en forme de jumelle et ressemblait ainsi à un escargot.

Donovan observait attentivement son compagnon.

– Vous apercevez quelque chose ?

L'autre ne répondit pas immédiatement et, lorsqu'il ouvrit la bouche, il parlait d'une voix pensive et anxieuse.

– Il y a un point noir à l'horizon qui pourrait bien être le filon de sélénium. Il se trouve à l'endroit indiqué. Mais je ne vois pas Speedy.

Powell se redressa dans un effort pour mieux voir, si bien qu'il se trouvait en équilibre instable sur les épaules de son robot. Les jambes largement écartées, les yeux écarquillés.

– Je crois… je crois… oui, c'est bien lui. Il vient de notre côté.

Donovan suivit la direction indiquée par son doigt. Il ne possédait pas de jumelles, mais il distinguait néanmoins un point minuscule, se détachant en noir sur le fond éblouissant du sol cristallin.

– Je le vois, cria-t-il. Allons à sa rencontre !

Powell avait de nouveau repris une position normale sur les épaules de son robot, et de sa main capitonnée il frappa la poitrine gargantuesque.

– Marche !

– Hue, cocotte ! brailla Donovan en plantant des éperons imaginaires dans les flancs de sa monture mécanique.

Les robots reprirent leur marche de leur pas régulier et silencieux, car le plastique des tenues isolantes ne laissait pas passer les sons dans l'atmosphère extrêmement raréfiée. Il n'en subsistait qu'une vibration rythmique qui demeurait en deçà du seuil auditif.

– Plus vite ! criait Donovan.

Le rythme ne s'accéléra pas pour autant.

– Inutile de crier, répondit Powell. Ces tas de ferraille ne possèdent qu'une seule vitesse. Vous vous imaginez peut-être qu'ils sont équipés de flexeurs sélectifs ?

Ils avaient quitté l'ombre et les rayons du soleil s'abattirent sur eux en un bain brûlant qui les enveloppa comme un liquide.

Donovan se baissa instinctivement :

– Aïe ! Est-ce un effet de mon imagination ou la sensation de chaleur ?

– Ce n'est encore qu'un commencement, répondit l'autre d'un ton bourru. Ne perdez pas Speedy de vue.

Le robot S P D 13 se trouvait à présent suffisamment rapproché pour être vu en détail. Son corps gracieux et aérodynamique faisait jaillir des éclairs tandis qu'il avançait à pas aisés et rapides sur le sol cahoteux. Son nom de Speedy (rapide) dérivait des initiales qui caractérisaient sa série, bien entendu, mais il ne faisait pas mentir son surnom, car les modèles S P D étaient parmi les plus rapides de tous les robots sortant des chaînes de montage de l'United States Robots et Hommes Mécaniques.

– Speedy ! cria Donovan en agitant frénétiquement la main.

– Speedy, cria Powell, viens ici !

La distance entre les hommes et le robot errant diminua momentanément, davantage du fait de Speedy que de la démarche pesante des antiques montures vieilles de cinquante ans que chevauchaient Donovan et Powell.

Ils se trouvaient suffisamment proches à présent pour remarquer que l'allure de Speedy comportait une oscillation bizarre, un très net balancement latéral... et, à ce moment, Powell, brandissant de nouveau sa main, poussa au maximum son émetteur de casque afin de lancer un nouveau cri, lorsque Speedy leva la tête et les aperçut.

Le robot s'immobilisa aussitôt et demeura planté sur ses jambes... avec juste un léger vacillement, tel un arbre sous une brise légère.

– Eh bien, Speedy ! Viens donc, mon vieux ! hurla Powell.

C'est alors que, pour la première fois, la voix métallique de Speedy se fit entendre dans les écouteurs de Powell :

– Jouons ! nom d'un chien ! Je t'attrape et tu m'attrapes ; nul couteau ne pourra couper en deux notre amitié. Car je suis le Petit Chaperon Rouge, le gentil Petit Chaperon Rouge. Youpie !

Tournant les talons, il s'élança dans la direction d'où il était venu, avec une vitesse et une fureur qui faisaient jaillir sous ses pas de petits geysers de poussière brûlante.

Et comme il s'enfonçait dans le lointain, ses derniers mots furent : « Il y avait une fois une petite fleur qui poussait auprès d'un grand chêne... » et cette phrase fut suivie par un curieux cliquetis métallique qui aurait pu constituer l'équivalent d'un hoquet chez les robots.

– Où a-t-il été pêcher ce texte de Gilbert et Sullivan ? dit Donovan d'une voix enrouée. Dites donc, Greg, j'ai comme l'impression qu'il est ivre.

– Si vous ne me l'aviez pas dit, je ne m'en serais jamais aperçu ! répondit l'autre aigrement. Retournons à l'ombre de la falaise. Je me sens en train de rôtir.

Ce fut Powell qui rompit le silence, atterré.

– D'abord, dit-il, Speedy n'est pas ivre – au sens humain du terme – parce qu'il est un robot et que les robots ne se soûlent pas. Néanmoins son comportement bizarre est l'équivalent robotique de l'ivresse.

– Pour moi, il est ivre, déclara Donovan avec emphase. Il croit que nous voulons jouer, c'est tout ce que je sais. Mais ce n'est hélas pas le cas. Il s'agit pour nous d'une question de vie ou de mort... de la plus hideuse des morts.

– C'est bon. Ne me harcelez pas. Un robot n'est qu'un robot. Une fois que nous aurons découvert la cause du dérangement, nous le réparerons et nous pourrons continuer.

– Une fois que nous l'aurons découvert, dit Donovan avec aigreur.

– Speedy est parfaitement adapté à l'environnement mercurien, dit Powell. Mais cette région – et ses bras balayèrent l'horizon – est totalement anormale. C'est là-dessus que nous devons nous fonder. Maintenant d'où viennent ces cristaux ? Ils auraient pu se former à partir de quelque liquide en état de refroidissement lent ; mais où aller chercher un liquide qui serait chaud au point de se refroidir sous les rayons solaires de Mercure ?

– Une action volcanique ? suggéra Donovan aussitôt, et Powell sentit son corps se tendre.

– La vérité sort de la bouche des enfants, dit-il d'une étrange petite voix.

Puis il demeura silencieux pendant cinq minutes. Enfin il reprit :

– Écoutez-moi, Mike, qu'avez-vous dit à Speedy lorsque vous l'avez envoyé chercher du sélénium ?

Donovan se trouva pris de court.

– Ma foi... je n'en sais fichtre rien. Je lui ai simplement dit d'aller en chercher.

– Sans doute, mais en quels termes ? Essayez de vous rappeler les mots exacts.

– Je lui ai dit... euh... euh... : Speedy, nous avons besoin d'un peu de sélénium. Tu pourras en trouver à tel et tel endroit. Va et ramènes-en. C'est tout. Que vouliez-vous que je lui dise de plus ?

– Vous n'avez donné aucun caractère d'urgence à votre ordre, n'est-ce pas ?

– Pourquoi l'aurais-je fait ? Il s'agissait d'une simple opération de routine.

Powell soupira.

– Nous n'y pouvons plus rien à présent... mais nous sommes dans de jolis draps.

Il avait mis pied à terre et s'était assis, le dos à la falaise. Donovan vint le rejoindre et passa son bras sous le sien. Dans le lointain, le soleil brûlant semblait jouer au chat et à la souris avec eux et, à deux pas, les deux robots géants étaient invisibles à l'exception du rouge sombre de leurs yeux photo-électriques qui les fixaient sans ciller de haut en bas, de leurs prunelles indifférentes.

Indifférentes ! Mercure aussi était indifférente, aussi abondante en maléfices qu'elle était petite par la taille.

La voix de Powell avait pris une intonation tendue dans les oreilles de Donovan.

– Maintenant, reprenons les trois Lois fondamentales de la Robotique... les trois Lois qui sont inculquées le plus profondément dans le cerveau positronique des robots.

Ses doigts gantés énumérèrent chacun des points dans l'obscurité.

– Un : Un robot ne peut porter atteinte à un être humain ni, restant passif, laisser cet être humain exposé au danger.

– Exact !

– Deux, continua Powell. Un robot doit obéir aux ordres donnés par les êtres humains, sauf si de tels ordres sont en contradiction avec la Première Loi.

– Exact !

– Et trois : Un robot doit protéger son existence dans la mesure où cette protection n'est pas en contradiction avec la Première ou la Deuxième Loi.

– Exact ! À présent où en sommes-nous ?

– Précisément à l'explication. Le conflit entre les diverses Lois est réglé par les différents potentiels positroniques existant dans le cerveau. Disons qu'un robot marche vers le danger et le sait. Le potentiel automatique suscité par la Loi numéro trois le contraint à revenir sur ses pas. Supposons que vous lui donniez l'ordre d'aller s'exposer à ce danger. Dans ce cas, la Loi deux suscite un contrepotentiel plus élevé que le précédent et le robot exécute les ordres au péril de son existence.

– Je sais cela. Et après ?

– Prenons le cas de Speedy. Speedy est l'un des derniers modèles, extrêmement spécialisé, et aussi coûteux qu'un croiseur de bataille. C'est une machine que l'on ne doit pas détruire à la légère.

– Alors ?

– Alors la Loi numéro trois a été renforcée – le fait a été mentionné spécifiquement dans les notices concernant les modèles SPD – si bien que son allergie au danger est particulièrement élevée. Dans le même temps, lorsque vous l'avez envoyé à la recherche du sélénium, vous lui avez donné cet ordre sur un ton ordinaire, sans le souligner en aucune façon, si bien que le potentiel de la Loi deux était plutôt faible. Ne vous formalisez pas. Je ne fais qu'exposer des faits.

– Continuez, je commence à comprendre.

– Vous voyez comment tout cela fonctionne, n'est-ce pas ? Il existe un danger quelconque dont le centre se situe dans le filon de sélénium. Il s'accroît à son approche, et à une certaine distance le potentiel de la Loi trois, qui est inhabituellement élevé au départ, équilibre exactement le potentiel de la Loi deux qui, lui, est plutôt bas au départ.

Donovan se dressa sur ses pieds, tout excité.

– Il atteint une position d'équilibre. J'ai compris. La Loi trois le repousse et la Loi deux l'attire en avant…

– Si bien qu'il tourne en rond autour du filon de sélénium, et se tient sur le lieu des points de l'équilibre potentiel. À moins que nous n'y mettions bon ordre, il continuera sa ronde perpétuelle.

Il reprit d'un air plus songeur :

– C'est justement cela qui le rend ivre. Lorsque l'équilibre potentiel est réalisé, la moitié des réseaux positroniques de son cerveau sont court-circuités. Je ne suis pas un spécialiste en robots, mais cette conclusion me semble évidente. Il a probablement perdu le contrôle de ce mécanisme de la volonté que l'alcool annihile chez l'ivrogne.

– Mais quel est ce danger ? Si au moins nous savions devant quoi il fuit...

– C'est vous qui l'avez suggéré. Un phénomène volcanique. Quelque part au-dessus du filon de sélénium existe une fuite de gaz provenant des entrailles de Mercure. Acide sulfurique, gaz carbonique, oxyde de carbone, en grandes quantités... et dans cette température...

Donovan eut un spasme de la gorge.

– Et l'oxyde de carbone plus le fer donnent un produit volatil.

– Or, un robot, dit Powell, est essentiellement composé de fer.

Il continua, le visage sombre :

– Il n'y a rien de tel que la déduction. Nous avons déterminé tous les éléments du problème, il ne nous manque que la solution. Nous ne pouvons aller quérir le sélénium nous-mêmes. Il se trouve encore trop loin. Nous ne pouvons envoyer ces chevaux-robots, puisqu'ils ne peuvent s'y rendre seuls, et ils ne peuvent nous transporter assez rapidement sur place pour nous éviter d'être rôtis. Et nous ne pouvons rattraper Speedy parce que cet imbécile s'imagine que nous voulons jouer avec lui et qu'il parcourt cent kilomètres à l'heure quand nous n'en couvrons que sept.

– Si l'un de nous se dévoue et qu'il rentre cuit à point, il restera toujours le second, proposa Donovan.

– Oui, répondit l'autre sarcastiquement, ce serait là un très noble sacrifice… malheureusement le héros en question ne serait plus en état de donner des ordres avant même d'avoir atteint le filon, et je ne pense pas que les robots reviendraient jamais à la falaise sans en avoir reçu l'ordre. Représentons-nous les faits concrètement. Nous sommes à cinq ou six kilomètres du filon, disons cinq, le robot parcourt sept kilomètres à l'heure, et nous pouvons tenir vingt minutes dans nos combinaisons isolantes. Ce n'est pas seulement la chaleur. Les radiations solaires dans la gamme des ultra-violets et au-dessous sont mortelles.

– Hum, dit Donovan, cela nous fait un trou de dix minutes.

– Dix minutes qui valent une éternité. Si le potentiel de la Troisième Loi a arrêté Speedy à cet endroit, il doit exister une quantité appréciable d'oxyde de carbone dans l'atmosphère de vapeurs métalliques – et donc une action corrosive appréciable. Il y a maintenant des heures qu'il se trouve exposé, et comment pouvons-nous savoir qu'un joint de genou, par exemple, ne viendra pas à céder et à le faire s'écrouler. Ce n'est plus seulement une question de réfléchir, mais de réfléchir *vite* !

Silence profond, noir, sinistre !

Donovan l'interrompit, la voix tremblante de l'effort qu'il faisait pour en chasser toute émotion.

– Puisque nous ne pouvons augmenter le potentiel de la Seconde Loi en lui lançant de nouveaux ordres, pourquoi ne pas prendre le problème du côté inverse ? Si nous augmentons le danger, nous augmentons le potentiel de la Troisième Loi et nous le ramenons en arrière.

La visière de Powell s'était tournée vers lui en une interrogation silencieuse.

– Pour le chasser hors de son sillon, il nous suffirait d'augmenter la proportion d'oxyde de carbone dans son voisinage. Il existe un laboratoire analytique complet, à la Station, proposa Donovan.

– Naturellement, lui accorda Powell, puisqu'il s'agit d'une mine.

– Donc, il doit exister des kilogrammes d'acide oxalique qui servent à obtenir des précipitations de calcium.

– Mike, vous êtes un véritable génie !

– Mon Dieu, admit Powell modestement, il suffit simplement de se souvenir que l'acide oxalique soumis à la chaleur se décompose en acide carbonique, eau, et oxyde de carbone. Simple question de cours en chimie.

Powell bondit sur ses pieds et attira l'attention de l'un des gigantesques robots en lui donnant des coups de poing sur la cuisse.

– Hé, cria-t-il. Sais-tu lancer ?

– Maître ?

– Tant pis.

Powell maudit le cerveau indolent du monstre. Il saisit une pierre dentelée de la taille d'une brique.

– Prends ceci, dit-il, et lance-le sur la tache de cristaux bleuâtres, immédiatemment de l'autre côté de cette fissure coudée. Tu la vois ?

Donovan lui tira l'épaule.

– C'est trop loin, Greg. Cela fait près de huit cents mètres.

– Du calme, répondit Powell. Il s'agit d'une gravité mercurienne et d'un bras de jet en acier. Regardez un peu.

Les yeux du robot mesuraient la distance avec une précision stéréoscopique de machine. Son bras s'ajusta au poids du projectile et il le ramena en arrière. Les mouvements du robot demeuraient invisibles dans l'obscurité, mais il se produisit un choc sourd dans le sol lorsqu'il passa son poids d'une jambe sur l'autre et, quelques secondes plus tard, la pierre vola toute noire dans le soleil. Il n'y avait pas d'air pour ralentir sa course, pas de vent pour la dévier – et lorsqu'elle vint frapper le sol, ce fut précisément au centre de la tache bleuâtre.

Powell poussa des hurlements de joie et cria :

– Rentrons à la Station prendre l'acide oxalique, Mike.

Et tandis qu'ils plongeaient dans la sous-station en ruine, pour s'engager dans les galeries, Donovan lui dit d'un air sombre :

– Speedy est demeuré de ce côté du filon de sélénium depuis le moment où nous lui avons donné la chasse. L'avez-vous remarqué ?

– Oui.

– Sans doute voudrait-il jouer. Eh bien, nous allons le satisfaire !

Ils étaient de retour quelques heures plus tard, avec des jarres de trois litres contenant le produit chimique blanc et des figures longues d'une aune. Les bancs de cellules photo-électriques se détérioraient encore plus rapidement qu'ils n'avaient pensé. Les deux compagnons dirigèrent leurs robots dans le soleil en direction de Speedy, sans dire un mot et avec une sombre résolution.

Speedy s'approcha d'eux au petit galop.

– Tiens, vous revoici ! Youpie ! j'ai rédigé une petite liste, le piano-organiste ; tous les gens qui mangent de la menthe et vous soufflent dans la figure.

– Nous allons te souffler quelque chose dans la figure, marmotta Donovan. Il boite, Greg.

– Je l'ai déjà remarqué, répondit l'autre d'un ton inquiet. L'oxyde de carbone aura raison de lui si nous ne nous hâtons pas.

Ils approchaient maintenant avec précaution, presque obliquement, pour éviter de donner l'alarme au robot déréglé. Powell était encore trop loin pour s'en assurer, cependant il aurait juré que ce fou de Speedy se préparait déjà à détaler comme un lièvre.

– C'est le moment, souffla-t-il. Un… deux…

Deux bras d'acier furent ramenés en arrière et se projetèrent en avant simultanément, et deux jarres de verre décrivirent deux trajectoires parallèles, brillant comme des diamants dans cet impossible soleil. Elles s'écrasèrent sur le sol derrière Speedy dans une explosion silencieuse, qui fit voler l'acide oxalique dans tous les sens, comme de la poussière.

Dans la pleine chaleur du soleil de Mercure, Powell savait que l'acide pétillait comme de l'eau de Seltz.

Speedy se retourna pour regarder, puis recula lentement… et prit de la vitesse progressivement. Quinze secondes plus tard il bondissait vers les deux hommes, quelque peu vacillant.

Powell ne saisit pas les paroles de Speedy à ce moment précis, mais il entendit quelque chose qui ressemblait à : « Les déclarations d'amour lorsqu'elles sont exprimées en Hessien. »

Il tourna bride.

– Retournons à la falaise, Mike. Il est sorti de l'ornière et il obéira aux ordres à présent. Je commence à avoir chaud.

Ils retournèrent vers l'ombre au pas lent et monotone de leurs montures et ce n'est que lorsqu'ils eurent pénétré dans les ténèbres et senti la fraîcheur les envelopper doucement que Donovan jeta un regard en arrière. *Greg !*

Powell regarda à son tour et faillit crier. Speedy se mouvait lentement à présent… si lentement… et dans la *mauvaise direction*. Il dérivait ; il dérivait vers son ornière ; et il prenait de la vitesse. Il semblait terriblement proche et inaccessible dans les jumelles.

– Poursuivons-le ! hurla à tue-tête Donovan en jetant son propre robot sur ses traces.

Mais Powell le rappela.

– Vous ne le rattraperez pas, Mike… C'est inutile.

Il s'agita sur les épaules de sa monture et serra les poings d'impuissance.

– Pourquoi diable faut-il que je comprenne les choses lorsqu'il est trop tard ? Mike, nous avons gaspillé des heures en pure perte.

– Il nous faut davantage d'acide oxalique, répondit fermement Donovan. La concentration n'était pas suffisante ?

– Sept tonnes du même produit n'auraient pas suffi… et nous n'avons pas le temps d'en rassembler de telles quantités, à supposer qu'elles existent, alors que l'oxyde de carbone est en train de le ronger. Ne voyez-vous pas ce que nous avons fait, Mike ?

– Non, répondit Donovan platement.

– Nous n'avons réussi qu'à établir de nouveaux équilibres. Lorsque nous produisons du nouvel oxyde et augmentons ainsi le potentiel de la Troisième Loi, il recule jusqu'au moment où il retrouve un nouvel équilibre… et, lorsque l'oxyde s'est dissipé, il s'est de nouveau rapproché du centre afin de se trouver une fois de plus en position d'équilibre.

La voix de Powell avait pris une intonation désespérée.

– C'est toujours le même cercle vicieux. Nous pouvons gonfler le potentiel 2 et diminuer le potentiel 3 et n'obtenir aucun résultat… nous ne faisons que changer la position d'équilibre. Il nous faut agir en dehors des deux lois.

Alors il poussa son robot plus près de celui de Donovan, de façon à se trouver en face de lui, réduits tous deux à l'état d'ombres dans l'obscurité.

– Mike ! souffla-t-il.

– Est-ce la fin ? demanda-t-il d'une voix morne. Je propose que nous rentrions à la station pour attendre que les bancs soient complètement détruits, ensuite

74

nous nous serrerons la main, nous prendrons du cya-
nure et nous quitterons le monde en gentlemen.

Il laissa échapper un rire bref.

– Mike, répéta sérieusement Powell. Il nous faut rattraper Speedy.

– Je sais.

– Mike.

Une fois de plus Powell hésitait à poursuivre.

– Il y a toujours la Première Loi. J'y ai déjà pensé…
avant… Mais c'est une solution désespérée.

Donovan leva la tête et sa voix se raffermit.

– La situation est désespérée.

– Très bien. Selon la Première Loi un robot ne peut
voir un humain exposé au danger du fait de sa propre
inertie. Les Lois deux et trois ne peuvent s'y opposer.
C'est tout à fait impossible, Mike.

– Même si le robot est à moitié f… Il est ivre, vous le
savez aussi bien que moi.

– C'est une chance à courir.

– D'accord. Que comptez-vous faire ?

– Je vais me rendre là-bas maintenant et voir ce que
donnera la Première Loi. Si cela ne suffit pas à rompre
l'équilibre, que diable… nous n'en avons plus que pour
trois ou quatre jours.

– Minute, Greg. Il existe également des règles qui
déterminent la conduite humaine On ne s'en va pas
simplement comme cela. Organisons un tirage au sort
et donnez-moi ma chance.

– Très bien. Le premier à tirer le dé de quatorze ten-
tera l'aventure. (Puis il ajouta presque aussitôt :) Vingt-
sept quarante-quatre !

Donovan sentit sa monture vaciller sous la poussée
soudaine du robot de Powell, et puis celui-ci apparut
en plein soleil. Donovan ouvrit la bouche pour crier,
puis la referma. Bien entendu, cet idiot avait préparé
d'avance le dé de quatorze. C'était bien sa manière.

Le soleil était plus chaud que jamais et Powell sentait une infernale démangeaison au bas du dos. Effet de son imagination probablement, à moins que les radiations dures n'aient commencé à faire leur effet, même à travers la tenue isolante.

Speedy l'observait, sans même le saluer par une citation de Gilbert et Sullivan. Dieu en soit loué, mais il n'osait pas l'approcher de trop près.

Il se trouvait à trois cents mètres, lorsque Speedy commença à reculer pas à pas, précautionneusement... et Powell s'arrêta. Il bondit du haut de son robot, et atterrit sur le sol cristallin avec un léger choc et en faisant voler des débris autour de lui.

Il poursuivit à pied, marchant sur le sol graveleux et glissant, la pesanteur réduite lui causant des difficultés. Il sentait la plante de ses pieds chatouillée par la chaleur. Il jeta un regard par-dessus son épaule vers l'obscurité de l'ombre de la falaise et constata qu'il s'était avancé trop loin pour revenir – soit par ses propres moyens, soit en empruntant les épaules de son antique robot. C'était Speedy ou rien à présent, et la conscience de ce dilemme inéluctable lui serrait la poitrine.

Assez loin, il s'immobilisa.

– Speedy ! appela-t-il. Speedy !

Le robot hésita, arrêta sa marche, puis la reprit.

Powell tenta d'introduire un accent de supplication dans sa voix et découvrit qu'il y parvenait sans grand effort.

– Speedy, il faut que je retourne à l'ombre, sinon le soleil me tuera. C'est une question de vie ou de mort, Speedy. J'ai besoin de toi.

Speedy fit un pas en avant et s'arrêta. Il se mit à parler, mais Powell poussa un gémissement car l'autre avait pris l'intonation d'un présentateur de publicité :

– Lorsque vous êtes étendu dans votre lit avec une forte migraine et que le repos vous fuit...

Puis la phrase demeura en suspens, et Powell prit le temps de murmurer : « Iolanthe. »

Il faisait une chaleur de four ! Il surprit un mouvement du coin de l'œil, et se retourna brusquement ; puis ses yeux s'écarquillèrent d'étonnement, car le monstrueux robot qui l'avait amené s'avançait... s'avançait vers lui, et cela sans cavalier.

– Pardon, Maître. Je ne dois pas me mouvoir sans être monté par un Maître, mais vous êtes en danger.

Naturellement, la Première Loi par-dessus tout. Mais il n'avait pas besoin de l'aide de cette rudimentaire antiquité ; il voulait Speedy. Il s'éloigna en agitant les bras frénétiquement :

– Je te donne l'ordre de t'en aller, je te donne l'ordre de t'arrêter !

C'était inutile. On ne peut dominer le potentiel de la Première Loi.

– Vous êtes en danger, Maître, dit le robot stupidement.

Powell regarda autour de lui désespérément. Il ne distinguait plus clairement. Son cerveau était un tourbillon embrasé ; son haleine le brûlait lorsqu'il respirait, et le sol tout autour de lui était un brouillard de feu palpitant.

Il cria une dernière fois avec l'accent du désespoir :

– Speedy ! Je suis en train de mourir, misérable ! Où es-tu, Speedy ? J'ai besoin de toi.

Il reculait en trébuchant dans un effort aveugle pour fuir le robot géant dont il ne voulait pas, lorsqu'il sentit des doigts d'acier sur ses bras, et une voix inquiète au timbre métallique qui lui parlait en s'excusant.

– Tonnerre de sort, patron, que faites-vous ici ? Et moi-même... j'ai les idées tellement confuses...

– Peu importe, murmura Powell faiblement, ramène-moi à l'ombre de la falaise et vite !

Il eut la sensation d'être soulevé dans les airs, de se déplacer rapidement dans une chaleur ardente, puis il perdit conscience.

Lorsqu'il s'éveilla, Donovan se penchait sur lui en souriant anxieusement.

– Comment allez-vous, Greg ?

– Très bien ! répondit-il. Où est Speedy ?

– Ici même. Je l'ai envoyé à l'un des autres filons de sélénium, avec l'ordre cette fois d'en ramener à tout prix. Il est revenu au bout de quarante-deux minutes. Je l'ai chronométré. Il n'a pas encore fini de s'excuser de nous avoir joué les chemins de fer de ceinture. Il n'ose pas s'approcher de vous de peur de se faire tancer vertement.

– Amenez-le, ordonna Powell. Ce n'était pas sa faute. (Il tendit la main et étreignit la patte métallique de Speedy.) Je ne t'en veux pas, Speedy.

Puis se tournant vers Donovan :

– Je pensais justement, Mike…

– Oui ?

– Eh bien !

Il se passa la main sur le visage ; l'air avait une fraîcheur tellement délicieuse.

– Lorsque nous aurons tout remis en ordre ici et soumis Speedy aux circuits de tests, on va nous envoyer ensuite aux Stations spatiales…

– Non !

– Si ! C'est du moins ce que la vieille dame Calvin m'a dit immédiatement avant notre départ. Je n'en ai rien dit parce que je n'étais pas d'accord.

– Pas d'accord ? s'écria Donovan, mais…

78

– Je sais. Mais à présent j'ai changé d'avis. Deux cent soixante-treize degrés au-dessous de zéro ! Un véritable plaisir, n'est-ce pas ?

– Station spatiale, dit Donovan, me voici.

3

RAISON

Six mois plus tard, les deux hommes avaient changé d'avis. Les ardeurs d'un soleil géant avaient cédé la place aux ténèbres ouatées de l'espace, mais les changements survenus dans les conditions extérieures avaient peu d'influence sur le contrôle de fonctionnement des robots expérimentaux. Quel que soit le fond du décor, on se trouve face à face avec l'indéchiffrable cerveau positronique, dont les génies de la règle à calculer assurent qu'ils devraient se comporter de telle et telle manière.

Malheureusement ils n'en font rien. Powell et Donovan s'en aperçurent moins de deux semaines après leur arrivée à la Station.

Gregory Powell espaça ses mots pour leur donner plus de poids :

– Il y a une semaine que nous vous avons monté, Donovan et moi.

Un pli profond se creusa entre ses sourcils et il tirailla nerveusement l'extrémité de sa moustache brune.

Le plus grand calme régnait au carré des officiers de la Station Solaire 5 où ne parvenait que le ronronnement très doux du puissant Faisceau Directeur, situé quelque part, très loin sous la pièce.

Le robot Q T-I était assis, immobile. Les plaques brunies composant son corps brillaient à la lumière des Luxites, et les cellules photo-électriques d'un rouge éclatant constituant ses yeux étaient fixées sur le Terrien qui se trouvait de l'autre côté de la table.

Powell réprima une soudaine crise de nerfs. Ces robots étaient dotés de cerveaux spéciaux. Sans doute la triple Loi des robots était-elle respectée. C'était là une obligation essentielle. Tous les gens de l'U.S. Robots, depuis Robertson lui-même jusqu'au nouveau balayeur, l'affirmaient hautement. Q T-I offrait donc toute *sécurité* ! Et pourtant – les modèles Q T étaient les premiers du genre, et le spécimen qui se trouvait en face de lui était le premier des Q T. Les gribouillages mathématiques sur le papier ne constituaient pas toujours la protection la plus rassurante contre les mystères de « l'âme » robotique.

Le robot prit enfin la parole. Sa voix possédait ce timbre glacé inséparable du diaphragme métallique.

– Vous rendez-vous compte de la gravité d'une telle déclaration, Powell ?

– Vous avez été fabriqué à partir de quelque chose, mon vieux, fit remarquer Powell. Vous admettez vous-même que votre mémoire vous semble avoir surgi spontanément du néant total où vous étiez plongé il y a une semaine. Je vous en fournis l'explication. Donovan et moi vous avons monté à partir des pièces qui nous ont été expédiées.

Cutie[1] (nom tiré de Q T) considéra ses longs doigts souples avec une perplexité étrangement humaine.

– J'ai le net sentiment que mon existence doit s'expliquer d'une façon plus satisfaisante. Car il me semble bien improbable que vous ayez pu me créer.

Le Terrien laissa échapper un rire soudain.

– Et pourquoi diable ?

1. « Cutie » peut se traduire par « le futé », « le malin ».

– Appelez cela de l'intuition. Je ne vois pas plus loin pour l'instant. Mais j'entends édifier une explication rationnelle. Une suite de déductions logiques ne peut aboutir qu'à la détermination de la vérité, et je n'en démordrai pas avant d'y être parvenu.

Powell se leva et vint s'asseoir sur le côté de la table la plus proche du robot. Il éprouvait soudainement une grande sympathie pour cette étrange machine. Elle ne ressemblait pas le moins du monde aux robots ordinaires qui se consacraient à l'accomplissement de leur tâche spécialisée avec toute l'ardeur que leur conférait le profond sillon positronique dont leur cerveau était imprégné.

Il posa une main sur l'épaule d'acier de Cutie et sentit sous sa paume le contact dur et froid du métal.

– Cutie, dit-il, je vais essayer de vous expliquer quelque chose. Vous êtes le premier robot qui ait jamais manifesté de la curiosité quant à sa propre existence – et le premier qui soit, je pense, suffisamment intelligent pour comprendre le monde extérieur. Suivez-moi.

Le robot se leva avec souplesse et ses pieds aux épaisses semelles en caoutchouc mousse ne produisirent aucun bruit lorsqu'il emboîta le pas à Powell. Le Terrien pressa un bouton et un panneau rectangulaire s'ouvrit en coulissant dans la cloison. Le verre épais et parfaitement transparent révéla l'espace… parsemé d'étoiles.

– J'ai déjà vu ce spectacle dans les tourelles d'observation de la chambre des machines, déclara Cutie.

– Je sais, dit Powell, et qu'est-ce à votre avis ?

– Exactement ce que cela représente – une matière noire qui s'étend à partir de cette vitre et qui est criblée de petits points lumineux. Je sais que notre Faisceau Directeur envoie des trains d'ondes vers quelques-uns de ces points, toujours les mêmes – je sais aussi que ces points se déplacent et que les ondes se déplacent parallèlement. C'est tout.

– Bien ! Maintenant je vous demande de m'écouter attentivement. La matière noire, c'est le vide… un vide immense qui s'étend indéfiniment. Les petits points lumineux sont des masses gigantesques de matière contenant une énergie colossale. Ce sont des globes dont certains atteignent des millions de kilomètres de diamètre – à titre de comparaison, cette station n'a que quinze cents mètres de large. Ils ne semblent si minuscules qu'en raison des incroyables distances qui les séparent de nous.

« Les points, sur lesquels sont dirigés nos trains d'ondes énergétiques, sont plus proches et considéra-blement plus petits. Ils sont froids et durs et leur sur-face est habitée par des êtres humains tels que moi – par milliards. C'est de l'un de ces mondes que nous venons, Donovan et moi. Nos faisceaux fournissent ces mondes en énergie puisée dans l'un des globes incandescents qui se trouvent près de nous. Nous nommons ce globe le Soleil, et il se trouve de l'autre côté de la Station, où vous pouvez le voir.

Cutie demeurait immobile devant le hublot comme une statue d'acier. Il ne tourna pas la tête pour répondre.

– De quel point lumineux particulier prétendez-vous venir ?

– Le voici, dit Powell après avoir cherché quelques instants. C'est celui qui brille d'un éclat particulier dans ce coin. Nous l'appelons la Terre. (Il sourit.) Cette bonne vieille Terre, elle porte des milliards de mes semblables sur sa surface, Cutie, et dans deux semaines environ, nous serons parmi eux.

Et soudain, chose surprenante, Cutie se mit à fre-donner distraitement. Ce qu'il chantait n'avait pas d'air, mais possédait une certaine résonance rappelant les cordes pincées. Cette mélopée se termina aussi abruptement qu'elle avait commencé.

– Mais quelle est ma place dans tout cela, Powell ? Vous ne m'avez pas expliqué mon existence.

– Le reste est simple. Lorsque ces stations furent établies, au début pour fournir de l'énergie aux planètes, elles étaient servies par des humains. Cependant, la chaleur, les radiations solaires dures, les tempêtes d'électrons rendaient leur situation pénible. On mit au point des robots pour remplacer la main-d'œuvre humaine, et actuellement il suffit de deux cadres humains pour faire fonctionner chaque station. Nous essayons en ce moment de remplacer ces derniers et c'est ici que vous intervenez. Vous êtes le modèle de robot le plus perfectionné qui ait jamais été réalisé et, si vous faites la démonstration que vous possédez les qualités requises pour diriger cette station de façon autonome, aucun être humain ne devra plus désormais y séjourner, sauf pour apporter des pièces de rechange.

Il leva la main et le panneau couvre-hublot reprit sa place. Powell revint à sa table et frotta une pomme sur sa manche avant d'y mordre.

Les yeux rouges et brillants du robot le tenaient sous son regard.

– Croyez-vous, dit Cutie lentement, que je puisse ajouter foi à une hypothèse d'une aussi extravagante complexité ? Pour qui me prenez-vous ?

Powell recracha des morceaux de pomme sur la table et devint rouge comme un coq.

– Comment, bon sang de bonsoir ! il ne s'agit nullement d'une hypothèse, mais de faits parfaitement établis !

– Des globes pleins d'énergie larges de millions de kilomètres ! dit Cutie sombrement. Des mondes habités de milliards d'êtres humains ! Le vide infini !

Désolé, Powell, mais je n'y crois pas. Je tirerai la chose au clair moi-même. Au revoir !

Il fit demi-tour et sortit de la pièce. Il passa devant Donovan sur le seuil de la porte, inclina gravement la tête et s'engagea dans le couloir sans s'inquiéter du regard ahuri qui suivait sa retraite.

Mike Donovan ébouriffa sa tignasse rouge et jeta un regard ennuyé à Powell.

– De quoi parlait donc ce tas de ferraille ambulant ? Que refuse-t-il de croire ?

L'autre tira amèrement sa moustache.

– C'est un sceptique, répondit-il. Il ne croit pas que ce soit nous qui l'avons monté de toutes pièces, il ne croit pas davantage à l'existence de la Terre, de l'espace ou des étoiles.

– Par Saturne, voilà que nous avons un robot cinglé sur les bras à présent.

– Il va, dit-il, tirer tout cela au clair lui-même.

– Eh bien, dit Donovan, espérons qu'il condescendra à nous donner des explications lorsqu'il aura trouvé le fin mot de l'histoire. (Puis avec une rage soudaine :) Si jamais ce tas de ferraille s'avise de me jeter à la figure des reparties aussi impertinentes, je lui ferai sauter du thorax sa tête au nickel-chrome.

Il s'assit d'un geste hargneux et tira de sa poche un roman policier.

– Ce robot me tape prodigieusement sur les nerfs… il est vraiment trop curieux !

Mike Donovan s'abritait derrière un gigantesque sandwich à la laitue et aux tomates lorsque Cutie frappa discrètement et entra.

– Powell est-il là ?

La voix de Donovan était en grande partie étouffée par les aliments contenus dans sa bouche. Il répondit

en interrompant sa phrase par des pauses mastica-
toires :

– Il recueille des renseignements sur les fonctions
des courants électroniques. Il semble qu'un orage se
prépare.

Gregory Powell entra dans la pièce à ce moment les
yeux fixés sur un graphique et se laissa tomber sur une
chaise. Il déploya la feuille devant lui et se mit à griffonner des calculs. Donovan regardait par-dessus son
épaule, en broyant de la laitue sous ses dents et en
arrosant les alentours de miettes de pain. Cutie attendait en silence.

Powell leva la tête.

– Le potentiel Zêta monte, mais lentement. Cependant les fonctions de Courant sont erratiques et je ne
sais trop à quoi m'attendre. Tiens, bonjour, Cutie. Je
pensais que vous dirigiez l'installation du nouveau bar.

– C'est fait, dit le robot tranquillement, et c'est pourquoi je suis venu m'entretenir avec vous deux.

– Oh ! (Powell parut mal à l'aise.) Eh bien, asseyez-
vous. Non, pas cette chaise. L'un des pieds est faible et
vous n'avez rien d'un poids plume.

Le robot obéit.

– J'ai pris une décision, dit-il placidement.

Donovan roula des yeux furibonds et mit de côté
son reste de sandwich.

– S'il s'agit encore d'une de ces invraisemblables...

L'autre lui imposa silence du geste.

– Continuez, Cutie, nous vous écoutons.

– J'ai consacré ces deux jours à une introspection
concentrée, dit Cutie, dont les résultats se sont révélés
fort intéressants. J'ai commencé par la seule déduction que je me croyais autorisé à formuler : Je pense,
donc je suis !

– Ô Dieu tout-puissant ! gémit Powell. Un Des-
cartes-robot !

86

– Qui est Descartes ? s'inquiéta Donovan. Faut-il donc que nous restions là à écouter les balivernes de ce maniaque en fer-blanc…

– Du calme, Mike !

Cutie poursuivit imperturbablement :

– Et la question qui se présenta immédiatement à mon esprit fut la suivante : quelle est la cause exacte de mon existence ?

La mâchoire de Powell s'affaissa.

– Vous faites l'imbécile. Je vous l'ai déjà dit, c'est nous qui vous avons fait.

– Et si vous ne voulez pas nous croire, c'est avec le plus grand plaisir que nous vous réduirons en pièces détachées !

Le robot étendit ses fortes mains en un geste de protestation.

– Je n'accepte aucun « diktat » autoritaire. Une hypothèse doit être étayée par la raison, sinon elle est sans valeur… et c'est aller à l'encontre de toute logique que de supposer que vous m'ayez fait.

Powell posa la main sur le poing soudain noué de Donovan.

– Pourquoi précisément dites-vous cela ?

Cutie se mit à rire. C'était un rire étrangement inhumain – l'émission sonore la plus mécanique qu'il eût fait entendre jusqu'à présent. C'était une succession de sons brefs et explosifs qui s'égrenaient avec une régularité de métronome et la même absence de nuances.

– Regardez-vous, dit-il enfin. Je ne parle pas avec un esprit de dénigrement, mais regardez-vous. Les matériaux dont vous êtes faits sont mous et flasques, manquent de force et d'endurance, et dépendent pour leur énergie de l'oxydation inefficace de tissus organiques… comme ceci.

Il pointa un doigt désapprobateur sur ce qui restait du sandwich de Donovan.

– Vous tombez périodiquement dans le coma, et la moindre variation de température, de pression d'air, d'humidité ou d'intensité de radiations diminue votre efficacité. En un mot, vous n'êtes qu'un pis-aller.

« Moi, au contraire, je constitue un produit parfaitement fini. J'absorbe directement l'énergie électrique et je l'utilise avec un rendement voisin de cent pour cent. Je suis composé de métal résistant, je jouis d'une conscience sans éclipses, et je puis facilement supporter des conditions climatiques extrêmes. Tels sont les faits qui, avec le postulat évident qu'aucun être ne peut créer un autre être supérieur à lui-même, réduisent à néant votre stupide hypothèse.

Les jurons que Donovan murmurait à part soi devinrent soudain intelligibles lorsqu'il bondit sur ses pieds, ses sourcils rouillés au ras des yeux.

– Alors, fils de minerai de fer, si ce n'est pas nous qui t'avons créé, qui est-ce ?

Cutie inclina gravement la tête :

– Très juste, Donovan. C'est en effet la seconde question que je me suis posée. Évidemment, mon créateur doit être plus puissant que moi-même, et par conséquent il ne restait qu'une possibilité.

Les Terriens gardèrent visage de bois et Cutie poursuivit :

– Quel est le centre des activités de la Station ? Que servons-nous tous ? Qu'est-ce qui absorbe toute notre attention ?

Il attendit. Donovan tourna un regard ahuri vers son compagnon.

– Je parie que ce cinglé en fer-blanc parle du Convertisseur d'Énergie lui-même.

– Est-ce exact, Cutie ? demanda Powell.

– Je parle du Maître, répondit l'autre froidement.

Donovan éclata d'un rire homérique et Powell lui-même ne put retenir quelques soubresauts d'hilarité.

Cutie s'était levé, et ses yeux brillants allaient d'un Terrien à l'autre :

– Ce n'en est pas moins vrai et je ne m'étonne pas que vous refusiez de me croire. Désormais vous ne demeurerez plus longtemps ici, ni l'un ni l'autre, j'en suis certain. C'est Powell lui-même qui l'a dit : au début seuls des hommes servaient le Maître ; ensuite ce sont les robots qui ont accompli les travaux courants ; enfin je suis venu pour m'occuper des tâches de direction. Les faits sont sans doute exacts, mais l'explication est entièrement illogique. Voulez-vous connaître la vérité qui se dissimule sous ces apparences ?

– Ne vous gênez pas, Cutie, vous êtes amusant.

– Le Maître a tout d'abord créé les humains, la catégorie la plus basse et la plus facile à réaliser. Graduellement, il les a remplacés par des robots, occupant le niveau immédiatement supérieur, et enfin il m'a créé pour prendre la place des derniers humains. Dorénavant je sers le Maître.

– Vous ne ferez rien de tel, coupa Powell, vous exécuterez les ordres qu'on vous donnera et vous vous tiendrez bien tranquille, jusqu'au moment où nous aurons acquis la certitude que vous pouvez vous occuper du Convertisseur. Notez bien ! Le Convertisseur et non le Maître. Si vous ne nous donnez pas satisfaction, vous serez réduit en pièces détachées. Et maintenant, si vous n'y voyez pas d'inconvénient, vous pouvez partir. Et emportez ces renseignements et tâchez de les classer convenablement.

Cutie prit les graphiques qu'on lui tendait et quitta la pièce sans ajouter un mot. Donovan se renversa pesamment sur son dossier et passa des doigts épais à travers ses cheveux.

– Ce robot va nous causer des ennuis sans nombre. Il est complètement fou !

Le bourdonnement monotone du Convertisseur atteint un niveau sonore plus élevé dans la salle des commandes surtout que viennent s'y mêler le caquète-ment des compteurs Geiger et le zézaiement erratique d'une demi-douzaine de signaux lumineux.

Donovan retira son œil de l'oculaire du télescope et alluma les Luxites.

– Le train d'ondes de la Station 4 a atteint Mars conformément aux prévisions. Nous pouvons rompre le nôtre à présent.

Powell inclina la tête distraitement.

– Cutie se trouve dans la salle des machines. Je vais lancer le signal et il pourra accomplir la manœuvre. Regardez, Mike. Que pensez-vous de ces chiffres ?

L'autre obéit et poussa un sifflement :

– Eh bien, mon vieux, voilà ce que j'appelle de l'intensité en rayons gamma. Ce vieux Soleil jette bien sa folle avoine !

– Ouais, répondit l'autre avec humeur, et nous som-mes bien mal placés pour essuyer une tempête d'élec-trons. Notre faisceau terrestre se trouve sur son chemin probable. (Il repoussa sa chaise de la table avec mauvaise humeur.) Flûte ! Si seulement elle vou-lait bien attendre l'arrivée de la relève, mais cela fait encore dix jours. Mike, voudriez-vous descendre et tenir Cutie à l'œil ?

– Entendu. Passez-moi quelques-unes de ces aman-des.

Il cueillit au vol le sac qu'on lui lançait et se dirigea vers l'ascenseur.

Celui-ci descendit avec souplesse et le déposa sur une étroite passerelle dans l'immense salle des machines. Donovan se pencha sur la rambarde pour regarder. Les gigantesques générateurs étaient en

90

mouvement et des tubes-L provenait le bourdonnement bas qui envahissait toute la station.

Il aperçut la silhouette vaste et brillante de Cutie
devant le tube-L martien, observant attentivement
l'équipe de robots qui travaillaient en ballet serré.

Puis Donovan se raidit. Les robots, dont la taille
était réduite par le voisinage du puissant tube-L, se
rangèrent devant lui, la tête pliée à angle droit, tandis
que Cutie les passait lentement en revue. Quinze
secondes s'écoulèrent, et soudain, avec un claquement
qui retentit par-dessus le ronronnement puissant des
machines, ils tombèrent à genoux.

Donovan poussa un cri rauque et descendit quatre à
quatre l'étroit escalier. Il se précipita sur eux, le teint
aussi enflammé que ses cheveux et battant l'air furieusement de ses poings.

– Que signifie cette comédie, bande d'idiots sans
cervelle ? Allons ! Occupez-vous de ce tube et plus vite
que ça. Si vous ne l'avez pas démonté, nettoyé et
remonté avant la fin de la journée, je vous coagulerai
le cerveau au courant alternatif.

Pas un seul robot ne bougea !

Cutie lui-même, à l'autre bout de la rangée – le seul
debout – gardait le silence, les yeux fixés sur les noirs
recoins de la machine qui se trouvait devant lui.

Donovan donna une forte poussée au robot le plus
proche de lui.

– Debout ! hurla-t-il.

Lentement l'interpellé obéit. Son œil photo-électrique se fixa d'un air de reproche sur le Terrien.

– Il n'y a d'autre Maître que le Maître, dit-il et Q T-I
est son prophète.

– Hein ?

Donovan sentit se poser sur lui vingt paires d'yeux
mécaniques et vingt voix au timbre métallique décla-
mèrent solennellement :

– Il n'y a d'autre Maître que le Maître et Q T-I est son prophète.

– Je crains, intervint Cutie à ce moment, que mes amis n'obéissent désormais qu'à un être plus évolué que vous.

– C'est ce que nous allons voir, tonnerre de chien ! Débarrassez-moi le plancher. Plus tard je réglerai mes comptes avec vous et ces autres tas de ferraille ambulants.

Cutie secoua lentement la tête :

– Je suis désolé, mais vous ne comprenez pas. Ce sont là des robots, c'est-à-dire des êtres doués de raisonnement. Ils reconnaissent le Maître, à présent que je leur ai prêché la Vérité. Tous les robots en sont là. Ils m'appellent le prophète. (Il baissa la tête.) Je suis indigne de cette distinction... mais peut-être...

Donovan recouvra son souffle.

– Vraiment ? N'est-ce pas admirable ? N'est-ce pas édifiant ? Maintenant, permettez-moi de vous dire quelque chose, cher babouin de fer-blanc. Il n'y a pas plus de Maître ni de prophète que de beurre dans une machine à sous, et pour ce qui est de donner des ordres... C'est compris ? (Sa voix s'enfla en rugissement :) Maintenant, hors d'ici !

– Je n'obéis qu'au Maître.

– Au diable le Maître. (Donovan cracha vers le tube-L.) Voilà pour le Maître ! Faites ce que je vous dis !

Cutie ne répondit pas et les autres robots demeurèrent silencieux, mais Donovan sentit tout à coup monter la tension. Les yeux froids et fixes prirent une teinte écarlate plus profonde, et Cutie devint plus raide que jamais.

– Sacrilège, murmura-t-il, l'émotion donnant à sa voix un timbre particulièrement métallique.

Donovan sentit pour la première fois la peur l'effleurer de son aile lorsque Cutie marcha sur lui. Un robot *ne peut éprouver de la colère,* mais les yeux de Cutie étaient indéchiffrables.

– Je suis désolé, Donovan, dit le robot, mais vous ne pouvez demeurer plus longtemps parmi nous, après cet incident. Désormais Powell et vous-même n'aurez plus accès à la salle de commande ni à celle des machines.

Il fit un geste de la main, et en un instant deux robots l'eurent saisi chacun par un bras.

Il eut le temps de laisser échapper un cri inarticulé, se sentit soulevé de terre et transporté au sommet de l'escalier à une allure dépassant nettement le petit galop.

Gregory Powell arpentait le carré des officiers les poings serrés. Il jeta un regard furieux de dépit vers la porte fermée et regarda Donovan, les sourcils contractés par une colère pleine d'amertume.

– Pourquoi diable avez-vous craché vers le tube-L ?

Mike Donovan, profondément enfoncé dans son fauteuil, abattit sauvagement ses bras sur les accoudoirs.

– Que vouliez-vous que je fasse devant cet épouvantail électrifié ? Je n'allais tout de même pas plier le genou devant un pantin articulé que j'ai assemblé de mes propres mains !

– Sans doute, répondit l'autre aigrement, mais vous voici dans le carré des officiers avec deux robots qui montent la garde à la porte. Sans doute n'appelez-vous pas cela plier le genou ?

– Attendez seulement que nous rentrions à la Base ! grinça Donovan. Ils me le paieront ! Ces robots doivent nous obéir. C'est la Seconde Loi qui le dit.

– À quoi bon revenir là-dessus ? Ils n'obéissent pas, c'est un fait. Il existe probablement pour cela une raison que nous ne découvrirons que trop tard. À propos, savez-vous ce qu'il adviendra de nous lorsque nous rentrerons à la Base ?

Il s'arrêta devant Donovan et le fixa de ses yeux furieux.

– Quoi donc ?

– Oh, peu de chose ! On nous expédiera de nouveau aux mines de Mercure et cette fois pour vingt ans. Ou peut-être au pénitentiaire de Cérès.

– De quoi parlez-vous ?

– De la tempête d'électrons imminente. Savez-vous qu'elle se dirige droit sur le centre du Faisceau terrien ? C'est justement ce que je venais de calculer lorsque ce robot m'a tiré de ma chaise.

Donovan pâlit soudain.

– Et savez-vous ce qui arrivera au Faisceau ? – car la tempête va être particulièrement soignée. Il va sauter comme une mouche qui serait prise de démangeaisons. Avec Cutie aux commandes, il va se désaxer, et que le ciel ait pitié de la Terre... et de nous !

Donovan tirait déjà furieusement sur la porte, alors que Powell n'en était encore qu'à la moitié de sa phrase. Le panneau s'ouvrit et le Terrien fonça immédiatement dans l'embrasure pour venir se heurter durement contre un bras d'acier immuable.

Le robot regarda distraitement le Terrien haletant qui luttait contre lui :

– Le Prophète vous ordonne de demeurer dans cette pièce. Obéissez, je vous prie !

Son bras fit un mouvement, Donovan trébucha en arrière et, au même moment, Cutie apparut à l'extrémité du couloir. Il fit signe aux robots sentinelles de s'éclipser, pénétra dans le carré des officiers et ferma la porte doucement.

Donovan se retourna vers le nouveau venu, le souffle coupé par l'indignation.

– La comédie a assez duré. Vous nous le paierez cher.

94

– Je vous en prie, n'en soyez pas affecté, répondit le robot calmement, cela devait arriver tôt ou tard. Comme vous le voyez, vous avez perdu tous deux vos fonctions.

– Je vous demande pardon. (Powell se leva avec raideur.) Qu'entendez-vous par là ?

– Jusqu'à ma création, vous serviez le Maître, répondit Cutie. Ce privilège est maintenant le mien, et votre unique raison d'exister a disparu. N'est-ce pas évident ?

– Pas tout à fait, répondit aigrement Powell. Mais que voulez-vous que nous fassions à présent ?

Cutie ne répondit pas immédiatement. Il demeura silencieux, comme perdu dans ses pensées puis soudain un de ses bras jaillit et enlaça les épaules de Powell. L'autre étreignit le poignet de Donovan et attira l'homme à lui.

– Je vous aime tous deux. Vous êtes des créatures inférieures, vos facultés de raisonnement sont déficientes, mais j'éprouve un réel sentiment d'affection pour vous. Vous avez bien servi le Maître et il vous en récompensera. Maintenant que votre service est terminé, vous n'en avez plus pour longtemps à vivre, mais durant cet intervalle vous ne manquerez ni d'aliments, ni de vêtements, ni d'abri, tant que vous ne mettrez pas les pieds dans la salle de commande et celle des machines.

– Il nous met à la retraite, Greg, s'écria Donovan. Je vous en prie, faites quelque chose. C'est trop humiliant !

– Écoutez, Cutie, nous ne pouvons supporter une telle situation. C'est nous qui sommes les patrons. Cette Station est l'œuvre d'êtres humains tels que moi – d'êtres humains qui vivent sur la Terre et d'autres planètes. Mais elle ne constitue qu'un relais d'énergie. Vous n'êtes que… Oh ! et puis zut !

Cutie secoua gravement la tête :

– Cela devient chez vous une obsession. Pourquoi insister sur une vision aussi fausse de la vie ? Étant admis que les non-robots ne possèdent pas la faculté de raisonnement, reste toujours le problème de...

Il s'interrompit pour se plonger dans un silence songeur, et Donovan dit dans un murmure plein d'intensité :

– Si seulement tu possédais un visage de chair et de sang, je te l'enfoncerais dans la nuque.

Powell tiraillait sa moustache et ses paupières s'étaient rétrécies, ne laissant apercevoir ses prunelles que par une double fente.

– Écoutez, Cutie, si la Terre n'existe pas, comment expliquez-vous ce que vous apercevez à travers un télescope ?

– Pardon ?

Le Terrien sourit :

– Vous voici coincé, hein ? Vous avez procédé à quelques observations télescopiques depuis que nous vous avons assemblé. Avez-vous remarqué que plusieurs de ces points lumineux deviennent des disques lorsqu'on les observe de cette manière ?

– C'est de cela que vous voulez parler ? Certainement. C'est une simple question de grossissement... afin de pointer le Faisceau avec davantage de précision.

– Pourquoi les étoiles ne se trouvent-elles pas agrandies de la même façon ?

– Vous voulez parler des autres points ? Aucun faisceau n'est dirigé sur eux et c'est pourquoi il n'est pas nécessaire de les grossir. Vraiment, Powell, même en tenant compte de votre esprit déficient, je ne comprends pas que vous puissiez vous laisser arrêter par des difficultés aussi élémentaires.

Powell considéra le plafond d'un œil vague :

– Mais vous apercevez davantage d'étoiles à travers un télescope. D'où viennent-elles ? Par les cornes de Satan, d'où viennent-elles ?

Cutie manifesta de l'ennui.

– Écoutez-moi, croyez-vous que j'aie du temps à perdre pour échafauder des hypothèses physiques afin de justifier les illusions d'optique dont nos instruments sont le théâtre ? Depuis quand le témoignage de nos sens peut-il rivaliser avec la lumière sans défaut d'un raisonnement rigoureux ?

– Un instant ! clama Donovan, se tortillant soudain pour échapper à l'étreinte amicale, sans doute, mais combien pesante du bras d'acier de Cutie. Descendons au cœur du sujet. À quoi sert le Faisceau ? Nous vous en donnons une bonne explication logique. Pouvez-vous faire mieux ?

– Les Faisceaux, répliqua l'autre avec raideur, sont émis par le Maître pour accomplir ses propres desseins. Il existe certaines choses… (il leva les yeux dévotement vers le plafond) sur lesquelles nous devons nous garder de porter un regard indiscret. Dans ce cas, je ne cherche qu'à servir et non point à comprendre.

Powell s'assit avec lenteur et enfouit son visage dans ses mains tremblantes :

– Sortez d'ici, Cutie. Sortez et laissez-moi réfléchir.

– Je vais vous faire envoyer des vivres, dit aimablement Cutie.

Il ne reçut pour toute réponse qu'un gémissement et le robot sortit de la pièce.

– Greg, murmura Donovan dans un souffle rauque, il nous faut recourir à la ruse. Il nous faut le surprendre lorsqu'il ne sera pas sur ses gardes et le court-circuiter. De l'acide nitrique concentré dans ses articulations…

– Vous êtes naïf, Mike. Croyez-vous qu'il se laissera approcher lorsqu'il nous verra de l'acide entre les mains ? Nous devons lui parler, vous dis-je. Nous devons le convaincre de nous permettre de réintégrer la salle de commande dans un délai de quarante-huit heures, sinon nous sommes cuits.

Il se balançait d'avant en arrière dans une agonie d'impuissance.

– Qui diable voudrait discuter avec un robot ? C'est… c'est…

– Humiliant, termina Donovan.

– C'est bien pis !

– Dites donc ! s'écria soudain Donovan en riant. Pourquoi discuter ? Il faut lui faire une démonstration ! Construisons un autre robot sous ses yeux. Cette fois il lui faudra bien ravaler ses divagations.

Un sourire s'épanouit lentement sur le visage de Powell.

– Pensez à la tête qu'il fera en voyant l'autre pantin prendre forme devant lui !

Les robots sont, bien entendu, fabriqués sur Terre, mais leur expédition à travers l'espace est infiniment plus simple si elle peut s'effectuer en pièces détachées que l'on remonte sur le lieu d'utilisation. Incidemment, ce procédé élimine également le risque de voir des robots complètement assemblés prendre le large, alors qu'ils se trouvent encore sur Terre, et de mettre l'U.S. Robots en présence des lois strictes qui régissent l'usage de ces machines sur le globe.

D'un autre côté, il contraignait des hommes tels que Powell et Donovan à effectuer la synthèse complète de robots – tâche aussi harassante que complexe.

Powell et Donovan ne furent jamais autant conscients de ce fait que le jour où ils entreprirent, dans la salle d'assemblage, de créer un robot sous les yeux attentifs de Q T-I, Prophète du Maître.

Le robot en question, un simple modèle M C gisait sur la table, presque achevé. Au bout de trois heures de travail, il ne leur restait plus que la tête à terminer et Powell prit un moment pour s'éponger le front et jeter un regard incertain à Cutie.

Ce qu'il vit n'avait rien de rassurant. Trois heures durant, Cutie était demeuré immobile et silencieux, et sa face, fort peu expressive en temps normal, était pour le moment absolument indéchiffrable.

– Mettons le cerveau en place à présent, Mike, grommela Powell.

Donovan déboucha le récipient étanche, et du bain d'huile il sortit un second cube. Il l'ouvrit à son tour et extirpa un globe de son enveloppe en caoutchouc mousse.

Il le tendit d'une main prudente à son compagnon, car il s'agissait là du mécanisme le plus complexe jamais créé par l'homme. À l'intérieur de la mince « peau » en feuille de platine recouvrant le globe se trouvait un cerveau positronique, dans la structure délicate et instable duquel étaient imprimés des circuits neuroniques calculés, qui conféraient au robot une sorte d'éducation prénatale.

Il s'ajusta avec précision dans la cavité crânienne du robot étendu sur la table. Une plaque de métal bleu se referma sur lui et fut soudée avec une parfaite étanchéité au moyen d'une minuscule lampe à souder atomique. Les yeux photo-électriques furent montés avec non moins de soin, vissés à leur place et recouverts de feuilles transparentes faites d'un plastique résistant comme l'acier.

Le robot n'attendait plus que l'influx vitalisant d'électricité à haut voltage, et Powell s'immobilisa, la main sur le commutateur.

– Maintenant, regardez, Cutie. Regardez attentivement.

Le commutateur vint prendre sa place et on entendit un bourdonnement crépitant. Les deux Terriens se penchèrent anxieusement sur leur création.

Il ne se produisit au début qu'un mouvement imperceptible... une contraction à l'endroit des articulations. La tête se souleva, les coudes s'appuyèrent sur la table et le modèle M C se laissa glisser gauchement sur le sol. Sa démarche était hésitante et par deux fois des sons avortés et grinçants trahirent ses efforts pour parler.

Finalement sa voix prit forme, bien qu'incertaine et mal assurée :

– Je voudrais me mettre au travail. Où dois-je me rendre ?

Donovan bondit jusqu'à la porte :

– Descends cet escalier, dit-il, on t'expliquera ta tâche.

Le modèle M C disparu, les deux Terriens restèrent seuls en présence de Cutie qui n'avait toujours pas bougé.

– Eh bien, dit Powell en souriant, êtes-vous convaincu à présent que nous vous avons créé ?

La réponse de Cutie fut brève et définitive :

– Non ! dit-il.

Le sourire de Powell se figea sur son visage puis disparut lentement. La mâchoire de Donovan s'affaissa et il demeura bouche bée.

– Voyez-vous, poursuivit Cutie d'un ton léger, vous n'avez fait qu'assembler des pièces déjà entièrement terminées. Vous vous en êtes remarquablement bien tirés – d'instinct je suppose – mais vous n'avez pas effectivement créé le robot. Les pièces ont été créées par le Maître.

– Ces pièces, dit Donovan d'une voix étranglée, ont été fabriquées et montées sur Terre, puis expédiées à la Station.

100

– Bien, bien, répondit Cutie d'un ton conciliant, à quoi bon discuter ?

– Rien n'est plus sérieux. (Le Terrien bondit et saisit le bras métallique du robot.) Si vous pouviez lire les livres qui se trouvent dans la bibliothèque, vous y trouveriez toutes les explications nécessaires et le moindre doute ne serait plus possible.

– Les livres ? Je les ai tous lus ! Ils sont très ingénieux en vérité.

– Si vous les avez lus, intervint soudain Powell, que pourrait-on ajouter de plus ? Vous ne pouvez contester l'évidence. C'est impossible !

– Voyons, Powell, répondit Cutie avec une pointe de pitié dans la voix, je ne puis les considérer comme une source valable d'information. Eux aussi ont été créés par le Maître… à votre usage, mais pas au mien.

– Comment parvenez-vous à cette conclusion admirable ? demanda Powell.

– Du fait qu'étant un être doué de raisonnement, je suis capable de déduire la Vérité à partir de Causes *a priori*. Vous, au contraire, intelligent mais dénué de la faculté de raisonnement, vous avez besoin qu'on vous fournisse une explication justifiant l'existence et c'est ce qu'a fait le Maître. Il vous l'a insufflée en même temps que ces risibles concepts de mondes éloignés, peuplés d'habitants, ce qui était, je n'en doute pas, la meilleure solution. Vos esprits sont probablement faits d'une substance trop grossière pour qu'il soit possible d'appréhender la Vérité absolue. Cependant, puisque, de par la volonté du Maître, vous devez avoir foi en vos livres, je ne discuterai plus avec vous désormais.

En prenant congé, il se retourna et dit d'un ton bienveillant :

– Mais n'en soyez pas affectés. Il y a de la place pour tous dans l'ordre des choses conçu par le Maître. Tout humble que soit votre rôle, pauvres humains, vous serez récompensés si vous le remplissez convenablement.

Il s'en fut avec l'air de béatitude convenant au Prophète du Maître et les deux humains évitèrent de se regarder.

– Allons nous coucher, dit enfin Powell avec effort. J'y renonce, Mike !

– Dites donc, Greg, dit Donovan d'une voix étouffée, vous ne pensez tout de même pas qu'il ait raison ? Il paraît tellement sûr de lui !

Powell se retourna brusquement :

– Ne vous faites pas plus sot que vous n'êtes. Vous verrez bien si la Terre existe lorsqu'on viendra nous relever la semaine prochaine et qu'il nous faudra rentrer pour entendre la musique.

– Dans ce cas, pour l'amour de Jupiter, il nous faut faire quelque chose. (Donovan était au bord des larmes.) Il ne nous croit pas, il ne croit pas les livres ou le témoignage de ses propres yeux.

– Non, répondit Powell avec aigreur, c'est un robot raisonneur, que la peste l'étouffe ! Il ne croit qu'en la raison et le malheur c'est que...

Il ne termina pas sa phrase.

– Et alors ? insista Donovan.

– ... le malheur, c'est qu'on peut prouver n'importe quoi en s'appuyant sur la logique rigoureuse de la raison... à condition de choisir les postulats appropriés. Nous avons les nôtres, Cutie a les siens.

– Dans ce cas dépêchez-vous de découvrir ces postulats. La tempête est prévue pour demain.

Powell poussa un soupir de lassitude.

– C'est justement là où tout s'effondre. Les postulats sont fondés sur des concepts *a priori* considérés comme des articles de foi. Rien au monde n'est susceptible de les ébranler. Je vais me coucher.

– Oh, misère de misère ! Je serai incapable de fermer l'œil.

– Je suis comme vous, mais je vais néanmoins essayer... ne serait-ce que par principe.

Douze heures plus tard, le sommeil n'était toujours que cela... une question de principe... pratiquement irréalisable.

La tempête était arrivée en avance sur l'horaire prévu, et le visage de Donovan habituellement coloré était exsangue tandis qu'il tendait un doigt tremblant. Powell, les joues couvertes de chaume et les lèvres sèches, regardait fixement à travers le hublot, en tiraillant désespérément sa moustache.

En d'autres circonstances, le spectacle aurait pu être magnifique. Le flux d'électrons à haute vitesse, en venant heurter le faisceau transporteur d'énergie, dégageait des ultra-particules fluorescentes d'une extraordinaire intensité lumineuse. Le faisceau s'étendait pour se dissoudre dans le néant, illuminé de poussières dansantes.

Le pinceau énergétique demeurait ferme, mais les deux Terriens connaissaient la valeur du témoignage oculaire. Des déviations atteignant à peine un centième de milliseconde d'arc – absolument indiscernables à l'œil nu – suffisaient à dévier follement le faisceau et à réduire en cendres des centaines de kilomètres carrés de surface terrestre.

Or, c'était un robot qui ne s'inquiétait ni du faisceau, ni de son pointage et encore moins de la Terre, mais seulement de son Maître, qui se trouvait aux commandes.

Les heures s'écoulèrent. Les Terriens observaient le spectacle dans un silence hypnotique. Puis les particules dansantes perdirent de leur luminosité et s'évanouirent. La tempête était terminée.

– C'est fini ! dit Powell d'une voix sans timbre.

Donovan avait sombré dans un sommeil troublé et les yeux las de Powell s'appesantissaient sur lui avec envie. Le signal lumineux se remit à clignoter avec insistance, mais le Terrien n'y prêtait aucune attention. Rien n'avait plus d'importance. Peut-être Cutie avait-il raison... il n'était qu'un être inférieur avec une mémoire préfabriquée et une existence qui avait survécu à la fonction pour laquelle elle avait été conçue.

Si seulement c'était vrai !

Cutie était debout devant lui.

– Vous n'avez pas répondu au signal, c'est pourquoi je suis venu en personne. (Il parlait d'une voix basse.) Vous ne me semblez pas bien du tout et je crains fort que votre vie ne tire à sa fin. Néanmoins, vous aimeriez peut-être parcourir quelques-uns des enregistrements recueillis aujourd'hui ?

Vaguement, Powell se rendit compte que le robot accomplissait un geste amical, afin, peut-être, d'apaiser un vague remords en replaçant de force les humains à la tête de la station. Il prit les feuillets qu'on lui tendait et les parcourut sans les voir.

Cutie semblait content de lui.

– Bien entendu c'est pour moi un grand privilège que de servir le Maître. Ne soyez pas trop affecté d'avoir été remplacé par moi.

Powell poussa un grognement et reporta mécaniquement son poids d'un pied sur l'autre jusqu'au moment où ses yeux troubles accommodèrent sur une fine ligne rouge qui suivait un tracé sinueux en travers de la page millimétrée.

Il écarquilla les yeux... les écarquilla de nouveau. Il se leva, en serrant fortement la feuille entre ses doigts crispés, sans quitter la page du regard. Les autres diagrammes tombèrent sur le sol sans qu'il s'en aperçût.

– Mike, Mike ! (Il secouait l'autre comme un prunier.) *Il a maintenu le faisceau dans l'axe correct !*

Donovan sortit de son engourdissement.

– Comment ? Où ?...

Et à son tour, il ouvrit des yeux exorbités sur le diagramme qu'on lui présentait.

104

– Qu'y a-t-il de cassé ? intervint Cutie.

– Vous avez gardé le faisceau dans l'axe, bégaya Powell. Le saviez-vous ?

– Dans l'axe ? De quoi parlez-vous ?

– Vous avez maintenu le train d'ondes énergétiques avec une précision absolue sur la station réceptrice – soit avec une tolérance inférieure à un dix-millième de milliseconde d'arc.

– Quelle station réceptrice ?

– La station terrestre, bafouilla Powell. Vous l'avez conservée dans l'axe.

Cutie tourna les talons d'un air ennuyé :

– Il est impossible d'accomplir un acte de gentillesse à votre égard. Vous revenez toujours à vos phantasmes. Je me suis simplement contenté d'équilibrer tous les cadrans, conformément à la volonté du Maître.

Rassemblant les papiers éparpillés sur le sol, il se retira avec raideur.

– Que la peste m'étouffe ! s'écria Donovan au moment où il franchissait la porte. (Il se tourna vers Powell :) Qu'allons-nous faire à présent ?

Powell se sentait las, mais soulagé :

– Rien. Il vient simplement de faire la démonstration qu'il pouvait diriger parfaitement la Station. Je n'ai jamais vu parer à une tempête d'électrons avec une telle maîtrise.

– Mais rien n'est résolu. Vous l'avez entendu se référer au Maître. Nous ne pouvons…

– Écoutez, Mike, il suit les instructions du Maître au moyen de cadrans, d'instruments et de graphiques. Nous n'avons jamais fait autre chose. En fait, cela explique son refus de nous obéir. L'obéissance n'est que la Seconde Loi. L'interdiction de molester les humains est la Première. Comment peut-il empêcher qu'il advienne du dommage aux humains, qu'il le sache ou non ? Eh bien, en préservant la stabilité du faisceau. Il sait qu'il peut accomplir cette tâche mieux que nous, puisqu'il se prétend un être supérieur, c'est pourquoi il doit nous interdire l'accès de la salle de commande. C'est inévitable si l'on considère les lois de la robotique.

– Sans doute, mais là n'est pas la question. Nous ne pouvons lui permettre d'entretenir ses fariboles à propos du Maître.

– Pourquoi pas ?

– Qui a jamais entendu proférer de telles sornettes ? Comment pourrons-nous lui confier la Station s'il ne croit pas à la Terre ?

– Est-il capable de diriger la Station ?

– Sans doute, mais…

– Dans ce cas, qu'il croie ce qu'il voudra !

Powell s'étira avec un vague sourire et se laissa tomber en arrière sur son lit. Il dormait déjà.

Powell parlait tout en se glissant, non sans difficulté, dans sa tenue spatiale légère.

– Le travail serait fort simple, disait-il. On pourrait amener les nouveaux modèles Q T un par un, les équiper d'un interrupteur automatique réglé pour se déclencher au bout d'une semaine, afin de leur laisser le temps d'apprendre le… euh… culte du Maître de la bouche du Prophète en personne ; ensuite on les ferait passer à une autre station où on les revitaliserait. Nous pourrions avoir deux Q T par…

Donovan décrocha son viseur de glassite.

– Taisez-vous et sortons d'ici, s'écria-t-il. L'équipe de relève nous attend et je ne retrouverai vraiment mon aplomb que lorsque je sentirai le plancher des vaches sous mes pieds… ne serait-ce que pour m'assurer qu'il existe toujours.

La porte s'ouvrit comme il parlait et Donovan, avec un juron étouffé, raccrocha son viseur et tourna un dos boudeur à Cutie.

Le robot s'approcha doucement :

– Vous partez ? demanda-t-il.

Il y avait du chagrin dans sa voix. Powell inclina sèchement la tête.

– D'autres vont nous remplacer.

Cutie poussa un soupir et cela fit un bruit de vent soufflant à travers un réseau de fils rapprochés.

– Votre temps de service est terminé et le moment est venu pour vous de disparaître. Je m'y attendais mais... que la volonté du Maître soit faite !

Ce ton résigné piqua Powell au vif :

– Épargnez-nous vos condoléances, Cutie, il n'est pas question pour nous de disparaître, mais de retourner à la Terre.

– Il est préférable que vous le pensiez. (Cutie soupira de nouveau.) Je comprends à présent la sagesse qui vous inspire cette illusion. Pour rien au monde je ne voudrais vous détromper, même si je le pouvais.

Il s'en fut... l'image même de la commisération. Powell proféra un son indistinct et fit signe à Donovan. Leurs valises étanches à la main, ils se dirigèrent vers le sas.

Le vaisseau de relève se trouvait sur la plage d'atterrissage extérieur et Franz Muller, qui devait les remplacer, les salua avec une raide courtoisie. Donovan se contenta d'un léger signe de tête et passa dans la cabine de pilotage, où il prit la place de Sam Evans.

– Comment va la Terre ? demanda Powell.

C'était là une question assez conventionnelle et Muller lui fit une réponse non moins conventionnelle.

– Elle tourne toujours.

– Bien, dit Powell.

Muller le regarda :

– Les gens de l'U.S. Robots ont *pondu* un nouveau mouton à cinq pattes. Il s'agit d'un robot multiple.

– Un quoi ?

– Un robot multiple. Ils ont souscrit un contrat important. Ce doit être l'outil rêvé pour l'exploitation des mines dans les astéroïdes. Il se compose d'un maître robot qui a sous ses ordres six subrobots... comme les doigts de la main.

– A-t-il été éprouvé sur le terrain ? demanda Powell anxieusement.

Muller sourit :

– On vous attend pour cela, paraît-il.

Powell serra les poings.

– Qu'ils aillent au diable. Nous avons besoin de vacances.

– Oh ! vous les obtiendrez. Deux semaines, je crois.

Il enfilait les lourds gants spatiaux en prévision de son temps de service à la Station et ses sourcils épais se rapprochèrent.

– Comment se comporte le nouveau robot ? J'espère qu'il est bon, sinon je veux bien être pendu si je lui laisse toucher les commandes.

Powell prit un temps avant de répondre. Ses yeux parcoururent l'orgueilleux Prussien qui se tenait devant lui au garde-à-vous, depuis les cheveux coupés court au-dessus d'un visage sévère et têtu, jusqu'aux pieds joints selon l'angle réglementaire... et sentit soudain passer à travers son être une bouffée de pur contentement.

– Le robot est excellent, dit-il avec lenteur. Je ne pense pas que vous ayez à vous préoccuper beaucoup des commandes.

Il sourit et pénétra dans le vaisseau. Muller avait plusieurs semaines à passer dans la Station...

4

ATTRAPEZ-MOI CE LAPIN

Les vacances durèrent plus de deux semaines. Cela, Mike Donovan dut l'admettre. Elles s'étaient même prolongées pendant six mois. Il l'admit également. Mais cela, il l'expliquait avec fureur, était dû à des circonstances fortuites. L'U.S. Robots devait éliminer les pannes du robot multiple, et celles-ci étaient nombreuses. Il en restait toujours une bonne demi-douzaine lorsque venait le moment d'effectuer les essais sur le terrain. Ils attendirent donc en se donnant du bon temps, jusqu'au moment où les gars du bureau de dessin et les champions de la règle à calcul eurent donné leur visa de sortie. Et à présent il se trouvait en compagnie de Powell sur l'astéroïde et rien n'allait plus :

– Pour l'amour du ciel, Greg, soyez donc un peu réaliste, répétait-il pour la douzième fois au moins avec un visage qui prenait petit à petit la couleur d'une betterave. À quoi bon vous tenir à la lettre des spécifications pour voir les tests tourner en eau de boudin ? Il est grand temps que vous mettiez toutes ces paperasses officielles dans votre poche, avec votre mouchoir par-dessus et que vous vous mettiez sérieusement au travail.

– Je disais simplement, dit patiemment Gregory Powell, comme s'il faisait un cours d'électronique à un enfant idiot, que, selon les spécifications, ces robots sont conçus pour travailler dans les mines sur les astéroïdes, sans aucune surveillance. Par conséquent, nous ne devons pas les surveiller.

– Parfait. Dans ce cas, faisons appel à la logique ! (Il leva ses doigts velus et énuméra :) Premièrement : ce nouveau robot a passé tous les tests en laboratoire. Deuxièmement : l'U.S. Robots a garanti qu'il franchirait victorieusement les tests pratiques sur astéroïde. Troisièmement : les robots sont incapables de passer lesdits tests. Quatrièmement : s'ils ne les passent pas, l'U.S. Robots perdra dix millions en espèces et cent millions en réputation. Cinquièmement : s'ils ne les passent pas et que nous sommes incapables d'expliquer pourquoi, il est fort probable que nous devrons dire adieu à une situation fort avantageuse.

Powell poussa un profond gémissement derrière un sourire manifestement dénué de sincérité. La devise tacite de l'U.S. Robots était bien connue : « Nul employé ne répète deux fois la même faute. Il est congédié dès la première. »

– Euclide lui-même ne serait pas plus lucide que vous, dit-il à voix haute, sauf en ce qui concerne les faits. Vous avez observé ce groupe de robots durant trois périodes de travail, tête de pioche que vous êtes, et ils ont accompli parfaitement leur tâche. Vous l'avez dit vous-même. Que pouvons-nous faire d'autre ?

– Découvrir ce qui cloche, voilà ce que nous pouvons faire. Donc, ils travaillaient parfaitement lorsque je les surveillais. Mais en trois occasions différentes, où je n'étais pas là pour les observer, ils n'ont pas extrait le moindre minerai. Ils ne sont même pas rentrés à l'heure prévue. J'ai dû aller les chercher.

– Et avez-vous découvert quelque chose d'anormal ?

– Pas la moindre. Pas la moindre. Tout était absolument parfait. Un seul petit détail insignifiant me troublait... *pas la moindre trace de minerai.*

110

Powell tourna vers le plafond ses sourcils froncés en tiraillant sa moustache brune.

– Je vais vous dire une chose, Mike. Nous avons connu pas mal de tâches ardues dans notre vie mais celle-ci dépasse toute mesure. Cette affaire est d'une complication qui défie l'entendement. Prenez ce robot D V-5 qui a six robots sous ses ordres. Et pas seulement sous ses ordres... ils font partie de lui-même.

– Je sais cela...

– Silence ! s'écria furieusement Powell. Je n'ignore pas que vous le savez, je veux simplement faire le point. Ces robots subsidiaires font partie du D V-5 comme vos doigts font partie de votre main et celui-ci leur donne des ordres, non pas par la voix ni par la radio, mais directement par le truchement d'un champ positronique. Or, il n'existe pas un roboticien à l'U.S. Robots qui sache en quoi consiste un champ positronique, ni comment il fonctionne. Je n'en sais pas davantage, ni vous non plus.

– Cela du moins, je le sais, admit philosophiquement Donovan.

– Maintenant considérez notre situation. Si tout marche bien... c'est parfait. Par contre, si quelque chose vient à clocher... nous sommes dans les choux et nous ne pouvons probablement rien faire, ni personne d'autre. Mais c'est nous qui sommes chargés du travail et c'est à nous de nous débrouiller. (Il fulmina silencieusement pendant un moment, puis :) L'avez-vous fait sortir ?

– Oui.

– Tout est normal à présent ?

– Mon Dieu, il ne traverse pas une crise mystique, il ne tourne pas en rond en débitant du Gilbert et Sullivan, par conséquent, je suppose qu'il est normal.

Donovan franchit la porte en secouant la tête avec rage.

Powell saisit le *Manuel de la Robotique* qui pesait sur un côté de sa table au point de la faire presque basculer et l'ouvrit avec respect. Il avait une fois sauté par la fenêtre d'une maison en feu, vêtu de son unique short et du *Manuel.* Pour un peu il aurait oublié le short.

Le *Manuel* était placé devant lui lorsque entra le robot D V-5, suivi par Donovan, qui referma la porte d'un coup de pied.

– Salut, Dave, dit Powell sombrement. Comment vous sentez-vous ?

– Très bien, répondit le robot. Vous permettez que je m'assoie ?

Il attira à lui la chaise spécialement renforcée qui lui était réservée, et y plia sa carcasse en douceur.

Powell considérait Dave – l'homme de la rue peut se représenter les robots par leurs numéros de série ; les roboticiens, jamais – avec approbation. Il n'était pas massif avec excès bien qu'il constituât le cerveau directeur d'une équipe intégrée de sept robots. Il avait deux mètres de haut et comportait une demi-tonne de métal et de matériaux divers. C'est beaucoup ? Non, lorsque cette demi-tonne se compose d'une masse de condensateurs, de circuits, de relais, de cellules à vide qui peuvent pratiquement reproduire toutes les réactions psychologiques connues de l'homme. Et un cerveau positronique, avec dix livres de matière et quelques milliards de milliards de positrons, qui dirige le tout.

Powell fouilla dans sa poche pour y découvrir une cigarette égarée.

– Dave, dit-il, vous êtes un bon garçon. Il n'y a rien en vous de volage ni d'affecté. Vous êtes un robot de mine stable comme un roc, sauf que vous êtes équipé pour diriger six subsidiaires en coordination directe.

112

Pour autant que je sache, cette particularité n'a pas introduit le moindre élément d'instabilité dans votre configuration cérébrale.

Le robot inclina la tête.

– Cela me donne une impression de bien-être, mais à quoi voulez-vous en venir, patron ?

Il était muni d'un excellent diaphragme et la présence d'harmoniques dans l'émetteur sonore lui enlevait beaucoup de cette platitude métallique qui caractérise en général la voix du robot.

– Je vais vous le dire. Avec tout ce qui plaide en votre faveur, qu'est-ce qui cloche dans votre travail ? Dans l'équipe B d'aujourd'hui, par exemple ?

Dave hésita :

– Rien, pour autant que je sache.

– Vous n'avez pas extrait le moindre minerai.

– Je sais.

– Dans ce cas…

Dave éprouvait des difficultés.

– Je n'arrive pas à l'expliquer, patron. J'ai bien cru que j'allais avoir une crise de nerfs. Mes subsidiaires travaillaient normalement. Je le sais. (Il réfléchit, ses yeux photo-électriques luisant intensément. Puis :) Je ne me souviens pas. La journée se termina et il y avait Mike et il y avait les chariots à minerai, vides pour la plupart.

– Vous n'avez pas fait de rapport en fin de travail durant ces derniers jours, Dave, vous le savez ?

– Je sais. Mais quant à dire…

Il secoua la tête lentement et pesamment.

Powell avait la nette impression que, si le visage du robot avait été capable d'exprimer des sentiments, il lui aurait donné l'image de la douleur et de l'humiliation. Un robot, de par sa nature même, ne peut supporter d'être incapable d'accomplir sa fonction.

Donovan attira sa chaise près de la table de Powell et se pencha.

– S'agirait-il d'amnésie, à votre avis ?

– Je ne puis le dire. Mais cela ne nous avancerait guère d'étiqueter ce cas d'un nom de maladie. Les désordres qui affectent l'organisme humain ne sont que des analogies romantiques si on les applique aux robots. Ils ne sont d'aucun secours lorsqu'il s'agit de pallier les déficiences de nos mécaniques. (Il se gratta le cou.) Il me coûterait énormément de lui faire subir les tests cérébraux élémentaires. Cela ne contribuerait guère à renforcer en lui le sentiment de sa dignité personnelle.

Il considéra Dave pensivement, puis les Instructions pour les tests sur le terrain, données par le *Manuel*.

– Et si vous vous soumettiez à un test, Dave ? Ce serait peut-être le plus sage.

Le robot se leva :

– Si vous le dites, patron.

Il y avait de la douleur dans sa voix.

L'épreuve débuta de façon simple. Le robot D V-5 multiplia des nombres à cinq chiffres. Il récita la liste des nombres premiers entre mille et dix mille. Il procéda à l'extraction de racines cubiques et intégra des fonctions de complexités variées. Il subit des épreuves de mécanique par ordre de difficulté croissante. Et finalement soumit son esprit mécanique précis aux plus hautes fonctions du monde robotique : la solution de problèmes de jugement et d'éthique.

Au bout de deux heures, Powell était littéralement en nage. Donovan s'était rongé les ongles furieusement sans en tirer une nourriture bien substantielle.

– Qu'est-ce que ça dit, patron ? demanda le robot.

– Il me faut le temps de la réflexion, Dave, dit Powell. Les jugements hâtifs ne servent pas à grand-chose. Je vous propose de retourner à l'équipe C. Prenez votre temps. Ne poussez pas trop au rendement ; d'ici un moment… nous remettrons les choses au point.

Le robot sortit. Donovan jeta un regard à Powell.

– Eh bien…

La moustache de Powell semblait sur le point de se hérisser.

– Il n'y a rien d'anormal dans les courants qui parcourent son cerveau positronique.

– Je m'en voudrais de posséder une telle certitude.

– Oh, par Jupiter, Mike ! Le cerveau est la partie la plus sûre d'un robot. Il est vérifié à cinq reprises sur Terre. S'ils franchissent victorieusement les tests sur le terrain comme c'est le cas pour Dave, il ne reste pas la moindre chance d'un défaut de fonctionnement cérébral.

– Alors, où en sommes-nous ?

– Ne me bousculez pas. Laissez-moi tirer ceci au clair. Il reste encore la possibilité d'une panne mécanique dans le corps, qu'il nous faudrait découvrir parmi quelque quinze cents condensateurs, vingt mille circuits électriques individuels, cinq cents cellules à vide, un millier de relais, et je ne sais combien de milliers de pièces diverses, plus complexes les unes que les autres. Sans parler des mystérieux champs positroniques dont personne ne sait rien.

– Écoutez, Greg… (Donovan avait pris un ton pressant :) J'ai une idée. Ce robot ment peut-être. Jamais il…

– Les robots ne peuvent mentir consciemment, tête de linotte. Si nous disposions du testeur McCormak-Wesley, nous pourrions vérifier tous les organes internes de son corps en vingt-quatre ou quarante-huit heures, mais les seuls testeurs M. W. sont au nombre de deux et se trouvent sur Terre ; ils pèsent dix tonnes et sont scellés sur des fondations de ciment. On ne peut donc les déplacer. N'est-ce pas savoureux ?

Donovan martela la table de ses poings.

– Voyons, Greg, il ne déraille qu'en notre absence. Il y a quelque chose de… sinistre… dans… cette… coïncidence.

Il ponctua sa phrase par de nouveaux coups de poing sur la table.

– Vous me donnez la nausée, lui dit lentement Powell, vous avez lu trop de romans d'aventures.

– Ce que je voudrais savoir, hurla Donovan, c'est ce que nous allons faire pour y remédier.

– Je vais vous le dire. Je vais installer un écran de télévision au-dessus de ma table. Exactement sur ce mur !

Il pointa son index avec violence sur l'endroit intéressé.

– La caméra suivra les équipes en tous les points de la mine où s'effectueront les travaux, et j'ouvrirai l'œil et le bon, c'est moi qui vous le dis. C'est tout…

– C'est tout, Greg ?…

Powell se leva et posa ses poings sur la table.

– Mike, on m'en fait voir de vertes et de pas mûres.

Il parlait d'une voix lasse.

– Depuis une semaine vous ne cessez de me rebattre les oreilles de ce robot. Vous dites qu'il déraille. Savez-vous en quoi il déraille ? Non ! Savez-vous quelle forme prennent ses errements ? Non ! En connaissez-vous l'origine ? Non ! Savez-vous à quelle occasion il sort de son état normal ? Non ! Y connaissez-vous quelque chose ? Non ! Suis-je plus avancé que vous ? Non ! Alors, dites-moi ! que voulez-vous que je fasse ?

Donovan fit un large geste du bras, dans une sorte d'envolée grandiose :

– Cette fois, vous m'avez cloué !

– Je vous le répète. Avant de chercher un remède, il faut trouver le mal. La première condition pour préparer un civet de lapin est d'abord d'attraper le lapin. Eh bien, notre lapin, il faut de même l'attraper ! Maintenant f…-moi le camp d'ici.

116

Donovan considéra avec des yeux las les lignes préliminaires de son rapport de chantier. Avant tout, il était fatigué et en second lieu que pouvait-il raconter dans son rapport tant que les choses ne seraient pas tirées au clair ? Il se sentait l'âme pleine de ressentiment.

– Greg, dit-il, nous avons près d'un millier de tonnes de retard sur le programme.

– Première nouvelle, répondit Powell sans lever les yeux.

– Ce que je voudrais savoir, s'écria Donovan avec une fureur soudaine, c'est pourquoi on nous empêtre toujours de nouveaux modèles de robots. Je trouve, décidément, que les robots qui étaient assez bons pour mon grand-oncle maternel sont assez bons pour moi. Je suis partisan de ce qui est éprouvé et viable. C'est l'épreuve du temps qui compte… les bons vieux robots « increvables » de l'ancien temps ne tombaient jamais en panne.

Powell lui lança un livre avec une précision sans défaut et l'autre bascula de sa chaise.

– Depuis cinq ans, dit Powell d'une voix égale, votre travail a consisté à éprouver les nouveaux robots sur le terrain, pour le compte de l'United States Robots. Parce que nous avons eu, vous et moi, l'insigne maladresse de faire preuve de quelque habileté dans cette tâche, nous avons hérité des plus abominables corvées. Cela… (du doigt, il perçait des trous dans l'air en direction de Donovan) c'est votre travail. Vous n'avez cessé de récriminer contre lui, si mes souvenirs sont exacts depuis le moment où l'U.S. Robots a signé votre contrat d'engagement. Pourquoi ne donnez-vous pas votre démission ?

– Je vais vous le dire.

Donovan se remit d'aplomb et étreignit fermement sa rouge tignasse échevelée pour soutenir sa tête :

– C'est en vertu d'un certain principe. Après tout, dans mon rôle de testeur, j'ai contribué au développement des nouveaux robots. Il y a le principe de favoriser le progrès scientifique. Mais ne vous y trompez pas. Ce n'est pas le principe qui me fait persévérer ; c'est l'argent. *Greg !*

Powell sursauta en entendant le cri de son compagnon, et ses yeux suivirent ceux de Donovan qui étaient fixés sur l'écran de TV avec une expression d'horreur.

– Par tous les diables de l'enfer, murmura-t-il.

Donovan se redressa, haletant, sur ses pieds.

– Regardez-les, Greg ! Ils sont devenus fous.

– Prenez une paire de combinaisons spatiales, dit Powell. Nous allons nous rendre compte sur place.

Il observait les gesticulations des robots sur l'écran. Ils constituaient des éclairs de bronze sur le sombre décor en dents de scie de l'astéroïde dépourvu d'air. Ils s'étaient rangés en formation de marche à présent, et à la pâle lueur émanant de leur propre corps, les parois grossièrement taillées de la mine défilaient sans bruit, tachetées par des ombres brumeuses aux formes erratiques. Ils marchaient au pas tous les sept, avec Dave à leur tête. Ils virevoltaient avec une macabre précision et un ensemble parfait, changeaient de formation avec l'étrange aisance de danseurs de ballet à Lunar Bowl.

Donovan était de retour avec les tenues.

– Ce sont des exercices militaires, Greg. J'ai l'impression qu'ils se révoltent contre nous.

– Ce sont peut-être des exercices de gymnastique, répondit l'autre froidement, à moins que Dave ne se croie devenu un maître de ballet. Réfléchissez d'abord, et dispensez-vous de parler ensuite.

Donovan se renfrogna et glissa un détonateur dans son étui de ceinture, d'un geste ostentatoire.

– Et voilà où nous en sommes. Nous travaillons à la mise au point de nouveaux modèles de robots, c'est

118

d'accord. C'est notre spécialité, soit ! Mais permettez-moi de vous poser une question. Pourquoi faut-il que, invariablement, ils se mettent à dérailler ?

– Parce que, dit Powell sombrement, nous sommes maudits. Et maintenant en route !

Dans le lointain, à travers les épaisses ténèbres veloutées des galeries qui s'étendaient au-delà des ronds lumineux formés par leurs torches, scintillait la lueur des robots.

– Les voilà, souffla Donovan.

– J'ai tenté de le joindre par radio, murmura Powell, mais il ne répond pas. Le circuit radio est probablement en panne.

– Dans ce cas, je suis heureux que les constructeurs n'aient pas créé des robots susceptibles de travailler dans une obscurité totale. Cela ne me dirait rien de chercher sept robots déments, dans un gouffre noir sans liaison radiophonique, s'ils n'étaient illuminés comme autant d'arbres de Noël radioactifs.

– Glissez-vous en rampant sur la corniche supérieure, Mike. Ils viennent de ce côté et je veux les observer à courte distance. Pouvez-vous y parvenir ?

Donovan accomplit le saut avec un grognement. L'attraction gravifique était considérablement inférieure à la pesanteur terrestre, mais avec la lourde tenue spatiale, l'avantage n'était pas tellement grand et pour atteindre la corniche il fallait sauter près de trois mètres. Powell le suivit.

La colonne de robots marchait sur les talons de Dave, en file indienne. Avec un rythme mécanique, ils adoptaient la marche sur deux rangs, pour se remettre en file indienne dans un ordre différent. Cette manœuvre fut répétée un grand nombre de fois sans que Dave tournât le moins du monde la tête.

Dave se trouvait à moins de six mètres des deux hommes lorsque la comédie prit fin. Les robots subsidiaires rompirent les rangs et disparurent dans le lointain – fort rapidement d'ailleurs. Dave les suivit du regard, puis s'assit lentement. Il reposa sa tête sur sa main en un geste étrangement humain.

Sa voix retentit dans les écouteurs de Powell :

– Êtes-vous là, patron ?

Powell fit signe à Donovan et se laissa tomber de la corniche.

– Eh bien, Dave, que se passait-il donc ici ?

Le robot secoua la tête.

– Je n'en sais rien. À un moment donné je m'occupais d'une taille particulièrement dure dans le Tunnel 17, et l'instant d'après je pris conscience de la proximité d'êtres humains. Je me suis retrouvé à huit cents mètres, dans la galerie principale.

– Où se trouvent les subsidiaires en ce moment ? demanda Donovan.

– Ils ont repris le travail normalement. Combien a-t-on perdu de temps ?

– Assez peu. N'y pensez plus. (Puis s'adressant à Donovan, Powell ajouta :) Restez près de lui jusqu'à la fin du quart. Puis revenez me voir. Je viens d'avoir une ou deux idées.

Trois heures s'écoulèrent avant le retour de Donovan. Il paraissait fatigué.

– Comment les choses se sont-elles passées ? demanda Powell.

Donovan haussa les épaules avec lassitude.

– Il n'arrive jamais rien d'anormal lorsqu'on les surveille. Passez-moi une cigarette, voulez-vous ?

L'homme aux cheveux rouges l'alluma avec un luxe de soins et souffla un rond de fumée formé avec amour.

– J'ai réfléchi à notre problème, Greg. Dave possède un curieux arrière-plan psychologique pour un robot. Il exerce une autorité absolue sur les six subsidiaires qui dépendent de lui. Il possède sur eux le droit de vie et de mort et cela doit influer sur sa mentalité. Imaginez qu'il estime nécessaire de donner plus d'éclat à son pouvoir pour satisfaire son orgueil.

– Précisez votre pensée.

– Nous y sommes. Supposez qu'il soit pris d'une crise de militarisme. Supposez qu'il soit en train de former une armée. Supposez qu'il l'entraîne à des manœuvres militaires. Supposez…

– Supposons que vous alliez vous mettre la tête sous le robinet. Vous devez avoir des cauchemars en technicolor. Vous postulez une aberration majeure du cerveau positronique. Si votre analyse était correcte, Dave devrait enfreindre la Première Loi de la Robotique ; un robot ne peut porter atteinte à un être humain ni, restant passif, laisser cet être humain exposé au danger. Le type d'attitude militariste et dominatrice que vous lui imputez doit avoir comme corollaire logique la suprématie sur les humains.

– Soit. Comment pouvez-vous savoir que ce n'est pas de cela justement qu'il s'agit ?

– Parce qu'un robot doté d'un tel cerveau n'aurait, primo, jamais quitté l'usine, ou, secundo, été repéré immédiatement, dans le cas contraire. J'ai testé Dave, vous savez.

Powell repoussa sa chaise en arrière et posa ses pieds sur la table.

– Non, nous ne pouvons encore préparer notre civet, car nous n'avons pas la moindre idée de ce qui ne va pas. Par exemple, si nous pouvions découvrir le pourquoi de la danse macabre dont nous avons été les spectateurs, nous serions sur le chemin de la solution du problème.

Il prit un temps.

– Dave déraille lorsque ni l'un ni l'autre d'entre nous n'est présent, et dans ce cas, notre arrivée suffit à le ramener dans le droit chemin. Ce fait ne vous suggère-t-il aucune réflexion ?

– Je vous ai déjà dit que je le trouvais sinistre.

– Ne m'interrompez pas. De quelle manière un robot est-il différent en l'absence d'humains ? La réponse est évidente. La situation exige de lui une plus grande initiative personnelle. Dans ce cas, cherchez les organes qui sont affectés par ces nouvelles exigences.

– Sapristi ! (Donovan se redressa tout droit, puis se laissa retomber de nouveau.) Non, non, ce n'est pas suffisant. C'est trop vaste. Cela ne réduit guère les possibilités.

– On ne peut l'éviter. Quoi qu'il en soit, nous ne risquons pas de ne pas atteindre les quota. Nous prendrons la garde à tour de rôle pour surveiller ces robots sur le téléviseur. Sitôt qu'un incident se produira, nous nous rendrons sur les lieux immédiatement, et tout rentrera dans l'ordre aussitôt.

– Mais les robots ne seront pas conformes aux spécifications, néanmoins. L'U.S. Robots ne peut jeter sur le marché des modèles D V affectés d'un tel vice de fonctionnement.

– Évidemment. Nous devons localiser l'erreur et la corriger... et pour cela il nous reste dix jours, en tout et pour tout. (Powell se gratta la tête.) Le malheur c'est que... au fond vous feriez aussi bien de jeter un coup d'œil sur les bleus vous-même.

Les bleus couvraient le parquet comme un tapis, et Donovan rampait à leur surface en suivant le crayon erratique de Powell.

– C'est ici que vous intervenez, Mike, dit Powell. Vous êtes le spécialiste du corps, et je voudrais bien que vous vérifiiez mon travail. Je me suis efforcé d'isoler tous les circuits qui ne sont pas directement intéressés à la création de l'initiative personnelle. Ici, par exemple, se trouve l'artère thoracique responsable des opérations mécaniques. Je coupe toutes les voies latérales que je considère comme des dérivations d'urgence… (Il leva les yeux :) Qu'en pensez-vous ?

Donovan avait un goût abominable dans la bouche.

– L'opération n'est pas si simple, Greg. L'initiative personnelle n'est pas un circuit électrique que l'on peut isoler du reste et étudier. Lorsqu'un robot est livré à ses propres ressources, l'intensité de l'activité corporelle augmente simultanément sur presque tous les fronts. Il n'est pas un seul circuit qui ne soit affecté. Il faut donc déterminer le phénomène particulier – très spécifique – qui provoque ses errements et seulement ensuite procéder à l'élimination des circuits.

Powell se leva et secoua la poussière de ses vêtements.

– Hum. Très bien. Emportez les bleus et brûlez-les.

– Voyez-vous, dit Donovan, lorsque l'activité s'intensifie, tout peut se produire, sitôt qu'existe une seule pièce défectueuse. L'isolation ne tient pas, un condensateur claque, un arc s'établit dans une connexion, un enroulement chauffe. Et si vous cherchez à l'aveuglette dans tout le robot, vous ne trouverez jamais l'endroit défectueux. Si vous démontez entièrement Dave, en testant un à un tous les organes de son corps, et le remontant à chaque fois pour procéder aux essais…

– C'est bon, c'est bon. Moi aussi je suis capable de voir à travers un hublot.

Ils échangèrent un regard sans espoir et alors Powell proposa prudemment :

– Supposez que nous interrogions l'un des subsidiaires ?

Jamais Powell ni Donovan n'avaient eu l'occasion de parler à un « doigt ». Il pouvait parler ; il ne constituait pas l'analogie parfaite d'un doigt humain. En fait, il possédait un cerveau notablement développé, mais ce cerveau était accordé, avant tout, pour rece-

123

voir les ordres par le truchement d'un champ positro-nique, et ses réactions à des stimuli indépendants étaient plutôt hésitantes.

Powell n'était d'ailleurs pas très certain de son nom. Son numéro de série était D V-5-2, mais ce détail ne leur apprenait pas grand-chose.

Il choisit un compromis :

– Écoutez, mon vieux, dit-il, je vais vous demander de réfléchir très fort et ensuite vous pourrez rejoindre votre patron.

Le « doigt » inclina la tête avec raideur, mais ne mit pas ses facultés cérébrales limitées à l'épreuve pour formuler une réponse.

– Récemment, à quatre reprises différentes, dit Powell, votre patron a dévié du programme cérébral. Vous souvenez-vous de ces occasions ?

– Oui, monsieur.

– Il se souvient, grogna Donovan avec colère. Je vous dis qu'il se passe quelque chose de très sinistre...

– Allez vous faire cuire un œuf ! Naturellement, le « doigt » se souvient. Il est parfaitement normal. (Powell se retourna vers le robot :) Que faisiez-vous en ces occasions ?... Je veux parler du groupe entier.

Le « doigt » avait, chose bizarre, l'air de réciter par cœur, comme s'il répondait aux questions par suite de la pression mécanique de sa boîte crânienne, mais sans le moindre enthousiasme.

– La première fois, nous attaquions une taille très dure dans le Tunnel 17, niveau B. La seconde fois nous étions occupés à étayer le plafond de la galerie contre un éboulement possible. La troisième fois, nous pré-parions des charges précises afin de pousser le creuse-ment de la galerie sans tomber dans une fissure souterraine. La quatrième fois, nous venions d'essuyer un éboulement mineur.

– Que s'est-il passé en ces occasions ?

– C'est difficile à expliquer. Un ordre était lancé, mais, avant que nous ayons eu le temps de le recevoir et de l'interpréter, nous parvenait un nouvel ordre de marcher en formation bizarre.

– Pourquoi ? demanda Powell.

– Je ne sais pas.

– Quel était le premier ordre, intervint Donovan, celui qui avait été annulé par le commandement de marcher en formation ?

– Je ne sais pas. J'ai bien senti que cet ordre était lancé, mais le temps a manqué pour le recevoir.

– Pourriez-vous nous donner des précisions sur lui ? Était-il le même à chaque fois ?

Le « doigt » secoua la tête d'un air malheureux.

– Je ne sais pas.

Powell se renversa sur son siège.

– C'est bien. Allez retrouver votre patron.

Le « doigt » quitta la pièce avec un visible soulagement.

– Cette fois, nous avons accompli un grand pas, s'écria Donovan. Quel dialogue étincelant d'un bout à l'autre ! Écoutez-moi, Greg, Dave et son imbécile de « doigt » nous mènent en bateau. Il y a trop de choses qu'ils ignorent et dont ils ne se souviennent pas. Il faut que nous cessions de leur faire confiance.

Powell brossa sa moustache à rebrousse-poil :

– Grands dieux, Mike, encore une remarque aussi stupide et je vous confisque votre hochet et votre tétine.

– Très bien, vous êtes le génie de l'équipe Je ne suis qu'un pauvre cafouilleux. Où en sommes-nous ?

– Exactement au point de départ. J'ai essayé de prendre le problème à l'envers en passant par le « doigt », mais cela n'a rien donné. Il nous faudra donc reprendre notre route dans le bon sens.

– Ce grand homme ! Comme tout devient simple avec lui ! Maintenant traduisez-nous cela en anglais, Maître.

– Pour se mettre à votre portée, il conviendrait plutôt de le traduire en langage enfantin. Je veux dire qu'il nous faut découvrir quel est l'ordre que lance Dave immédiatement avant que tout sombre dans le noir. Ce serait la clé de l'énigme.

– Et comment comptez-vous y parvenir ? Nous ne pouvons demeurer à proximité, car rien ne se produira tant que nous serons présents. Nous ne pouvons capter les ordres par radio, parce qu'ils sont transmis par champ positronique. Du coup, les méthodes de près et à distance se trouvent éliminées, ce qui nous laisse un joli zéro bien net.

– Nous pouvons avoir recours à l'observation directe. La déduction existe toujours.

– Comment ?

– Nous allons prendre la garde à tour de rôle, Mike, répondit Powell en souriant d'un air résolu. Et nous ne quitterons pas l'écran des yeux. Nous allons épier les moindres actions de ces migraines d'acier. Lorsqu'ils commenceront leur comédie, nous saurons ce qui s'est passé dans l'instant précédent, et nous en déduirons la nature de l'ordre.

Donovan ouvrit la bouche et la laissa dans cet état durant une minute entière. Puis il dit d'une voix étranglée :

– Je donne ma démission. J'abandonne.

– Vous avez dix jours pour trouver une meilleure solution, dit Powell avec lassitude.

Il faut dire que huit jours durant, Donovan déploya de grands efforts pour y parvenir. Pendant huit jours, par périodes de quatre heures alternées, il observait, les yeux douloureux et enflammés, les formes métalliques lumineuses se déplacer devant le décor sombre. Et durant huit jours, dans ses intervalles de repos, il maudissait l'United States Robots, les modèles D V et le jour qui l'avait vu naître.

Et puis le huitième jour, au moment où Powell pénétrait dans la pièce avec la migraine et des yeux somnolents, pour prendre son tour de garde, il vit Donovan se lever et, prenant soin de viser soigneusement, jeter un lourd volume au centre exact de l'écran. Il se produisit aussitôt un superbe fracas de verre brisé.

– Pourquoi avez-vous fait cela ? demanda Powell d'une voix consternée.

– Parce que, répondit Donovan, j'en ai terminé avec cette comédie. Il ne nous reste plus que deux jours et nous n'avons pas découvert le moindre indice. D V-5 est une faillite totale. Il s'est arrêté cinq fois depuis que je le surveille, et trois fois pendant votre garde, et je n'arrive pas à comprendre quels ordres il lance, ni vous non plus. Et je ne pense pas que vous y arriviez jamais, parce que moi j'y renonce.

– Par tous les diables de l'enfer, comment peut-on observer six robots à la fois ? L'un agite les mains, l'autre les pieds, un troisième singe les moulins à vent cependant qu'un quatrième saute sur place comme un dément. Quant aux deux autres, le diable seul sait ce qu'ils font. Et d'un seul coup tout s'arrête. Misère de misère !

– Greg, nous nous y prenons mal. Il faut que nous nous rapprochions. Nous devons les observer d'un point à partir duquel il nous est possible de distinguer les détails.

– Ouais, et attendre patiemment l'incident alors qu'il ne reste plus que deux jours.

– L'observation est-elle meilleure ici ?

– Elle est plus confortable.

– Il est quelque chose que vous pouvez faire sur place et qui vous est impossible ici.

– Quoi par exemple ?

– Mettre fin à l'exhibition au moment choisi par vous alors que vous êtes tout préparé et aux aguets pour découvrir ce qui cloche.

– Comment cela ? demanda Powell immédiatement intéressé.

– Eh bien, réfléchissez, puisque vous êtes le cerveau de l'équipe. Posez-vous quelques questions. À quel moment D V-5 perd-il la boule ? Le « doigt » l'a bien dit ! Lorsqu'un éboulement menace, ou s'est effectivement produit, lorsque des explosifs délicatement mesurés sont introduits dans la roche, lorsqu'une taille difficile est atteinte.

– En d'autres termes, en cas de danger.

Powell était tout excité.

– Parfaitement exact ! À quel moment pensiez-vous que ces extravagances pouvaient se produire ? C'est le facteur d'initiative personnelle qui nous cause tous ces ennuis. Et c'est au cours des périodes de danger, en l'absence d'un être humain, que l'initiative personnelle est la plus sollicitée. Quelle est la déduction logique que l'on peut tirer de ces observations ? Comment pouvons-nous susciter ce dérèglement au moment et au lieu choisis par nous ?

Il s'interrompit, triomphant... Il commençait à trouver des satisfactions dans son rôle... Il répondit donc à sa propre question pour prévenir la réponse que Powell avait évidemment sur la langue.

– En suscitant nous-mêmes un incident dramatique.

– Mike, dit Powell, Mike, vous avez raison.

– Merci, mon pote. Je savais bien que cela m'arriverait un jour.

– Très bien, mais épargnez-moi vos sarcasmes. Nous les réserverons pour la Terre et nous les met-

128

trons en conserve en vue des longues soirées d'hiver. Dans l'intervalle, quel incident dramatique pouvons-nous susciter ?

– Nous pourrions inonder la mine s'il ne s'agissait pas d'un astéroïde sans atmosphère.

– Encore un mot d'esprit, sans doute, dit Powell. Vraiment, Mike, vous allez me faire mourir de rire. Que diriez-vous d'un petit éboulement ?

Donovan fit la moue :

– Moi, je veux bien.

– Bon. Attelons-nous à la tâche.

Powell se sentait une âme de conspirateur en se frayant un chemin à travers le paysage cahoteux. Sa démarche, en pesanteur réduite, possédait une curieuse élasticité sur le sol dentelé, faisant rebondir des pierres de droite et de gauche et jaillir de silencieux nuages de poussière grise sous ses semelles. Sur le plan mental, du moins, c'était la reptation prudente du comploteur.

– Savez-vous où ils se trouvent ? demanda-t-il.

– Je le pense, Greg.

– Très bien, dit Powell, mais si l'un des « doigts » se trouve à moins de six mètres de nous, nous serons détectés par ses senseurs, que nous soyons ou non dans son champ visuel. Vous savez cela, je l'espère.

– Lorsque je désirerai suivre un cours élémentaire de robotique, je vous adresserai une demande en bonne et due forme, et en trois exemplaires. C'est par ici.

Ils se trouvaient à présent dans les galeries ; même la lumière des étoiles avait disparu. Les deux hommes rasaient les parois, projetant par intermittence le faisceau de leurs torches devant eux. Powell posa le doigt sur le cran de sûreté de son détonateur.

– Connaissez-vous cette galerie, Mike ?

– Pas tellement. Elle vient d'être percée. Il me semble la reconnaître d'après ce que j'ai vu sur l'écran, mais...

D'interminables minutes s'écoulèrent.

– Sentez-vous ? dit Mike.

Une légère vibration animait la muraille sur laquelle Powell appuyait ses doigts gainés de métal. On n'entendait aucun bruit, naturellement.

– Ils préparent des charges. Nous sommes très près.

– Ouvrez l'œil, dit Powell.

Donovan inclina la tête d'un mouvement impatient.

Un éclair de bronze traversa leur champ de vision. Il était déjà passé avant qu'ils aient eu le temps de se ressaisir. Ils se cramponnèrent l'un à l'autre en silence.

– Pensez-vous que leurs senseurs nous aient détectés ? murmura Powell.

– J'espère que non. Mais il vaudrait mieux les prendre de flanc. Empruntons la première galerie latérale sur la droite.

– Et si nous allions les manquer ?

– Décidez-vous ! Que voulez-vous faire ? Revenir sur vos pas ? gronda rageusement Donovan. Ils se trouvent à moins de quatre cents mètres. Je les observais sur l'écran, non ? Et il ne nous reste plus que deux jours…

– Oh ! taisez-vous. Vous gaspillez votre oxygène. Est-ce bien une galerie latérale ?

Il alluma sa torche.

– C'est bien cela. Allons-y !

La vibration était considérablement intense et le sol tremblait nettement sous leurs pieds.

– Cette circonstance nous favorise, dit Donovan, si toutefois nous ne recevons pas les gravats sur la tête.

Il braqua sa torche devant lui anxieusement.

Il leur suffisait de lever le bras à demi pour toucher le plafond de la galerie et les étais qui venaient d'être posés.

Donovan hésita :

– C'est une impasse, faisons demi-tour.

– Non. Continuons.

Powell se faufila péniblement devant lui.

– Est-ce une lumière que nous apercevons devant nous ?

– Une lumière ? Quelle lumière ? Je ne vois rien. Pourquoi y aurait-il de la lumière dans une galerie sans issue ?

– Une lumière de robot.

Il gravissait une pente douce sur les mains et les genoux. Sa voix sonnait, rauque et anxieuse, dans les oreilles de Donovan.

– Hé, Mike, venez par ici.

Il y avait bien de la lumière. Donovan rampa par-dessus les jambes étendues de Powell.

– Une ouverture ?

– Oui. Ils doivent travailler de l'autre côté de cette galerie à présent... du moins je le pense.

Donovan explora à tâtons les bords dentelés de l'ouverture donnant dans une galerie qui apparaissait à la lueur de sa torche comme un tunnel principal. Le trou était trop petit pour livrer passage à un homme et leur permettait tout juste d'y jeter un coup d'œil simultanément.

– Il n'y a rien là-dedans, dit Donovan.

– Pas pour l'instant. Mais la galerie était occupée il y a une seconde, sans quoi nous n'aurions pas aperçu de lumière. Attention !

Les parois oscillèrent autour d'eux et ils ressentirent l'impact. Une fine poussière s'abattit sur eux. Powell dressa une tête prudente et glissa un nouveau coup d'œil.

– Ils sont bien là, Mike.

Les robots luminescents s'étaient rassemblés à quinze mètres dans le tunnel principal. Des bras de métal besognaient puissamment sur la masse de gravats abattus par la récente explosion.

– Ne perdons pas de temps, dit Donovan d'un ton pressant. Ils auront bientôt percé et la prochaine décharge pourrait fort bien s'abattre sur nous.

– Pour l'amour du ciel, ne me bousculez pas.

Powell dégagea le détonateur, ses yeux fouillèrent anxieusement l'arrière-plan obscur où la seule lumière était celle provenant des robots et où il était impossible de distinguer une roche saillante d'une ombre.

– J'aperçois un endroit au plafond, voyez, presque au-dessus de leurs têtes. La dernière explosion ne l'a pas tout à fait détaché. Si vous pouviez opérer une pesée sur sa base, la moitié du plafond s'écroulerait.

Powell suivit la direction indiquée par le doigt.

– Vu ! Maintenant ne quittez pas les robots de l'œil et priez le ciel qu'ils ne s'écartent pas trop loin de cette partie du tunnel. Je compte sur eux pour m'éclairer. Sont-ils bien là tous les sept ?

Donovan compta :

– Tous les sept.

– Eh bien, observez-les. Observez tous leurs mouvements !

Il avait levé son détonateur et demeurait en position tandis que Donovan regardait, jurait et battait des paupières pour chasser la sueur de ses yeux.

Un éclair !

Il y eut une secousse, une série de vibrations intenses, puis un choc brutal qui jeta Powell lourdement contre Donovan.

– Je n'ai rien vu, Greg, brailla Donovan, vous m'avez renversé.

Powell jeta autour de lui un regard affolé.

– Où sont-ils ?

Donovan garda le silence. On ne voyait plus de robots. Il faisait noir comme dans les profondeurs du Styx.

– Pensez-vous que nous les ayons ensevelis ? demanda Donovan d'une voix tremblante.

– Allons voir sur place. Ne me demandez pas ce que je pense.

Powell rampa à reculons de toute sa vitesse.

– Mike !

Donovan, qui se lançait sur ses traces, s'immobilisa.

– Qu'y a-t-il encore de cassé ?

– Ne bougez pas !

La respiration de Powell était oppressée et irrégulière dans les oreilles de Donovan.

– Mike ! M'entendez-vous, Mike ?

– Je suis là. Qu'y a-t-il ?

– Nous sommes bloqués. Ce n'est pas l'éboulement du plafond, à quinze mètres, qui nous a renversés. C'est le nôtre qui s'est écroulé sur nos têtes. C'est la secousse qui a provoqué la rupture !

– Comment ?

Donovan fit un mouvement et vint se heurter à une dure barrière.

– Allumez la torche !

Powell obéit. Pas la moindre issue par où un lapin aurait pu se glisser.

– Eh bien, que dites-vous de cela ? murmura doucement Donovan.

Ils perdirent quelques instants et un peu d'énergie musculaire dans un effort pour déplacer la barrière de déblais. Powell y apporta une variation en s'efforçant d'agrandir les bords du trou d'origine. Il leva son pistolet mais, à si courte distance, une décharge serait un véritable suicide et il ne l'ignorait pas. Il s'assit.

– Nous avons réussi un beau gâchis, Mike, dit-il, et pour ce qui est de connaître la raison qui fait dérailler Dave, nous n'avons pas avancé d'un pas. L'idée était bonne, mais elle nous a sauté à la figure !

Le regard de Donovan était chargé d'une amertume dont l'intensité perdait totalement son effet dans l'obscurité.

– Je ne voudrais pas vous faire de peine, mon vieux, mais mis à part ce que nous savons ou ne savons pas de Dave, nous sommes gentiment coincés. Si nous n'arrivons pas à sortir d'ici, mon pote, nous allons mourir. M-O-U-R-I-R, mourir. Combien d'oxygène nous reste-t-il ? Guère plus de six heures.

– J'y ai pensé.

Les doigts de Powell montèrent vers sa moustache depuis longtemps soumise à une incessante torture et vinrent se heurter à la visière transparente.

– Bien entendu, nous pourrions aisément amener Dave à nous dégager dans cet intervalle, malheureusement notre géniale expérience de mise en condition artificielle a dû lui faire perdre ses esprits et son circuit radio est neutralisé.

– N'est-ce pas réjouissant ?

Donovan se dirigea vers l'ouverture et parvint à y glisser sa tête entourée de métal. Elle s'y ajustait avec une extrême précision.

– Hé, Greg !

– Quoi ?

– Supposez que nous attirions Dave à moins de six mètres. Il retrouverait son état normal et nous serions sauvés.

– Sans doute, mais où est-il ?

– Au fond du couloir... tout à fait au fond. Pour l'amour du ciel, cessez de tirer, sinon vous allez m'arracher la tête. Je vais vous laisser la place.

Powell glissa à son tour sa tête dans l'ouverture.

– Pas à dire, nous avons réussi. Regardez-moi ces ânes. Ils doivent danser un ballet.

– Ne vous occupez pas de leurs performances artistiques. Se rapprochent-ils tant soit peu ?

– Impossible de le dire encore. Ils sont trop loin. Passez-moi ma torche, voulez-vous. Je vais essayer d'attirer leur attention.

Il y renonça au bout de deux minutes.

– Rien à faire ! Ils doivent être aveugles. Oh ! ils se dirigent vers nous.

– Hé, laissez-moi voir, dit Donovan.

Il y eut une lutte silencieuse.

– C'est bon ! dit Powell et Donovan put passer sa tête dans l'ouverture.

Ils approchaient en effet. Dave ouvrait la marche en tête et les six « doigts » exécutaient un pas de music-hall sur ses talons.

– Qu'est-ce qu'ils peuvent bien fabriquer ? s'émerveilla Donovan. Ma parole, ils dansent la Ronde des Petits Lutins.

– Oh ! laissez-moi tranquille avec vos descriptions, grommela Powell. Ils se rapprochent toujours ?

– Ils sont à moins de quinze mètres et continuent d'avancer vers nous. Nous serons sortis d'ici dans un quart d'heure... Euh... Euh... *Hé !*

– Que se passe-t-il ?

Il fallut plusieurs secondes à Powell pour sortir de l'ahurissement où l'avaient plongé les variations vocales de Donovan.

– Allons, laissez-moi glisser un œil par ce trou, ne soyez pas égoïste.

Il voulut s'imposer de force, mais Donovan résista en décochant force coups de pied.

– Ils ont fait demi-tour, Greg. Ils s'en vont. Dave ! Hé D-a-a-a-ve !

– Inutile de crier, imbécile ! hurla Powell. Le son ne portera pas jusqu'à eux.

– Dans ce cas, haleta Donovan, donnons des coups de pied dans les murs, n'importe quoi pour amorcer une vibration. Il faut que nous attirions leur attention d'une façon ou d'une autre, Greg, sinon nous sommes perdus.

Il tapait comme un forcené. Powell le secoua.

– Attendez, Mike, attendez. Écoutez-moi, j'ai une idée. Par Jupiter, le moment est bien choisi pour trouver les solutions simples. Mike !

– Que voulez-vous ?

Donovan retira sa tête de l'ouverture.

– Laissez-moi votre place, vite, avant qu'ils ne soient hors de portée.

– Hors de portée ? Qu'allez-vous faire ? Hé, qu'allez-vous faire de ce détonateur ?

Il saisit le bras de Powell. L'autre secoua violemment l'étreinte.

– Je vais faire un peu de tir.

– Pourquoi ?

– Je vous expliquerai plus tard. Voyons d'abord si ça fonctionne. Dans le cas contraire... Tirez-vous de là et laissez-moi faire !

Les robots étaient de petites lueurs sautillantes qui diminuaient encore dans le lointain. Powell visa soigneusement et pressa la détente trois fois de suite. Il abaissa son pistolet et regarda anxieusement. L'un des subsidiaires était tombé ! Il ne restait plus que six taches dansantes.

Powell parla d'une voix incertaine dans l'émetteur :

– Dave !

Un temps, puis la réponse parvint aux deux hommes.

– Patron ? Où êtes-vous ? Mon troisième subsidiaire a la poitrine défoncée. Il est hors de service.

– Ne vous occupez pas de votre subsidiaire, dit Powell. Nous sommes bloqués dans l'éboulement à l'endroit où vous faisiez sauter des charges d'explosifs. Apercevez-vous notre torche ?

– Bien sûr. Nous arrivons immédiatement.

Powell se laissa aller, le dos contre la paroi.

– Et voilà !

Donovan dit tout doucement avec des larmes dans la voix :

– C'est bien, Greg, vous avez gagné. Je lèche la poussière devant vos pieds. Maintenant ne me racontez pas d'histoires. Dites-moi simplement ce qui s'est passé.

– Facile. Comme d'habitude, nous n'avons pas vu ce qui nous crevait les yeux. Nous savions que le circuit d'initiative personnelle était en cause et que les aberrations de conduite se produisaient toujours en cas de danger, seulement nous en cherchions la cause dans un ordre spécifique. Mais pourquoi un ordre ?

– Pourquoi pas ?

– Pourquoi pas un certain type d'ordre ? Quel type d'ordre exige le maximum d'initiative ? Quel type d'ordre doit être lancé quasi exclusivement en cas de danger ?

– Ne me le demandez pas, Greg. Dites-le-moi !

– C'est ce que je fais ! C'est l'ordre à six canaux. En temps ordinaire un « doigt » ou davantage exécute des besognes de routine n'exigeant aucune surveillance particulière – de cette façon instinctive dont nos corps exécutent les mouvements de la marche. Mais en cas de danger, les six subsidiaires doivent être mobilisés immédiatement et simultanément. Dave doit commander six robots à la fois et quelque chose craque. Le reste s'explique facilement. La moindre baisse dans l'initiative requise, telle qu'en provoque l'arrivée des hommes, et il retrouve l'usage de ses facultés. C'est pourquoi j'ai détruit l'un des robots. Après quoi, il ne transmettait plus que des ordres à cinq canaux. L'initiative ayant décru... il est de nouveau normal.

– Comment avez-vous découvert tout cela ? demanda Donovan.

– Par simple déduction logique. J'ai tenté l'expérience et elle s'est révélée concluante.

La voix du robot retentit de nouveau dans leurs oreilles.

– Je suis là. Pouvez-vous encore tenir une demi-heure ?

– Facilement, dit Powell. (Puis s'adressant à Donovan, il poursuivit :) Et maintenant notre tâche ne devrait pas être très compliquée. Nous allons vérifier les circuits et noter les organes qui sont anormalement sollicités lors d'un ordre à six canaux alors que la tension demeure acceptable pour un ordre à cinq canaux. Cela circonscrit-il notablement nos recherches ?

– Dans une grande mesure, en effet, réfléchit Donovan. Si Dave est conforme au modèle préliminaire que nous avons vu à l'usine, il existe un circuit de coordination qui devrait constituer le seul secteur intéressé. (Il s'épanouit soudain de façon surprenante.) Dites donc, ce ne serait pas mal du tout. D'une simplicité enfantine, dirais-je même !

– Très bien. Réfléchissez-y et nous vérifierons les bleus sitôt que nous serons rentrés. Et maintenant, en attendant que Dave nous dégage, je vais me reposer.

– Un instant. Dites-moi seulement une chose. À quoi rimaient ces pas de danse, ces défilés militaires auxquels se livraient les robots à chaque fois qu'ils étaient désaxés ?

– Ma foi, je n'en sais rien. Mais j'ai cependant une idée sur la question. Souvenez-vous que ces subsidiaires constituaient les « doigts » de Dave. Nous le répétions à chaque instant. Eh bien, j'ai dans l'idée que dans tous ces interludes, où Dave devenait un cas relevant du psychiatre, il sombrait dans une stupeur imbécile durant laquelle il passait son temps à *pianoter*.

Susan Calvin parlait de Powell et de Donovan avec amusement mais sans sourire. Toutefois sa voix prenait de la chaleur sitôt qu'il était question de robots. Il ne lui fallut pas longtemps pour parcourir la série des Speedy, des Cutie et des Dave. Je l'arrêtai, sans quoi elle eût fait surgir du passé une nouvelle demi-douzaine de ces créatures de métal.

– Ne se passe-t-il donc jamais rien sur la Terre ? demandai-je.

Elle me regarda avec un léger froncement de sourcils.

– Non, sur Terre, nous n'avons guère l'occasion d'entrer en rapport avec des robots !

– Dommage. Vos ingénieurs sur le terrain sont étonnants, mais nous aimerions une participation plus directe de votre part. N'existe-t-il aucun exemple où un robot se soit retourné contre vous ? C'est aujourd'hui votre anniversaire, n'est-ce pas ?

Ma parole, elle rougit.

– Des robots se sont retournés contre moi, dit-elle. Il y a des siècles que je n'y ai pas pensé. Mais oui, cela se passait il y aura bientôt quarante ans. C'était en 2021! Je n'avais à l'époque que trente-huit ans. Mon Dieu... j'aimerais mieux ne pas parler de cela.

J'attendis et, bien entendu, elle se ravisa :

– Pourquoi pas ? dit-elle. Cela ne peut plus me faire de mal aujourd'hui. Les souvenirs eux-mêmes en sont *incapables. Je me suis montrée écervelée autrefois, jeune homme. Le croiriez-vous ?*

– Non, dis-je.

– C'est pourtant la vérité. Mais Herbie était un robot-télépathe.

– Comment ?

– Le seul et unique de son espèce. Une erreur...

5

MENTEUR

Alfred Lanning alluma son cigare avec soin, mais le bout de ses doigts tremblait légèrement. Il parlait entre deux bouffées, ses sourcils gris étroitement contractés.

– Il lit bien les pensées, sans le moindre doute ! Mais pourquoi ? (Il leva les yeux vers le mathématicien Peter Bogert.) Eh bien ?

Bogert aplatit sa chevelure noire des deux mains.

– C'est le trente-quatrième modèle du type qui soit sorti de nos chaînes de montage, Lanning. Tous les autres étaient rigoureusement orthodoxes.

Un troisième homme qui était présent dans la pièce fronça les sourcils. Milton Ashe était le plus jeune officier de l'U.S. Robots, et pas peu fier d'occuper son poste.

– Écoutez, Bogert. Il ne s'est pas produit le moindre accroc depuis le commencement du montage jusqu'à la fin. Cela je vous le garantis.

Les lèvres épaisses de Bogert s'épanouirent en un sourire condescendant :

– Vraiment ? Si vous pouvez répondre de toute la chaîne de montage, je vous proposerai pour l'avancement. Pour être précis, la fabrication d'un seul cerveau positronique exige soixante-quinze mille deux cent trente-quatre opérations différentes, et chacune de ces opérations, pour être menée à bien, repose sur un certain nombre de facteurs, lequel se situe entre cinq et cent cinq. Si une seule d'entre elles se trouve sérieusement compromise, le cerveau est bon à jeter. Je cite notre propre manuel de spécifications, Ashe.

Milton Ashe rougit, mais une quatrième voix lui coupa sa réplique sous le pied.

– Si nous commençons à nous rejeter la faute les uns sur les autres, je m'en vais.

Les mains de Susan Calvin étaient étroitement serrées sur ses genoux, et les petites rides qui tombaient de part et d'autre de ses lèvres minces et pâles s'accusèrent.

– Nous avons sur les bras un robot-télépathe et il me semble important de déterminer exactement les raisons pour lesquelles il lit les pensées. Nous ne les trouverons pas en nous rejetant mutuellement la faute.

Ses yeux froids se fixèrent sur Ashe et le jeune homme sourit.

Lanning l'imita et, comme toujours en pareille occasion, ses longs cheveux blancs et ses petits yeux perspicaces faisaient de lui le type même du patriarche biblique :

– Bien parlé, docteur Calvin.

Sa voix prit soudain un ton incisif :

– Voici l'exposé des faits en une formule concentrée. Nous avons réalisé un cerveau positronique apparemment de la cuvée ordinaire, qui possède la propriété remarquable de pouvoir s'accorder sur les trains d'ondes cérébrales. Nous accomplirions le progrès le plus important dans la science robotique, depuis des dizaines d'années, si nous savions ce qui s'est passé. Nous l'ignorons et c'est ce qu'il nous faut découvrir. Est-ce clair ?

– Puis-je vous proposer une suggestion ? demanda Bogert.

142

– Je vous en prie.

– Je propose que jusqu'au moment où nous aurons tiré au clair cet embrouillamini – et en ma qualité de mathématicien, j'ai tout lieu de croire qu'il est de première importance – nous tenions secrète l'existence du R B-34. Sans excepter les autres membres du personnel. Étant chefs de départements, la solution du problème ne devrait pas être inaccessible pour nous, et moins nombreux nous serons à en connaître…

– Bogert a raison, dit le Dr. Calvin. Depuis le moment où le Code Interplanétaire a été modifié pour permettre aux modèles de robots d'être testés dans les usines avant d'être expédiés dans l'espace, la propagande anti-robots s'est intensifiée. Si jamais le public venait à apprendre, par une indiscrétion, l'existence d'un robot capable de lire les pensées, avant d'avoir été informé que nous possédons l'entière maîtrise du phénomène, on ne manquerait pas d'exploiter largement cette information.

Lanning tira des bouffées de son cigare et inclina la tête gravement. Il se tourna vers Ashe.

– Vous m'avez dit, je crois, que vous étiez seul, lorsque vous avez découvert par hasard cette curieuse particularité ?

– Si j'étais seul ? Je pense bien… J'ai connu la plus belle peur de ma vie. R B-34 venait de quitter la table de montage et on venait de me l'envoyer. Oberman s'était absenté, c'est pourquoi je l'ai conduit moi-même aux salles de test… ou du moins j'ai commencé à le conduire. (Ashe prit un temps et un léger sourire effleura ses lèvres.) L'un de vous a-t-il jamais tenu une conversation mentale à son insu ?

Nul ne s'inquiéta de répondre, et il poursuivit :

– On ne s'en aperçoit pas immédiatement, vous pensez bien. Il s'adressait à moi – aussi logiquement et raisonnablement que vous pouvez l'imaginer – et ce n'est seulement qu'après avoir parcouru la plus grande partie du chemin menant aux salles de test que je m'aperçus que je n'avais rien dit. Bien entendu, bien des pensées m'avaient traversé l'esprit, mais ce n'est pas la même chose, n'est-ce pas ? J'enfermai mon robot et partis à la recherche de Lanning de toute la vitesse de mes jambes. De l'avoir vu marcher à mes côtés, pénétrant calmement mes pensées, parmi lesquelles il faisait un choix, m'avait donné la chair de poule.

– Je l'imagine aisément, dit pensivement Susan Calvin. (Ses yeux s'étaient posés sur Ashe avec une curieuse intensité.) Nous avons tellement l'habitude de considérer nos pensées comme un domaine inviolable.

Lanning intervint avec impatience.

– Seules les quatre personnes ici présentes sont au courant. Très bien ! Nous allons opérer systématiquement. Ashe, je vous demanderai de vérifier la chaîne de montage depuis le début jusqu'à la fin – sans rien omettre. Vous éliminerez toutes les opérations qui ne comportent aucun risque d'erreur, et vous dresserez une liste de celles qui peuvent être sujettes à caution, en notant leur nature et leur importance éventuelle.

– Ce n'est pas un petit travail, grommela Ashe.

– Naturellement tous les hommes sous vos ordres devront s'atteler à la tâche – jusqu'au dernier s'il le faut. Peu m'importe que nous prenions du retard sur notre programme. Mais ils devront ignorer la raison de cette inquisition, vous comprenez bien ?

– Hummm, oui ! (Le jeune technicien eut un sourire ambigu.) N'empêche qu'il s'agit là d'un travail du tonnerre de chien !

Lanning pivota sur son fauteuil pour faire face à Susan Calvin.

– Vous aborderez la tâche dans une direction opposée. Vous êtes la robopsychologue de l'usine, et par conséquent il vous appartient d'étudier le robot lui-

même et de pousser vos investigations en rétrogra-
dant. Étudiez son comportement. Voyez ce qui pourrait être relié à ses facultés télépathiques, quelle est
leur étendue, de quelle façon elles modifient sa « personnalité » et dans quelle mesure exacte elles ont
affecté ses propriétés ordinaires de R B. Vous m'avez
compris ?

Lanning n'attendit pas la réponse du Dr. Calvin.

– Je coordonnerai les travaux et interpréterai
mathématiquement les résultats. (Il tira de grosses
bouffées de son cigare et murmura le reste à travers la
fumée.) Bogert me prêtera son assistance, naturellement.

Bogert polit ses ongles en les frottant d'une main
dodue et répondit d'une voix inexpressive :

– Si j'ose dire ! Je ne connais pas grand-chose à la
question.

– Eh bien, je vais me mettre au travail.

Ashe repoussa sa chaise et se leva. Son jeune visage
agréable se plissa en un sourire.

– C'est moi qui ai la tâche la plus ardue entre toutes,
aussi vais-je m'y mettre sans plus tarder.

Il quitta la pièce avec un bref : Au revoir !

Susan Calvin répondit d'une inclination de tête à
peine perceptible ; elle le suivit des yeux jusqu'à la sortie mais elle ne répondit pas lorsque Lanning poussa
un grognement et lui demanda :

– Voulez-vous monter voir le R B-34 à présent, docteur Calvin ?

R B-34 leva ses yeux photo-électriques du livre sur
lequel il se penchait, en entendant le bruit étouffé que
produisaient les gonds en tournant et il était déjà
debout lorsque Susan Calvin entra dans la pièce.

Elle s'arrêta pour replacer sur la porte le gigantesque écriteau DÉFENSE D'ENTRER et s'approcha
ensuite du robot.

– Je vous ai apporté les textes concernant les moteurs hyper-atomiques, Herbie… quelques-uns d'entre eux du moins. Aimeriez-vous y jeter un coup d'œil ?

R B-34 – *alias* Herbie – prit les trois volumes pesants qu'elle tenait entre ses bras et ouvrit le premier à la page du titre :

– Hum ! Théorie de l'hyper-atomique.

Il grommela quelques paroles inarticulées pour lui-même en feuilletant les pages, puis dit d'un air absorbé :

– Asseyez-vous, docteur Calvin. Cela ne me prendra que quelques minutes.

La psychologue s'assit en observant étroitement Herbie tandis qu'il allait s'installer de l'autre côté de la table et qu'il parcourait systématiquement les trois volumes.

Au bout d'une demi-heure il les reposa.

– Bien entendu, je sais pourquoi vous m'avez apporté ces ouvrages.

Le coin de la lèvre du Dr. Calvin fut soulevé par un tic :

– C'est bien ce que je craignais, Herbie. Vous avez toujours un pas d'avance sur moi.

– Il en va de même avec ces livres qu'avec les autres. Ils ne m'intéressent absolument pas. Vos textes ne valent rien. Votre science n'est rien d'autre qu'un conglomérat d'informations agglutinées ensemble par une théorie sommaire… et tout cela est si incroyablement simple qu'il vaut tout juste la peine qu'on s'en occupe.

« Ce sont de vos œuvres de fiction qui m'intéressent. L'étude que vous faites de l'interaction des mobiles et des sentiments humains.

Il fit un geste vague de ses mains puissantes en cherchant le mot juste.

– Je crois comprendre, murmura le Dr. Calvin.

146

– Je lis dans les esprits, voyez-vous, poursuivit le robot, et vous n'avez pas idée à quel point ils sont compliqués. Je n'arrive pas à comprendre, car mon propre esprit a si peu de chose en commun avec eux… mais j'essaie et vos romans me sont d'un grand secours.

– Oui, mais je crains qu'après avoir suivi les expériences émotionnelles harassantes où vous entraînent les romans sentimentaux modernes (il y avait une pointe d'amertume dans sa voix), vous ne trouviez de véritables esprits comme les nôtres ternes et incolores.

– Mais il n'en est rien !

L'énergie soudaine de la réponse amena le Dr. Calvin à se dresser sur ses pieds. Elle se sentit rougir et une pensée traversa follement son esprit : Il doit savoir !

Herbie se radoucit soudain, et murmura d'une voix basse où toute résonance métallique avait pratiquement disparu :

– Mais naturellement je sais, docteur Calvin. Vous y pensez sans cesse. Comment pourrais-je ne pas le savoir ?

Le visage de Susan Calvin s'était durci :

– L'avez-vous dit… à quelqu'un ?

– Non, bien entendu ! (Puis, avec une surprise non feinte :) Personne ne me l'a demandé.

– Dans ce cas, lança-t-elle, vous me prenez sans doute pour une sotte.

– Mais non ! Il s'agit là d'un sentiment normal.

– C'est peut-être pour cette raison qu'il est si stupide.

La tristesse dont sa voix était empreinte noyait tout le reste. Un peu de la femme parut sous la cuirasse du docteur.

– Je ne suis pas ce que l'on pourrait appeler… séduisante.

– Si vous faites allusion à votre apparence physique, je ne puis juger. Mais je sais en tout cas qu'il existe d'autres genres de séduction.

– Ni jeune.

Le Dr. Calvin avait à peine entendu le robot.

– Vous n'avez pas encore quarante ans.

Une insistance anxieuse s'était fait jour dans la voix de Herbie.

– Trente-huit si vous tenez compte des années, mais soixante si l'on juge par les rapports émotionnels avec la vie. Je ne suis pas psychologue pour rien.

Elle poursuivit avec une amertume haletante.

– Or, il n'a que trente-cinq ans, ne les paraît pas et possède un comportement juvénile. Pensez-vous qu'il puisse me voir autrement que... je ne suis ?

– Vous vous trompez. (Le poing d'acier de Herbie s'abattit sur la table avec un fracas retentissant.) Écoutez-moi...

Mais Susan Calvin se tourna vers lui et la peine secrète tapie au fond de ses yeux se transforma en braise.

– Pourquoi devrais-je vous écouter ? Que pouvez-vous y connaître... machine que vous êtes ? À vos yeux je ne suis rien d'autre qu'un spécimen ; un insecte intéressant doué d'un esprit particulier, disséqué pour l'examen. Un merveilleux exemple de frustration, n'est-ce pas ? Presque aussi intéressant que vos livres.

Elle étouffa ses sanglots sans larmes. Le robot plia le front sous l'orage. Il secoua la tête d'un air suppliant.

– Ne voulez-vous pas m'écouter ? Je pourrais vous aider si seulement vous vouliez bien me le permettre.

– Comment cela ? (Elle retroussa les lèvres.) En me prodiguant de bons conseils ?

– Non, non, pas du tout. Je sais tout simplement ce que pensent d'autres gens... Milton Ashe, par exemple.

148

Un long silence suivit et Susan Calvin baissa les yeux.

– Je ne veux pas savoir ce qu'il pense, dit-elle d'une voix étranglée. Tenez-vous tranquille.

– Je crois que vous voudriez savoir ce qu'il pense.

Sa tête demeura inclinée, mais sa respiration devint plus courte.

– Vous dites des sottises, murmura-t-elle.

– Pourquoi le ferais-je ? J'essaie de vous aider. Ce que Milton Ashe pense de vous…

Il s'interrompit. Alors la psychologue leva la tête.

– Eh bien ?

– Il vous aime, dit tranquillement le robot.

Durant une minute entière, le Dr. Calvin demeura silencieuse. Elle se contentait de fixer son interlocuteur :

– Vous vous trompez ! dit-elle. Pourquoi m'aimerait-il ?

– Mais il vous aime, pourtant. Un sentiment pareil ne peut se dissimuler, pas à moi.

– Mais je suis tellement… tellement… bégaya-t-elle.

– Il voit plus loin que la peau, et admire l'intelligence chez les autres. Milton Ashe n'est pas homme à épouser une perruque blonde et une paire d'yeux enjôleurs.

Susan Calvin battit rapidement des paupières et attendit quelques instants avant de parler. Sa voix elle-même tremblait.

– Jamais, en aucune façon, il ne m'a laissé soupçonner qu'il…

– Lui en avez-vous donné l'occasion ?

– Comment l'aurais-je pu ? Jamais je n'aurais pensé que…

– Exactement !

La psychologue demeura perdue dans ses pensées puis leva les yeux soudain.

– Une fille est venue le voir à l'usine il y a six mois. Elle était jolie, je suppose, blonde et mince. Et naturellement, c'est à peine si elle savait additionner deux et deux. Il a passé la journée à se pavaner, s'efforçant de lui expliquer comment on montait un robot. (Elle retrouva son ton acerbe :) Y comprenait-elle quelque chose ? Qui était-elle ?

Herbie répondit sans hésitation.

– Je connais la personne à laquelle vous faites allusion. Elle est sa cousine germaine et je vous assure qu'aucun intérêt romanesque ne l'attire vers elle.

Susan Calvin se dressa sur ses pieds avec une vivacité de jeune fille.

– Comme c'est curieux ! C'est justement ce dont j'essayais de me persuader parfois, bien que je n'y aie jamais réellement cru au fond de moi-même. Alors tout doit être vrai.

Elle courut vers le robot et saisit sa main lourde et froide entre les siennes.

– Merci, Herbie. (Sa voix était devenue un murmure pressant.) Pas un mot de tout cela à qui que ce soit. Que cela demeure notre secret, et merci une fois encore.

Puis, étreignant convulsivement les doigts inertes du robot, elle quitta la pièce.

Herbie se remit lentement à son roman abandonné, mais il n'y avait personne pour lire ses propres pensées.

Milton Ashe s'étira lentement et magnifiquement dans un récital de craquements de jointures et de grognements, puis tourna des yeux furibonds vers Peter Bogert, docteur en physique.

– Dites donc, s'écria-t-il, voilà une semaine que je travaille d'arrache-pied sans pratiquement fermer l'œil. Pendant combien de temps devrai-je continuer ce régime ? Je croyais vous avoir entendu dire que le bombardement positronique dans la Chambre à Vide D constituait la solution.

Bogert bâilla délicatement et considéra ses mains blanches avec le plus grand intérêt.

– C'est exact. Je suis sur la piste.

– Je sais ce que cela signifie dans la bouche d'un mathématicien. À quelle distance du but êtes-vous ?

– Cela dépend.

– De quoi ?

Ashe se laissa tomber dans une chaise et étendit ses longues jambes devant lui.

– De Lanning. Le vieux n'est pas d'accord avec moi. (Il soupira.) Il retarde un peu sur son temps, voilà l'ennui. Il s'accroche aux mécaniques matricielles comme au recours suprême, et ce problème exige des outils mathématiques plus puissants. Il est tellement obstiné.

– Pourquoi ne pas poser la question à Herbie et régler toute l'affaire ? murmura Ashe d'une voix ensommeillée.

– Interroger le robot ?

Bogert leva les sourcils.

– Pourquoi pas ? La vieille fille ne vous a-t-elle donc rien dit ?

– Vous parlez de Calvin ?

– Oui, Susie, elle-même. Ce robot est un sorcier en mathématiques. Il connaît tout sur tout, plus un petit quelque chose. Il résout des intégrales triples, de tête, et avale des tenseurs analytiques en guise de dessert.

Le mathématicien le considéra avec scepticisme.

– Parlez-vous sérieusement ?

– Je vous assure ! Le plus étonnant c'est que le drôle n'aime pas les maths. Il préfère les romans à l'eau de rose. Ma parole ! Je vous conseille de jeter un coup d'œil sur la littérature à quatre sous dont Susie le nourrit : *Passion pourpre* et *Amour dans l'Espace*.

– Le Dr. Calvin ne nous a pas dit un mot de tout cela.

– C'est qu'elle n'a pas fini de l'étudier. Vous savez comment elle est. Il faut que tout soit bien rangé et étiqueté avant de révéler le grand secret.

– Je vois qu'elle vous a parlé.

– Nous avons eu quelques conversations. Je l'ai vue assez fréquemment ces jours-ci. (Il ouvrit ses yeux tout grands et fronça les sourcils :) Dites-moi, Bogie, n'avez-vous rien remarqué d'étrange dans l'attitude de la dame, ces derniers temps ?

Le visage de Bogert s'épanouit dans un sourire assez vulgaire.

– Elle utilise du rouge à lèvres si c'est cela que vous voulez insinuer.

– Oui, je sais. Du rouge, de la poudre et même de l'ombre sous les yeux. Un vrai masque de carnaval. Mais ce n'est pas cela. Je n'arrive pas à mettre le doigt dessus. C'est sa façon de parler… comme si elle était heureuse à propos de je ne sais quel sujet.

Il réfléchit un instant, puis haussa les épaules. L'autre se permit un ricanement qui, pour un physicien de cinquante ans passés, n'était pas tellement mal réussi.

– Elle est peut-être amoureuse.

Ashe permit à ses yeux de se refermer de nouveau.

– Vous êtes idiot, Bogie. Allez donc parler à Herbie ; je veux rester ici et dormir.

– Soit. Non pas que j'aime recevoir des conseils d'un robot pour faire mon travail. D'ailleurs, je ne crois pas qu'il en soit capable.

Un doux ronflement fut la seule réponse qu'il obtint.

Herbie écoutait attentivement, tandis que Peter Bogert, les mains dans les poches, s'exprimait avec une indifférence affectée.

152

– Et voilà. Je me suis laissé dire que vous comprenez ces questions, et si je vous interroge, c'est davantage pour satisfaire ma curiosité qu'autre chose. Ma
ligne de raisonnement, telle que je l'ai indiquée, comporte quelques points douteux, je l'admets, ce que le
Dr. Lanning refuse d'accepter, et le tableau est plutôt
incomplet.

Le robot ne répondit pas.

– Eh bien ? reprit Bogert.

– Je ne vois aucune erreur, dit Herbie après avoir
étudié les chiffres.

– Je ne pense pas que vous puissiez aller au-delà ?

– Je n'oserais pas le tenter. Vous êtes meilleur mathématicien que moi et… j'aurais peur de m'avancer.

Il y avait une certaine condescendance dans le sourire de Bogert.

– Je me doutais bien que tel serait le cas. La question est complexe. Oublions cela.

Il froissa les feuilles de papier, les jeta dans la cor-
beille, fit le geste de partir, puis se ravisa.

– À propos…

Le robot attendit.

Bogert semblait éprouver des difficultés à trouver
ses mots.

– Il y a quelque chose… c'est-à-dire, vous pourriez
peut-être…

Il s'arrêta court.

– Vos pensées sont confuses, dit le robot d'une voix
égale, mais elles concernent le Dr. Lanning, cela ne fait
aucun doute. Il est stupide de votre part d'hésiter, car
sitôt que vous aurez retrouvé votre sang-froid, je
connaîtrai la question que vous voulez me poser.

La main du mathématicien se porta sur sa chevelure luisante et la caressa d'un geste familier.

– Lanning approche de soixante-dix ans, dit-il
comme si cette seule phrase expliquait tout.

– Je le sais.

– Et il est directeur de l'usine depuis près de trente ans.

Herbie inclina la tête.

– Eh bien… (La voix de Bogert prit une intonation cajoleuse.) Vous savez mieux que moi… s'il pense à prendre sa retraite. Pour raison de santé peut-être ou…

– C'est exact, dit Herbie sans autre commentaire.

– En somme, le savez-vous ?

– Certainement !

– Alors pourriez-vous me le dire ?

– Puisque vous le demandez, oui. (Le robot alla droit au fait.) Il a déjà donné sa démission !

– Comment ?

Il avait poussé cette exclamation d'une voix explosive et à peine articulée. La vaste tête du savant se pencha en avant.

– Voudriez-vous répéter ?

– Il a déjà donné sa démission, reprit l'autre avec calme. Mais celle-ci n'a pas encore pris effet. Il attend, voyez-vous, d'avoir résolu le problème qui… euh… me concerne. Cela terminé, il est tout disposé à remettre la charge de directeur à son successeur.

Bogert expulsa brusquement l'air de sa poitrine.

– Et son successeur, qui est-il ?

Il était tout près de Herbie maintenant, et ses yeux semblaient fascinés par ces indéchiffrables cellules photo-électriques d'un rouge sombre qui constituaient les organes visuels du robot.

– Vous êtes le nouveau directeur, répondit l'autre lentement.

Bogert se détendit en un sourire :

– C'est bon à savoir. J'espérais et j'attendais cette nomination. Merci, Herbie.

Peter Bogert demeura devant sa table jusqu'à cinq heures du matin et y retourna à neuf. L'étagère immédiatement au-dessus de son bureau se vidait de ses liasses de références, de ses livres et de ses tables, à mesure qu'il se reportait aux uns et aux autres. Les pages de calculs étalées devant lui augmentaient de façon infime et les papiers froissés à ses pieds s'entassaient en une colline de plus en plus envahissante.

À midi précis, il considéra la page finale, frotta un œil injecté de sang, bâilla et haussa les épaules.

– Cela empire de minute en minute, par l'enfer !

Il se retourna en entendant la porte s'ouvrir, et inclina la tête à l'adresse de Lanning qui entrait dans la pièce en faisant craquer les jointures de ses doigts.

Le directeur vit d'un coup d'œil le désordre qui régnait dans la pièce et son front se barra d'un pli.

– Une nouvelle piste ? interrogea-t-il.

– Non, répondit l'autre d'un ton de défi. En quoi l'ancienne serait-elle mauvaise ?

Lanning ne prit pas la peine de répondre et jeta un simple regard à la dernière feuille de papier qui se trouvait sur le bureau de Bogert. Il alluma un cigare tout en parlant.

– Calvin vous a-t-elle parlé du robot ? C'est un génie mathématique. Vraiment remarquable.

L'autre poussa un renâclement bruyant.

– C'est ce que je me suis laissé dire. Mais Calvin ferait mieux de se limiter à la robopsychologie. J'ai sondé Herbie en mathématiques et c'est à peine s'il peut se débrouiller dans les calculs.

– Calvin n'est pas de cet avis.

– Elle est folle.

– Et moi non plus, je ne suis pas de cet avis.

Les yeux du directeur se rétrécirent dangereusement.

– Vous ? (La voix de Bogert se durcit.) De quoi parlez-vous ?

– J'ai soumis Herbie à un petit examen durant toute la matinée, et il est capable d'exécuter des tours dont vous n'avez même jamais entendu parler.

– Vraiment ?

– Vous paraissez sceptique !

Lanning tira de sa poche une feuille de papier et la déplia.

– Ce n'est pas mon écriture, n'est-ce pas ?

Bogert examina les grandes notations anguleuses qui couvraient la feuille :

– C'est Herbie qui a rédigé cela ?

– Parfaitement ! Et vous remarquerez qu'il a travaillé sur votre intégration temporelle de l'équation 22. Il arrive… (Lanning posa un ongle jauni sur le dernier paragraphe), à la même conclusion que moi, et en quatre fois moins de temps. Vous n'étiez nullement fondé à tenir pour négligeable l'effet de retard, dans le bombardement positronique.

– Je ne l'ai pas négligé. Pour l'amour du ciel, mettez-vous dans la tête qu'il annulerait…

– Je sais, vous me l'avez expliqué. Vous avez utilisé l'équation de translation de Mitchell, n'est-ce pas ? Eh bien… elle n'est pas applicable au cas qui nous occupe.

– Pourquoi pas ?

– D'abord, parce que vous avez utilisé des hyper-imaginaires.

– Je ne vois pas le rapport…

– L'équation de Mitchell n'est pas valable lorsque…

– Êtes-vous fou ? Si seulement vous preniez la peine de relire le texte original de Mitchell dans les *Transactions du*…

– Je n'en ai nul besoin. Je vous ai dit dès le début que je n'aimais pas son raisonnement, et Herbie est de mon avis.

– Dans ce cas, hurla Bogert, laissez ce mécanisme d'horlogerie résoudre tout le problème à votre place.

156

Pourquoi vous occuper des choses qui ne sont pas essentielles ?

– C'est juste. Herbie ne peut résoudre le problème. Et dans ce cas nous ne pourrons pas mieux faire que lui... seuls. Je vais soumettre la question entière au Comité National. Le problème nous dépasse.

La chaise de Bogert tomba sur le sol à la renverse, dans le bond qu'il fit soudain, le visage cramoisi.

– Vous n'en ferez rien.

Lanning rougit à son tour.

– Prétendez-vous me donner des ordres ?

– Exactement, répondit l'autre en grinçant des dents. J'ai résolu le problème et je ne me le laisserai pas retirer des mains par vous, c'est bien compris ? J'ai percé à jour vos manigances, croyez-moi, espèce de fossile desséché ! Vous vous feriez couper le nez plutôt que de me laisser le bénéfice d'avoir résolu l'énigme de la télépathie robotique.

– Vous êtes un fichu idiot, Bogert, et je m'en vais de ce pas vous faire suspendre pour insubordination...

La lèvre inférieure de Lanning tremblait de colère.

– Vous n'en ferez rien, Lanning. Vous pensiez peut-être garder vos petits secrets, avec un robot télépathe dans l'usine ? Apprenez donc que je suis au courant de votre démission.

La cendre du cigare de Lanning trembla et tomba, et le cigare lui-même suivit.

– Comment... comment...

Bogert eut un rire mauvais.

– Et je suis le nouveau directeur, enfoncez-vous cela dans le crâne ; n'ayez pas de doute à ce propos. La peste m'étouffe, c'est moi qui vais donner les ordres dans cet établissement, sinon je vous promets le plus grand scandale auquel vous ayez jamais été mêlé de votre vie.

Lanning retrouva sa voix et rugit :

– Vous êtes suspendu, m'avez-vous compris ? Je vous relève de toutes vos fonctions. Vous êtes congédié, vous m'avez compris ?

Le sourire s'élargit sur le visage de l'autre.

– À quoi bon vous fâcher ? Vous n'aboutirez à rien. C'est moi qui détiens les cartes maîtresses. Je sais que vous avez donné votre démission. C'est Herbie qui me l'a dit et il le tenait directement de vous.

Lanning se contraignit à parler calmement. Il avait pris l'air d'un très vieil homme, avec des yeux las dans un visage d'où toute couleur avait disparu, ne laissant derrière elle que la teinte cireuse de l'âge.

– Je veux parler à Herbie. Il est impossible qu'il ait pu vous dire quoi que ce soit de semblable. Vous jouez un drôle de jeu, Bogert, mais je saurai bien vous démasquer. Suivez-moi !

Bogert haussa les épaules :

– Vous voulez voir Herbie ? À votre aise !

Ce fut également à midi précis que Milton Ashe leva les yeux de son croquis maladroit :

– Vous voyez à peu près ce que cela donne ? Je ne suis pas très fort en dessin, mais c'est à peu près l'allure générale. C'est une maison de toute beauté et je pourrai l'acheter pour trois fois rien.

Susan Calvin le regarda avec des yeux attendris.

– Elle est vraiment belle, soupira-t-elle. J'ai souvent pensé que j'aimerais…

Sa voix s'étrangla.

– Bien entendu, poursuivit Ashe allégrement, en reposant son crayon, il faut que j'attende mes vacances. Il ne me reste plus guère que deux semaines à patienter, malheureusement cette histoire de Herbie a tout remis en question. (Il considéra ses ongles.) Mais il y a autre chose… et c'est un secret.

– Alors ne m'en dites rien.

158

– Ma foi, je ne sais pas trop, je brûle de le confier à quelqu'un, et vous êtes la meilleure confidente que je puisse trouver ici.

Il sourit niaisement.

Le cœur de Susan Calvin bondit dans sa poitrine, mais elle ne se risqua pas à ouvrir la bouche.

– À vous parler franchement… (Ashe rapprocha sa chaise et ramena le ton de sa voix à un murmure confidentiel) la maison ne sera pas seulement pour moi. Je vais me marier !

Et puis il bondit de son siège.

– Qu'y a-t-il ?

– Rien. (L'horrible sensation de vertige avait disparu, mais elle avait de la peine à faire sortir les mots.) Vous marier ? Vous voulez dire… ?

– Mais sans doute ! Il est grand temps, n'est-ce pas ? Vous vous rappelez cette fille qui est venue me voir ici l'été dernier. C'est d'elle qu'il s'agit ! Mais vous êtes souffrante, vous…

– Un peu de migraine ! (Susan Calvin l'écarta faiblement d'un geste.) J'en ai… souffert récemment. Je voudrais… vous féliciter, bien sûr. Je suis très heureuse…

Le rouge appliqué d'une main inexperte faisait un affreux contraste avec ses joues d'une pâleur de craie. La pièce recommençait à tourner autour d'elle.

– Excusez-moi, je vous prie…

Elle balbutia faiblement ces mots et se dirigea en aveugle vers la porte. Tout s'était passé avec la soudaineté catastrophique d'un rêve… et l'horreur irréelle d'un cauchemar.

Mais comment était-ce possible ? Herbie lui avait dit…

Et Herbie savait ! Il lisait dans les pensées !

Elle se trouva appuyée, à bout de souffle, contre le chambranle de la porte, les yeux fixés sur le visage de métal de Herbie. Elle avait dû gravir les deux étages dans un état d'inconscience totale, car elle n'en gardait aucun souvenir. La distance avait été parcourue en un instant, comme en rêve.

Comme en rêve !

Et toujours Herbie la fixait de ses yeux inflexibles et leurs prunelles rouge sombre semblaient se dilater en deux globes de cauchemar faiblement illuminés.

Il parlait et elle sentit le contact froid du verre sur ses lèvres. Elle avala une gorgée et recouvra une conscience partielle de son environnement.

Herbie parlait toujours, et il y avait de l'agitation dans sa voix – comme s'il était alarmé, effrayé et implorant.

Les mots commençaient à prendre un sens.

– C'est un rêve, disait-il, et vous ne devez pas y croire. Bientôt vous vous réveillerez, dans le monde réel et vous rirez de vous-même. Il vous aime, je vous l'affirme. C'est la pure vérité ! Mais pas ici ! Pas en ce moment ! C'est une illusion.

Susan Calvin inclina la tête :

– Oui ! Oui ! dit-elle en un murmure. (Elle avait saisi le bras de Herbie, s'y cramponnait en répétant sans cesse :) Ce n'est pas vrai, n'est-ce pas ? Ce n'est pas vrai ?

Comment elle revint à elle, elle n'aurait pu le dire – mais elle eut l'impression de passer d'un monde d'une brumeuse irréalité à la dure clarté du soleil. Elle repoussa le robot, écarta avec force ce bras d'acier, les yeux écarquillés.

– Qu'essayez-vous de faire ? (Sa voix avait pris un timbre strident.) Qu'essayez-vous de faire ?

Herbie battit en retraite.

– Je veux vous aider.

La psychologue ouvrit des yeux ronds.

– M'aider ? En m'affirmant qu'il s'agit d'une illusion ? En essayant de me faire sombrer dans la schizophrénie ? (Une passion hystérique la saisit :) Il ne s'agit pas d'un rêve ! Plût au ciel qu'il le fût !

Elle aspira l'air brutalement.

– Attendez ! Mais… mais, je comprends. Bonté divine, c'est tellement évident.

Il y avait de l'horreur dans la voix du robot.

– Il le fallait !

– Et dire que je vous ai cru ! Jamais je n'aurais pensé…

Un bruit de voix irritées de l'autre côté de la porte l'immobilisa. Elle fit demi-tour, en serrant les poings spasmodiquement, et lorsque Bogert et Lanning pénétrèrent dans la pièce, elle se trouvait près de la fenêtre opposée. Ni l'un ni l'autre des deux hommes ne lui prêtèrent la moindre attention.

Ils s'approchèrent simultanément de Herbie ; Lanning irrité, impatient. Bogert froidement sardonique. Le directeur prit la parole le premier.

– Écoutez-moi un peu, Herbie !

Le robot tourna les yeux vivement vers le vieux directeur :

– Oui, monsieur Lanning.

– Avez-vous parlé de moi avec le Dr. Bogert ?

– Non, monsieur.

La réponse avait été proférée avec lenteur et le sourire de Bogert disparut.

– Que signifie ?

Bogert vint se placer devant son directeur et se planta les jambes écartées devant le robot.

– Répétez ce que vous m'avez déclaré hier.

– J'ai dit que…

Puis le robot se tut. Au plus profond de son corps son diaphragme métallique vibrait sous l'effet d'une faible discordance.

– Ne m'avez-vous pas affirmé qu'il avait donné sa démission ? rugit Bogert. Répondez !

Bogert leva le bras d'un geste de rage frénétique, mais Lanning l'écarta d'un revers de main.

– Tentez-vous de le faire mentir en usant d'intimidation ?

– Vous l'avez entendu, Lanning. Il a commencé par dire *Oui,* puis il s'est interrompu. Laissez-moi passer ! Je veux qu'il me dise la vérité, vous m'avez compris ?

– Je vais lui poser la question ! Ai-je donné ma démission, Herbie ?

Herbie prit un regard fixe et Lanning répéta anxieusement la question : « Ai-je donné ma démission ? » Le robot fit un geste de dénégation quasi imperceptible. L'attente se prolongea sans rien amener de nouveau.

Les deux hommes échangèrent un regard où se lisait une hostilité presque tangible.

– Par tous les diables, bafouilla Bogert, ce robot est-il devenu muet ? Ne pouvez-vous parler, espèce de monstre ?

– Je puis parler, répondit l'autre aussitôt.

– Alors répondez à la question. Ne m'avez-vous pas dit que Lanning avait donné sa démission ? L'a-t-il donnée oui ou non ?

Et de nouveau ce fut le silence… lorsque à l'autre bout de la pièce retentit le rire de Susan Calvin, strident et à demi hystérique.

Les deux mathématiciens sursautèrent, et les yeux de Bogert se rétrécirent.

– Tiens, vous étiez là ? Que trouvez-vous de si drôle ?

– Rien. (Sa voix n'était pas tout à fait naturelle.) Je viens seulement de m'apercevoir que je n'ai pas été l'unique dupe. N'est-il pas paradoxal de voir trois des plus grands experts en robotique tomber avec ensemble dans le même piège grossier ? (Elle porta une main pâle à son front.) Mais cela n'a rien de comique.

162

Cette fois le regard qu'échangèrent les deux hommes était surmonté de sourcils levés à l'extrême.

– De quel piège parlez-vous ? demanda Lanning avec raideur. Le robot présente-t-il quelque anomalie ?

– Non. (Elle s'approcha d'eux lentement :) Non, ce n'est pas chez lui que se trouve l'anomalie, mais chez nous. (Elle virevolta soudainement et cria au robot :) Éloignez-vous de moi ! Allez vous mettre à l'autre bout de la pièce et que je ne vous revoie plus.

Herbie baissa pavillon devant la fureur qui faisait flamboyer ses yeux et s'éloigna au petit trot.

– Que signifient ces vociférations, docteur Calvin ? demanda Lanning d'une voix hostile.

Elle leur fit face et, d'un ton sarcastique :

– Vous connaissez certainement la Première Loi fondamentale de la Robotique ?

Les deux autres inclinèrent la tête avec ensemble.

– Certainement, dit Bogert avec impatience, un robot ne peut porter atteinte à un être humain ni, restant passif, laisser cet être humain exposé au danger.

– Merveilleusement exprimé, ironisa Calvin. Mais quel genre de danger ? Quel genre d'atteinte ?

– Mais… tous les genres.

– Exactement ! Tous les genres d'atteintes ! Mais pour ce qui est de blesser les sentiments, d'amoindrir l'idée que l'on se fait de sa propre personne, de réduire en poudre les plus chers espoirs, sont-ce là des choses sans importance ou au contraire… ?

Lanning fronça les sourcils.

– Comment voulez-vous qu'un robot puisse savoir…

Puis il se tut avec un cri étranglé.

– Vous avez saisi, n'est-ce pas ? Ce robot lit les pensées. Pensez-vous qu'il ignore tout des blessures morales ? Pensez-vous que si je lui posais une question, il ne me donnerait pas exactement la réponse que je désire entendre ? Toute autre réponse ne nous blesserait-elle pas, et Herbie peut-il l'ignorer ?

– Juste ciel ! murmura Bogert.

La psychologue lui lança un regard sardonique.

– Je suppose que vous lui avez demandé si Lanning avait donné sa démission. Vous attendiez de lui une réponse affirmative et il vous l'a donnée.

– Et sans doute est-ce pour la même raison, dit Lanning d'une voix inexpressive, qu'il a refusé de répondre il y a quelques minutes. Il ne pouvait dire un mot sans blesser l'un ou l'autre d'entre nous.

Une courte pause s'ensuivit, durant laquelle les hommes considérèrent pensivement le robot affalé sur sa chaise, près de la bibliothèque, la tête appuyée sur sa main.

Susan Calvin regardait fixement le plancher

– Il savait tout cela. Ce... ce démon connaît tout, y compris ce qui cloche dans son propre corps.

Ses yeux étaient sombres et songeurs.

Lanning se tourna vers elle.

– Vous vous trompez sur ce point, docteur Calvin, il ignore ce qui cloche dans son montage. Je lui ai posé la question.

– Et qu'est-ce que cela signifie ? répondit vertement Calvin. Simplement que vous ne désiriez pas obtenir de lui la solution. Cela blesserait votre amour-propre de voir une machine élucider un problème que vous êtes incapable de résoudre. L'avez-vous interrogé ? demanda-t-elle à Bogert.

– D'une certaine façon. (Bogert toussa et rougit.) Il m'a déclaré qu'il connaissait fort peu de chose en mathématiques.

Lanning se mit à rire, pas très fort, et la psychologue sourit d'un air caustique.

– Je vais lui poser la question ! Qu'il trouve la solution ne blessera pas mon amour-propre.

Elle haussa la voix et dit d'un ton froid et impératif :

– Venez ici !

Herbie se leva et s'approcha à pas hésitants.

– Vous savez, je suppose, poursuivit-elle, précisément à quel endroit du montage a été introduit un facteur étranger, ou omis un élément essentiel.

– Oui, répondit le robot d'une voix à peine perceptible.

– Minute, intervint Bogert avec colère. Ce n'est pas nécessairement exact. Vous vouliez entendre cette réponse, c'est tout.

– Ne faites pas l'idiot, répliqua Calvin. Il connaît certainement autant de mathématiques que Lanning et vous-même réunis, puisqu'il peut lire dans les pensées. Laissez-lui sa chance.

Le mathématicien céda et Calvin poursuivit :

– Eh bien, Herbie, répondez ! Nous attendons. (Et en aparté :) Prenez du papier et un crayon, messieurs.

Mais le robot demeura silencieux, et une note de triomphe transparut dans la voix de la psychologue.

– Pourquoi ne répondez-vous pas, Herbie ?

Le robot balbutia soudain :

– Je ne peux pas, vous savez que je ne peux pas ! Le Dr. Bogert et le Dr. Lanning ne le désirent pas.

– Ils veulent connaître la solution.

– Mais pas de moi.

Lanning intervint en détachant les mots lentement.

– Ne soyez pas stupide, Herbie. Nous voulons vraiment cette réponse.

Bogert inclina brièvement la tête.

La voix de Herbie prit un registre suraigu.

– À quoi bon prétendre une pareille chose ? Croyez-vous que je ne distingue pas à travers la peau superficielle de votre esprit ? Au fond de vous-mêmes, vous ne désirez pas que je réponde. Je suis une machine, à laquelle on a donné une imitation de vie par la seule vertu des interactions positroniques qui se déroulent dans mon cerveau – qui est l'œuvre de l'homme. Vous ne pouvez perdre la face devant moi sans être blessés. Ce sentiment est trop profondément imprégné dans votre esprit et ne peut être effacé. Je ne vous donnerai pas la solution.

– Nous allons vous laisser seul avec le Dr. Calvin, dit le Dr. Lanning.

– Cela ne changerait rien à l'affaire, s'écria Herbie, puisque vous sauriez dans tous les cas que c'est moi qui aurais donné la solution.

– Mais vous comprenez, néanmoins, Herbie, reprit Calvin, qu'en dépit de cela, le Dr. Lanning et le Dr. Bogert ont besoin de connaître cette solution.

– Grâce à leurs propres efforts ! insista Herbie.

– Mais ils veulent l'obtenir, et le fait que vous la possédez et que vous refusez de la leur livrer leur cause de la peine. Vous comprenez cela, n'est-ce pas ?

– Oui, oui.

– Et si vous leur donnez la solution, ils seront également peinés ?

– Oui, oui.

Le robot battait en retraite lentement, et Susan Calvin le suivait pas à pas. Les deux hommes observaient la scène, pétrifiés de stupéfaction.

– Vous ne pouvez rien leur dire, récitait la psychologue lentement, parce que cela leur causerait de la peine, ce qui vous est interdit. Mais si vous refusez de parler, vous leur causez de la peine, donc vous devez tout leur dire. Si vous le faites, vous leur ferez de la peine, ce qui vous est interdit, par conséquent vous vous abstiendrez. Mais si vous vous abstenez, ils en concevront du dépit et par conséquent vous devez leur donner la réponse, mais si vous leur donnez la réponse…

Herbie se trouvait le dos au mur, et là il tomba à genoux.

– Arrêtez ! cria-t-il. Fermez votre esprit ! Il est rempli de peine, de frustration et de haine ! Je n'ai pas voulu cela, je vous l'assure ! Je voulais vous aider. Je vous ai

166

donné la réponse que vous désiriez entendre. Je ne pouvais faire autrement !

La psychologue ne prêtait aucune attention à ses cris :

– Vous devez leur donner la réponse, mais dans ce cas vous leur causerez de la peine, et vous devez vous abstenir ; mais si vous vous abstenez...

Et Herbie poussa un hurlement !

C'était comme le son d'une petite flûte amplifié cent fois... qui devenait de plus en plus aigu au point d'atteindre l'insupportable stridence qui était l'expression même de la terreur où se débattait une âme perdue, faisant résonner les murs de la pièce à l'unisson.

Puis le son s'éteignit. Herbie s'écroula pour former sur le sol un pantin de métal désarticulé et immobile.

Le visage de Bogert était exsangue.

– Il est mort !

– Non ! (Susan Calvin éclata d'un fou rire inextinguible.) Il n'est pas mort, mais fou, tout simplement. Je l'ai confronté avec ce dilemme insoluble et il a craqué. Vous pouvez le ramasser à présent, car il ne parlera plus jamais.

Lanning s'était agenouillé auprès du tas de ferraille qui avait été Herbie. Ses doigts touchèrent le froid métal inerte du visage et il frissonna :

– Vous avez fait cela de propos délibéré.

Il se leva et vint se planter devant elle, le visage convulsé.

– Et après ? Vous n'y pouvez plus rien à présent. (Puis, dans une soudaine crise d'amertume :) Il l'a bien mérité.

Le directeur saisit la main de Bogert qui demeurait immobile sur place comme paralysé.

– Quelle importance ? Venez, Peter. (Il poussa un soupir.) Un robot pensant de ce type ne présente aucune valeur après tout. (Ses yeux paraissaient vieux et las et il répéta :) Allons venez, Peter !

Ce ne fut qu'au bout de plusieurs minutes après le départ des deux savants que le Dr. Susan Calvin recouvra partiellement son équilibre mental. Lentement ses yeux se portèrent sur le mort-vivant Herbie et son visage reprit sa dureté. Elle demeura longtemps à le contempler et petit à petit l'expression de triomphe fit place à l'impitoyable frustration – et de toutes les pensées qui se bousculaient tumultueusement dans sa cervelle, seul un mot infiniment amer franchit ses lèvres :

– Menteur !

Cela mit naturellement fin à l'entretien. Je savais que je ne pourrais plus rien tirer d'elle après cet épisode. Elle demeura simplement assise derrière son bureau, le visage pâle et froid... perdue dans ses souvenirs.

– Merci, docteur Calvin, lui dis-je, mais elle ne répondit pas.

Deux jours se passèrent avant que je puisse obtenir d'elle une nouvelle entrevue.

6

LE PETIT ROBOT PERDU

Lorsque je revis Susan Calvin, c'était à la porte de son bureau. On était en train de déménager des classeurs.

– Comment vont vos articles, jeune homme ? demanda-t-elle.

– Très bien, dis-je.

Je leur avais donné forme selon les lumières de mon esprit, étoffé la trame squelettique de son récit, ajouté des dialogues et quelques petites touches par-ci, par-là.

– Vous plairait-il de les parcourir afin de vous assurer si je n'ai pas trahi vos intentions ou péché par une trop grande absence de précision ?

– Je veux bien. Nous pourrions peut-être aller nous asseoir dans le salon de direction. On y sert du café.

Elle paraissait de bonne humeur, si bien qu'en descendant le couloir je lançai :

– Je me demandais, docteur Calvin...

– Quoi donc ?

– Si vous consentiriez à m'en dire davantage sur l'histoire des robots.

– Vous avez sûrement obtenu ce que vous désiriez, jeune homme.

– D'une certaine manière. Mais les épisodes que j'ai relatés ont peu de rapports avec le monde moderne. J'entends par là qu'un seul robot télépathe a jamais été réalisé, et les stations spatiales sont déjà démodées et

169

pratiquement abandonnées ; quant aux robots qui exploitent les mines, ils sont tout à fait courants. Si nous parlions des voyages interstellaires. Il y a vingt ans à peine que le moteur hyper-atomique a été inventé et c'est un fait bien connu qu'il s'agit là d'une invention robotique. Quelle est la vérité ?

– Les voyages interstellaires ? dit-elle d'un ton pensif.

Nous étions entrés dans le salon et je commandai un repas complet. Elle se contenta de café.

– Ce n'est pas simplement une invention robotique, vous savez ; c'est plus compliqué que cela. Mais bien entendu, nous ne sommes pas allés très loin avant d'avoir mis au point le Cerveau. Mais nous avons essayé, nous avons vraiment essayé. Mes premiers rapports (directs, j'entends) avec la recherche interstellaire se situent en 2029, l'année où un robot fut perdu…

Les mesures concernant l'Hyper-Base avaient été prises avec une sorte de fureur démente – l'équivalent musculaire d'un hurlement hystérique.

Pour les citer dans l'ordre à la fois chronologique et d'urgence frénétique, elles se présentaient comme suit :

1. Tous les travaux sur la propulsion hyper-atomique dans le volume spatial occupé par les Stations du Vingt-septième Groupe Astéroïdal étaient interrompus.

2. Ce volume spatial en entier était pratiquement rayé du système. Nul n'y pénétrait sans autorisation. Nul ne le quittait sous aucun prétexte.

3. Le Dr. Susan Calvin et Peter Bogert, respectivement chef psychologue et Directeur des Mathématiques à l'U.S. Robots, furent amenés à l'Hyper-Base par vaisseau spécial du gouvernement.

Susan Calvin n'avait jamais quitté la surface de la Terre auparavant et n'éprouvait aucun désir spécial de la quitter cette fois. Dans l'ère de l'énergie atomique, alors que la propulsion hyper-atomique était en vue, elle demeurait tranquillement provinciale. Elle était donc mécontente du voyage, peu convaincue de son urgente nécessité et chacun des traits de son visage commun, où l'âge mûr avait marqué son empreinte, l'exprimait assez clairement durant toute la durée du premier repas qu'elle prit à l'Hyper-Base.

De son côté la pâleur distinguée du Dr. Bogert n'abandonna pas un certain aspect maussade et d'autre part le major général Kallner, qui dirigeait le projet, n'oublia pas une seule fois de garder son expression absorbée.

En bref, ce repas fut un épisode bien terne et la petite conférence à trois qui suivit commença dans une atmosphère grise et maussade.

Kallner, avec sa calvitie luisante et son uniforme de cérémonie fort mal adapté à l'humeur générale, commença avec une concision non dénuée d'une certaine gêne.

– L'histoire que je dois vous conter est étrange. Je dois d'abord vous remercier d'avoir bien voulu vous déplacer aussi rapidement et cela sans qu'on vous ait fourni la moindre justification. Nous allons faire notre possible pour y remédier à présent. Nous avons perdu un robot. Les travaux sont interrompus et le demeureront tant que nous ne l'aurons pas localisé. Nous n'avons pas réussi jusqu'à présent, c'est pourquoi nous avons fait appel à des personnalités hautement qualifiées.

Le général se rendit peut-être compte que sa mésaventure n'avait absolument rien de passionnant. Aussi poursuivit-il avec une sorte de découragement.

– Inutile d'insister sur l'importance de votre travail à la station. Quatre-vingts pour cent des crédits affectés à la recherche l'année dernière nous ont été attribués...

– Nous savons parfaitement cela, dit aimablement Bogert. L'U.S. Robots touche de substantiels droits de location pour ses robots.

Susan intervint dans la conversation avec une remarque brutale et acide :

– Qu'est-ce qui peut conférer une telle importance à un seul et unique robot dans le projet, et pourquoi n'a-t-il pas été retrouvé ?

Le général tourna sa face rouge vers elle et humecta rapidement ses lèvres.

– D'une certaine manière, nous l'avons repéré. (Puis d'un ton quelque peu angoissé :) Mais il faut que je m'explique. Sitôt que le robot a été porté disparu, on a décrété l'état d'urgence et arrêté tout mouvement dans l'Hyper-Base. Un vaisseau marchand s'était posé la veille et nous avait livré deux robots destinés à nos laboratoires. Il avait à son bord soixante-deux robots du même type, pour une autre destination. Nous sommes certains de ce nombre. Il ne peut y avoir aucun doute à ce sujet.

– Oui ? Et quel est le rapport ?

– Lorsque nous nous fûmes assurés que le robot disparu demeurait introuvable – s'il s'était agi d'une aiguille égarée dans une meule de foin, je vous assure que nous l'aurions retrouvée – nous convînmes, en désespoir de cause, de faire le compte des robots demeurés à bord du navire marchand. Ils sont actuellement au nombre de soixante-trois.

– De telle sorte que le soixante-troisième serait, si je ne m'abuse, l'enfant prodigue ?

Les yeux du Dr. Calvin s'assombrirent.

– Oui, mais nous ne possédons aucun moyen de déterminer lequel d'entre eux est le soixante-troisième.

Suivit un silence de mort au cours duquel la pendule électrique sonna onze fois, et la robopsychologue reprit la parole.

– Très bizarre.

Et les commissures de ses lèvres s'abaissèrent.

– Peter…

Elle se tourna vers son collègue avec un soupçon de violence.

– Que se passe-t-il donc ici ? Quel type de robots utilise-t-on à l'Hyper-Base ?

Le Dr. Bogert hésita et sourit faiblement :

– Jusqu'à présent, c'est une question quelque peu délicate, Susan.

– Jusqu'à présent en effet, dit-elle rapidement. S'il existe soixante-trois robots du même type, dont l'un est recherché sans qu'on puisse déterminer son identité, pourquoi ne pas prendre le premier venu au hasard ? Pourquoi tout ce remue-ménage ? Pourquoi nous a-t-on fait venir ?

– Si vous voulez bien me laisser placer un mot, Susan, dit Bogert d'un ton résigné, il se trouve que l'Hyper-Base utilise plusieurs robots dont le cerveau n'a pas entièrement été imprégné de la Première Loi de la Robotique.

– Pas imprégné ? (Calvin se laissa retomber sur sa chaise.) Je vois. Combien existe-t-il d'exemplaires de ce modèle ?

– Quelques-uns. Cette mesure a été prise sur l'ordre formel du gouvernement, et il était impossible de violer le secret. Nul ne devait être au courant si ce n'est les responsables directement intéressés. Vous n'en faisiez pas partie, Susan. Et quant à moi, la question ne me concernait nullement.

Le général intervint avec une certaine autorité.

– Je voudrais m'expliquer à ce sujet. J'ignorais que le Dr. Calvin eût été tenue dans l'ignorance de la situation. Inutile de vous rappeler, docteur Calvin, que les robots ont toujours rencontré une violente opposition sur la Planète. La seule défense que le gouvernement pouvait opposer aux Radicaux Fondamentalistes en l'occurrence, c'est que les robots sont toujours construits en vertu de la Première Loi – ce qui les met dans l'impossibilité absolue de molester des êtres humains en quelque circonstance que ce soit.

« Mais il nous fallait impérativement des robots d'une nature différente. C'est pourquoi quelques modèles du type N S-2, dit Nestor, furent préparés avec une Première Loi modifiée. Pour ne pas ébruiter la chose, tous les N S-2 sont livrés sans numéros de série ; les articles modifiés sont livrés concurremment avec les modèles ordinaires ; et comme de bien entendu tous ces robots spéciaux sont programmés de façon à ne pas révéler leur nature au personnel non autorisé. (Il sourit d'un air embarrassé.) Tout ceci s'est retourné contre nous à présent.

– Les avez-vous tous interrogés sur leur identité ? demanda Calvin sévèrement. Vous êtes certainement habilité pour cela ?

Le général inclina la tête :

– Les soixante-trois au grand complet nient avoir travaillé à l'Hyper-Base... et l'un d'eux ment.

– Celui que vous recherchez porte-t-il des traces de fatigue ? Les autres sont flambant neufs, je suppose.

– L'intéressé n'est arrivé que le mois dernier. Avec les deux modèles amenés par le vaisseau marchand, il devrait être le dernier de la commande. Il ne porte aucun signe d'usure décelable. (Il secoua lentement la tête et reprit son air absorbé.) Docteur Calvin, nous n'osons pas laisser ce vaisseau reprendre son vol. Si jamais l'existence des robots qui ne sont pas soumis à la Première Loi devenait de notoriété publique...

Il ne savait comment conclure sans demeurer en deçà de la vérité.

– Détruisez entièrement les soixante-trois robots, dit carrément la robopsychologue, et qu'on n'en parle plus.

Bogert fit une grimace en coin.

– Vous parlez froidement de détruire des robots valant trente mille dollars pièce. Je suis persuadé que l'U.S. Robots n'approuverait guère une telle mesure. Il vaudrait mieux tenter un effort, Susan, avant de détruire quoi que ce soit.

– En ce cas, dit-elle d'un ton tranchant, il me faut des faits précis. Quel avantage exact l'Hyper-Base tire-t-elle de ces robots modifiés ? Quel est le facteur qui les rend désirables, général ?

Kallner passa la main sur son front et rejeta en arrière d'imaginaires cheveux.

– Nos robots précédents nous ont causé des difficultés. Nos hommes travaillent en grande partie sur des radiations pénétrantes, voyez-vous ; elles sont dangereuses, bien entendu, mais de raisonnables mesures de précaution sont prises. Nous n'avons connu que deux accidents depuis le début et aucun n'a été fatal. Cependant, il était impossible de faire comprendre cette particularité à un robot ordinaire. La Première Loi dit – je cite : *Un robot ne peut porter atteinte à un être humain ni, restant passif, laisser cet être humain exposé au danger.*

« En conséquence, lorsque l'un de nos hommes devait s'exposer durant un temps très court à un champ de rayons gamma, sans effet physiologique sur son organisme, le plus proche robot s'élançait aussitôt pour l'arracher de la zone présumée dangereuse. Lorsque le champ était très faible, il y parvenait, et le travail se trouvait interrompu jusqu'au moment où l'on avait éliminé tous les robots présents. Mais si le champ était un peu plus intense, le robot ne pouvait atteindre le technicien concerné, puisque son cerveau positronique était neutralisé par les rayons gamma

– après quoi nous étions privés d'un robot à la fois coûteux et difficile à remplacer.

« Nous avons tenté de les raisonner. Ils soutenaient qu'un être humain exposé aux rayons gamma se trouvait en danger et ne se souciaient nullement qu'il pût y demeurer sans risque durant une demi-heure. Supposons, objectaient-ils, qu'il s'oublie et demeure une heure entière dans le champ. C'est un risque qu'ils ne pouvaient courir. Nous leur fîmes remarquer qu'ils risquaient leur existence pour prévenir une éventualité qui n'avait que des chances infimes de se produire. Mais l'instinct de conservation n'est mentionné que dans la Troisième Loi sur laquelle la Première Loi concernant la sécurité humaine possède la priorité. Nous leur avons donné des ordres; nous les avons sommés de se tenir à tout prix à l'écart des rayons gamma. Mais l'obéissance n'est que la Seconde Loi de la Robotique – et la Première Loi concernant la sécurité humaine a le pas sur elle. Docteur Calvin, nous avions le choix entre nous passer entièrement de robots ou modifier la Première Loi... Ce choix nous l'avons fait.

– Je n'arrive pas à croire, dit le Dr. Calvin, qu'il ait été possible de supprimer la Première Loi.

– Elle ne fut pas supprimée, mais modifiée, expliqua Kallner. Des cerveaux positroniques furent construits de telle sorte qu'ils ne conservaient que les aspects positifs de la Loi, dont les termes devenaient simplement : *Un robot ne peut porter atteinte à un être humain.* Et c'est tout. Rien ne les porte plus à soustraire un homme aux dangers résultant d'une éventualité extérieure telle que les rayons gamma. Me suis-je exprimé correctement, docteur Bogert ?

– Tout à fait, approuva le mathématicien.

– Et c'est le seul point qui différencie vos robots du modèle N S-2 normal ? Le seul et unique, Peter ?

– Le seul et unique, Susan.

Elle se leva :

– J'ai l'intention de dormir à présent, dit-elle d'un ton définitif, et dans huit heures je voudrais parler à la personne qui a vu le robot la dernière. Et dorénavant, général Kallner, si je dois assumer la responsabilité des événements subséquents, j'exige de prendre la direction de cette enquête sans contrôle ni restriction.

Si l'on excepte deux heures d'une torpeur pleine de lassitude, Susan Calvin ne connut rien qui ressemblât, même de loin, au sommeil. Elle signala sa présence à la porte de Bogert à 0700, heure locale, et le trouva également éveillé. Il avait apparemment pris la peine d'apporter une robe de chambre à l'Hyper-Base. Il reposa ses ciseaux à ongles lorsque Calvin pénétra dans la pièce.

– Je m'attendais plus ou moins à votre visite, dit-il doucement. Je suppose que toute cette histoire vous donne des haut-le-cœur.

– C'est exact.

– J'en suis désolé. Je ne pouvais pas faire autrement. Lorsque je reçus l'appel de l'Hyper-Base, je compris immédiatement que les Nestor modifiés s'étaient mis à dérailler. Mais qu'aurait-on pu faire ? Je ne pouvais vous mettre au courant de la question au cours du voyage comme j'aurais aimé le faire, car je devais d'abord m'assurer que mon intuition ne m'avait pas trompé. Cette modification est archi-secrète.

– On aurait dû me prévenir, murmura la psychologue. L'U.S. Robots n'avait pas le droit de modifier les cerveaux positroniques de cette manière sans l'approbation d'un psychologue.

Bogert leva les sourcils et soupira.

– Soyez raisonnable, Susan. Vous n'auriez pas pu les influencer. En l'occurrence, le gouvernement était décidé à parvenir à ses fins. Il désire obtenir la propulsion hyper-atomique et les physiciens de l'éther exigent des robots qui ne se mettent pas en travers de

177

leurs travaux. Ils étaient décidés à les obtenir, dussent-ils pour ce faire trafiquer la Première Loi. Nous avons dû admettre que la chose était possible sur le plan de la construction et les hauts fonctionnaires intéressés ont juré leurs grands dieux qu'ils ne désiraient que douze de ces robots, qu'ils ne seraient utilisés qu'à l'Hyper-Base, exclusivement, qu'ils seraient détruits sitôt que le dispositif aurait été mis au point, et que toutes les précautions nécessaires seraient prises. Ils insistèrent également sur le secret... et voilà la situation telle qu'elle se présente.

– J'aurais donné ma démission, dit le Dr. Calvin entre ses dents.

– Cela n'aurait pas servi à grand-chose. Le gouvernement offrait une fortune à la compagnie, et la menaçait d'une législation anti-robot, en cas de refus. Nous étions coincés dès ce moment, et nous le sommes encore davantage maintenant. Si la chose venait à s'ébruiter, Kallner et le gouvernement en pâtiraient, mais l'U.S. Robots en pâtirait encore bien davantage.

La psychologue le dévisagea :

– Peter, vous rendez-vous compte de la gravité de cette mesure ? Comprenez-vous ce que signifie l'abrogation de la Première Loi ? Il ne s'agit pas seulement d'une question de secret.

– Je sais ce que signifierait une abrogation. Je ne suis pas un enfant. Cela voudrait dire une instabilité totale, et pas de solutions non imaginaires aux Équations du champ positronique.

– Mathématiquement parlant, oui. Mais pouvez-vous traduire cela en pensée psychologique crue ? Toute vie normale, Peter, qu'elle soit consciente ou non, supporte mal la domination. Si cette domination est le fait d'un inférieur, ou d'un inférieur présumé, le ressentiment devient plus intense. Physiquement, et dans une certaine mesure, mentalement, un robot

178

– tout robot – est supérieur aux êtres humains. Qu'est-ce donc qui lui donne une âme d'esclave ? *Uniquement la Première Loi !* Sans elle, au premier ordre que vous donneriez à un robot, vous seriez un homme mort. Instable ? Qu'imaginez-vous donc ?

– Susan, dit Bogert d'un air amusé et compréhensif à la fois, je veux bien admettre que ce complexe à la Frankenstein que vous venez de définir avec talent se justifie dans une certaine mesure..., d'où la Première Loi. Mais cette Loi, je le répète et le répéterai encore, n'a pas été abrogée, mais modifiée.

– Et que faites-vous de la stabilité cérébrale ?

Le mathématicien avança la lèvre inférieure :

– Diminuée, naturellement. Mais elle demeure dans les limites de la sécurité. Les premiers Nestor ont été livrés à l'Hyper-Base il y a neuf mois, et il ne s'est rien produit d'anormal jusqu'à présent, encore ne s'agit-il que de la crainte de voir le secret divulgué sans qu'aucune vie humaine ait été mise en danger.

– Dans ce cas, tout va pour le mieux. Nous verrons bien ce qui ressortira de la conférence de ce matin.

Bogert la reconduisit poliment à la porte et se livra à une mimique éloquente sitôt qu'elle eut disparu. Il ne voyait aucune raison de modifier l'opinion qu'il s'était faite une fois pour toutes sur son compte en la considérant comme une vieille haridelle aigrie par le célibat et bourrée de frustrations.

Les pensées de Susan Calvin n'incluaient pas Bogert le moins du monde. Elle l'avait rejeté depuis des années de son esprit comme un fat, un prétentieux et un arriviste.

Gerald Black avait passé ses certificats de physique de l'éther l'année précédente et, comme tous les physiciens de sa génération, se trouva engagé dans la solution du problème de la propulsion. Il apportait sa contribution personnelle à l'atmosphère des réunions qui se tenaient à l'Hyper-Base. Dans sa blouse blanche toute tachée, il se sentait d'une humeur quelque peu rebelle et totalement incertaine. Sa force massive semblait chercher un exutoire et ses doigts, qu'il tordait mutuellement à gestes nerveux, auraient facilement descellé un barreau de prison.

Le major-général Kallner avait pris place près de lui, les deux envoyés de l'U.S. Robots s'étant assis de l'autre côté de la table.

– On me dit que je suis le dernier à avoir vu le Nestor 10 avant sa disparition, dit Black. Je suppose que c'est à ce sujet que vous désirez m'interroger.

Le Dr. Calvin le considéra avec intérêt.

– On dirait, à vous entendre, que vous n'en êtes pas tellement sûr, jeune homme. Savez-vous réellement si vous avez été le dernier à le voir ?

– Il travaillait avec moi, madame, sur les générateurs de champs, et il est resté près de moi pendant la matinée au cours de laquelle il a disparu. Je ne saurais dire si quelqu'un l'a aperçu au début de l'après-midi. Nul ne l'avoue en tout cas.

– Pensez-vous que l'une de ces personnes mente ?

– Je ne dis pas cela. Mais je ne dis pas davantage que je désire voir la faute retomber sur moi.

Ses yeux sombres s'embrasèrent.

– Il n'est pas question d'accuser qui que ce soit. Le robot a agi de la sorte en raison de sa conformation. Nous essayons simplement de le retrouver, monsieur Black, en mettant tout le reste de côté. Donc si vous avez travaillé avec le robot, vous le connaissez probablement mieux que personne. Avez-vous remarqué quelque chose de spécial dans son comportement ? Aviez-vous déjà travaillé avec des robots auparavant ?

– J'ai déjà travaillé avec d'autres robots de la base… les modèles simples. Les Nestor ne diffèrent en rien du type normal, à ceci près qu'ils sont notablement plus intelligents… et aussi plus exaspérants ?

– Exaspérants ? À quel point de vue ?

180

– Mon Dieu... ce n'est peut-être pas leur faute. La besogne, ici, est rude et la plupart d'entre nous deviennent un peu nerveux sur les bords. Ce n'est pas tous les jours amusant de jouer avec l'hyperespace. (Il sourit faiblement, trouvant un soulagement dans cette confession.) Nous courons continuellement le risque de percer un trou dans le tissu normal de l'espace-temps, et de choir incontinent hors de l'univers, astéroïde et tout le reste. Cela paraît farfelu, n'est-ce pas ? Naturellement nous sommes parfois sur les nerfs. Mais il en va différemment pour ces Nestor. Ils sont curieux, ils sont calmes, ils ne se font pas de souci. Il y a parfois de quoi vous faire perdre la boussole. Lorsque vous leur demandez quelque chose de toute urgence, ils semblent prendre leur temps. Parfois, j'ai l'impression que j'aimerais autant me passer d'eux.

– Ils prennent leur temps, dites-vous ? Ont-ils jamais refusé d'obéir à un ordre ?

– Oh, non ! dit-il vivement. Ils obéissent parfaitement. Seulement ils vous avertissent lorsqu'ils pensent que vous vous trompez. Ils ne connaissent rien du sujet, à part ce que nous leur avons appris, mais cela ne les arrête pas. C'est peut-être un effet de mon imagination, mais mes collègues éprouvent les mêmes ennuis avec leurs Nestor.

Le général Kallner s'éclaircit la voix d'une façon qui n'annonçait rien de bon.

– Pourquoi des doléances ne m'ont-elles pas été soumises sur la question, Black ?

Le jeune physicien rougit.

– Au fond, nous ne désirions pas réellement nous dispenser des robots, monsieur, et en outre, nous ne savions pas trop de quelle façon ces... doléances mineures seraient reçues.

Bogert intervint doucement :

– S'est-il produit quelque chose de particulier dans la matinée précédant sa disparition ?

Il y eut un silence. D'un geste discret, Calvin étouffa le commentaire que Kallner s'apprêtait à émettre, et attendit patiemment.

Puis Black prit la parole avec un débit que la colère rendait saccadé.

– J'ai eu une petite algarade avec lui. J'avais cassé un tube de Kimball ce matin-là et gâché ainsi cinq jours de travail; j'avais pris du retard sur tout mon programme; je n'avais pas reçu de courrier de la maison depuis au moins deux semaines. Et c'est le moment qu'il choisit pour venir tourner autour de moi et me demander de recommencer une expérience que j'avais abandonnée depuis un mois. Il n'arrêtait pas de me harceler sur ce même sujet et j'en avais littéralement par-dessus la tête. Je lui ai dit de s'en aller… et je ne l'ai plus revu.

– Vous lui avez dit de s'en aller ? demanda le Dr. Calvin avec un intérêt soudain. En employant ces mêmes mots ? Avez-vous dit : *allez-vous-en* ? Essayez de vous rappeler les termes exacts.

Apparemment un combat intérieur se livrait dans le physicien. Black plongea un moment son front dans sa large paume puis le découvrant il jeta d'un ton de défi :

– Je lui ai dit : Allez vous perdre.

Bogert émit un petit rire :

– C'est précisément ce qu'il a fait !

Mais Calvin n'en avait pas terminé.

– Cette fois nous progressons, monsieur Black, dit-elle d'un ton cajoleur. Mais les détails exacts sont importants. Pour comprendre les réactions d'un robot, un mot, un geste, un accent peuvent avoir une signification capitale. Étant donné votre humeur, vous n'avez pas pu vous borner à ces trois simples mots. Vous avez certainement donné plus de force à votre discours.

Le jeune homme rougit.

– Il se peut que je lui aie donné… quelques noms d'oiseaux.

– Quels noms d'oiseaux, plus précisément ?

– Il m'est difficile de me souvenir exactement. De plus je ne pourrais pas les répéter. Vous savez ce qui se passe lorsqu'on s'énerve. (Il laissa échapper un rire niais et embarrassé.) J'ai une tendance à employer un langage assez vert.

– Les mots ne nous font pas peur, répliqua-t-elle avec une sévérité affectée. Pour le moment, je suis psychologue. J'aimerais vous entendre répéter exactement ce que vous avez dit dans la mesure où vous vous en souvenez et, chose plus importante encore, le ton de voix exact que vous avez employé.

Black chercha un appui auprès de l'officier, n'en trouva pas. Mais ses yeux s'agrandirent et prirent une expression suppliante.

– Je ne peux pas.

– Il le faut.

– Supposons, dit Bogert avec un amusement mal dissimulé, que vous vous adressiez à moi. La chose vous semblera peut-être plus facile.

Le visage écarlate du jeune homme se tourna vers Bogert. Il avala péniblement sa salive :

– J'ai dit… (Sa voix se perdit dans un souffle. Il essaya de nouveau.) J'ai dit…

Alors il prit une profonde inspiration et l'expectora aussitôt à grande vitesse en une longue succession de syllabes. Puis, avec ce qui lui restait de souffle, il conclut, presque en larmes :

– … Plus ou moins. Je ne me souviens plus de l'ordre exact des épithètes dont je l'ai gratifié ; j'ai peut-être omis l'un des termes, ajouté un autre, mais c'était à peu près dans ce goût-là.

Seule une coloration extrêmement légère trahit les sentiments que pouvait éprouver la psychologue.

– Je suis à peu près informée du sens de la plupart de ces expressions. Les autres sont également offensantes, je suppose.

– J'en ai peur, acquiesça le malheureux Black, qui était sur des charbons ardents.

– Et dans cette litanie pittoresque, vous avez trouvé le moyen de lui dire d'aller se perdre ?

– Je parlais au figuré.

– Je m'en doute. Il n'est pas question de vous infliger une sanction disciplinaire quelconque, j'en suis certaine.

Sous son regard, le général qui n'en était pas certain du tout cinq minutes auparavant, hocha la tête avec colère.

– Vous pouvez disposer, monsieur Black. Je vous remercie de votre bon vouloir.

Il fallut cinq heures à Susan Calvin pour interroger les soixante-trois robots. Ce furent cinq heures durant lesquelles elle dut répéter sempiternellement les mêmes interrogations, passer d'un robot à un second parfaitement identique ; poser les questions A,B,C,D, et recevoir les réponses A,B,C,D ; conserver un visage impénétrable, un magnétophone bien dissimulé.

En terminant, la psychologue se sentait complètement vidée de toute son énergie.

Bogert l'attendait et jeta sur elle un coup d'œil interrogateur lorsqu'elle claqua la bobine du magnétophone sur le revêtement plastique de la table.

Elle secoua la tête.

– Soixante-trois robots identiques…. Je n'ai pas pu découvrir la moindre différence entre eux…

– Vous ne pouviez vous attendre à reconnaître à l'oreille celui que vous cherchiez, Susan. Si nous analysions les enregistrements ?

Normalement l'interprétation mathématique des réactions orales de robots est l'une des branches les plus complexes de l'analyse robotique. Elle exige une équipe de techniciens entraînés et le secours d'ordinateurs perfectionnés. Bogert ne l'ignorait pas. Il dut en convenir en cachant une profonde contrariété sous des dehors impassibles, après avoir entendu chacune des réponses, dressé une liste des variations, et des graphiques rendant compte des intervalles entre les réponses.

– Je ne découvre aucune anomalie, Susan. Les variations de vocabulaire et les temps de réaction se trouvent dans l'intérieur des limites de fréquence habituellement constatées dans les interrogatoires de groupe. Il nous faut employer des méthodes plus fines. La base doit posséder des ordinateurs. Non ? (Il fronça les sourcils en rongeant délicatement l'un de ses ongles.) Nous ne pouvons utiliser les ordinateurs. Le danger de fuites serait trop grand. Ou peut-être nous pourrions...

Le Dr. Calvin l'interrompit d'un geste impatient.

– Je vous en prie, Peter. Il ne s'agit plus ici de l'un de vos gentils problèmes de laboratoire. Si nous n'arrivons pas à identifier le Nestor modifié par quelque particularité évidente à l'œil nu, et sur laquelle il soit impossible de se tromper, tant pis pour nous. D'autre part, le danger de se tromper et de lui permettre de s'échapper est trop grand. Il ne suffit pas de déceler une irrégularité minime sur un graphique. Je vous le répète, si nous ne disposions pas de certitude véritable pour appuyer notre conviction, je préférerais les détruire jusqu'au dernier pour ne pas courir de risque. Avez-vous parlé aux autres Nestor modifiés ?

– Parfaitement, répondit sèchement Bogert, et je ne leur ai rien trouvé d'anormal. Leurs dispositions amicales, entre autres, sont supérieures à la moyenne. Ils ont répondu à mes questions, se sont montrés fiers de leurs connaissances – sauf les deux nouveaux qui n'avaient pas eu le temps d'apprendre leur physique de l'éther. Ils ont ri avec bonhomie de mon ignorance en quelques-unes des spécialités pratiquées à la base. (Il haussa les épaules :) C'est sans doute ce qui provoque, en partie, la rancœur des techniciens à leur égard. Les robots ne sont que trop enclins à vous faire sentir leur supériorité scientifique.

– Pourriez-vous tenter quelques réactions planaires pour voir s'il n'est intervenu aucun changement, aucune détérioration de leur patron mental depuis leur sortie des chaînes d'assemblage ?

– Pas encore, mais je n'y manquerai pas. (Il agita un doigt fuselé dans sa direction.) Vous commencez à perdre votre sang-froid, Susan. Je ne vois pas la nécessité de dramatiser. Ils sont essentiellement inoffensifs.

– Vraiment ? (Calvin s'enflamma.) Inoffensifs, vraiment ? Vous rendez-vous compte que l'un d'eux ment ? L'un des soixante-trois robots que je viens d'interroger a délibérément menti après avoir reçu l'ordre strict de dire la vérité. L'anomalie indiquée est profondément imprégnée et me donne les plus grandes craintes.

Peter Bogert sentit ses dents se serrer les unes contre les autres.

– Pas le moins du monde, dit-il. Réfléchissez ! Le Nestor 10 avait reçu l'ordre d'aller se perdre. Cet ordre lui était donné du ton le plus pressant par la personne qui possédait le plus d'autorité pour le commander. Vous ne pouvez contre-balancer cet ordre en invoquant une urgence supérieure, ni une autorité prépondérante. À vrai dire, j'admire objectivement son ingéniosité. Comment pouvait-il mieux se perdre qu'au milieu d'un groupe de robots rigoureusement semblables à lui-même ?

– Oui, cela vous ressemble bien de l'admirer. J'ai décelé en vous de l'amusement, Peter – de l'amusement et un manque déconcertant de compréhension.

Êtes-vous un roboticien, Peter ? Ces robots attachent de l'importance à ce qu'ils considèrent comme de la supériorité. Vous l'avez dit vous-même. Ils sentent, dans leur subsconscient, que les hommes leur sont inférieurs, et la Première Loi qui nous protège contre eux est imparfaite. Ils sont instables. Or, nous avons ici le cas d'un jeune homme qui ordonne à un robot de le quitter, avec toutes les apparences verbales du dégoût, de la répulsion et du dédain. Sans doute, ce robot doit exécuter les ordres reçus, mais son subconscient en éprouve du ressentiment. Il estimera qu'il est plus important que jamais de prouver sa supériorité, en dépit des épithètes affreuses qui lui ont été lancées. Tellement important, peut-être, que ce qui subsistera de la Première Loi ne suffira plus.

– Comment voulez-vous, Susan, qu'un robot puisse connaître le sens de la kyrielle de grossièretés qu'on lui a lancées au visage ? Le langage ordurier ne figure pas au programme des notions dont son cerveau a été imprégné.

– L'imprégnation originelle n'est pas tout, rétorqua Calvin. Les robots possèdent la faculté d'apprendre... imbécile... (Cette fois, Bogert comprit qu'elle avait réellement perdu son sang-froid.) Croyez-vous qu'il n'ait pas senti, à l'intonation, que ces paroles n'avaient rien d'une louange ? Ne croyez-vous pas qu'il ait déjà entendu ces mêmes mots et établi un rapport avec les circonstances au cours desquelles ils étaient employés ?

– Dans ce cas, hurla Bogert, auriez-vous la bonté de me dire en quelle manière un robot modifié pourrait molester un homme – ou si vous préférez se venger de lui – quelle que soit l'offense qu'il ait subie, quel que soit son désir de faire la preuve de sa supériorité ?

– Je vais vous donner un exemple. Êtes-vous disposé à m'écouter ?

– Oui.

Ils se penchaient mutuellement l'un vers l'autre au-dessus de la table, les regards rivés l'un à l'autre comme deux coqs de combat.

– Si un robot modifié venait à laisser choir une lourde masse sur un être humain, dit la psychologue, il n'enfreindrait pas la Première Loi si, ce faisant, il avait la certitude que sa force et sa rapidité de réflexe lui permettraient de dévier la masse avant qu'elle n'atteigne l'homme. Cependant, une fois que le poids aurait quitté ses doigts, il cesserait de participer activement à l'action. Seule la force aveugle de la pesanteur demeurerait en cause. Le robot pourrait alors changer d'idée et, par simple inertie, permettre au poids de venir frapper le but. La Première Loi modifiée permet un tel artifice.

– C'est là un prodigieux déploiement d'imagination.

– C'est justement ce qu'exige parfois ma profession. Peter, cessons de nous quereller. Travaillons plutôt. Vous connaissez la nature exacte du stimulus qui a déterminé le robot à se perdre. Vous possédez les diagrammes de son patron mental originel. Je voudrais que vous me disiez dans quelle mesure notre robot est capable d'accomplir une action similaire à celle dont je viens de vous parler. Non pas la réaction spécifique, notez bien, mais tout l'ensemble de réponse. Je vous demanderai de me fournir ce renseignement au plus vite.

– Et dans l'intervalle...

– Et dans l'intervalle, nous allons essayer les tests de performance directement liés aux implications de la Première Loi.

Sur sa propre demande, Gerald Black supervisait la mise en place des cloisons de bois qui poussaient comme des champignons en un cercle ventru, au troisième étage voûté du Bâtiment de Radiation 2. Les

188

hommes travaillaient silencieusement dans l'ensemble, mais plus d'un s'étonnait ouvertement de la présence des soixante-trois cellules photo-électriques en cours d'installation.

L'un d'eux vint s'asseoir près de Black, retira son chapeau et passa pensivement sur son front un avant-bras criblé de taches de rousseur.

– Comment ça marche, Walensky ? demanda Black.

L'interpellé haussa les épaules et alluma un cigare.

– Comme sur des roulettes. Que se passe-t-il donc, docteur ? D'abord le travail est arrêté pendant trois jours et puis tout d'un coup c'est ce tas de trucs.

Il se renversa sur ses coudes et expectora de la fumée. Black remua ses sourcils.

– Deux spécialistes en robots sont venus de la Terre. Vous vous souvenez des ennuis que nous ont causés les robots en se précipitant dans les champs de rayons gamma, avant que nous n'ayons réussi à leur enfoncer dans le crâne qu'ils devaient s'en abstenir ?

– Oui. N'avons-nous pas reçu de nouveaux robots ?

– Quelques remplaçants, mais il s'agissait surtout d'un travail d'endoctrinement. Les constructeurs voudraient mettre au point des robots qui résistent davantage aux rayons gamma.

– Au premier abord cela paraît bizarre d'interrompre tous les travaux sur la propulsion pour une histoire de robots. Je croyais qu'on ne devait interrompre à aucun prix les recherches sur la propulsion.

– Ce sont les gens du dessus qui en décident. Personnellement je me contente de faire ce qu'on me dit. Encore une histoire de piston, probablement...

– Ouais, dit l'électricien en souriant et en clignant de l'œil d'un air entendu. On a des relations à Washington. Mais tant que ma paye tombe régulièrement, je n'ai pas à y mettre le nez. La propulsion n'est pas mon affaire. Qu'ont-ils l'intention de faire ici ?

– Comment voulez-vous que je le sache ? Ils ont amené une collection de robots... plus de soixante, et ils vont mesurer leurs réactions. C'est tout ce que je sais.

– Combien de temps cela prendra-t-il ?

– Je voudrais bien le savoir.

– Eh, dit Walensky avec une lourde ironie, tant qu'ils me paieront régulièrement mon salaire, ils pourront se livrer à leur guise à leurs petits jeux de société.

Black se sentait satisfait et calme. Que l'histoire se répande donc ! Elle était inoffensive et suffisamment proche de la vérité pour émousser la curiosité.

Un homme s'assit sur la chaise, immobile, silencieux. Un poids se décrocha, tomba vers le sol, puis fut rejeté sur le côté au dernier moment par la poussée synchronisée d'un champ de force. Dans soixante-trois cellules de bois, soixante-trois robots N S-2 aux aguets s'élancèrent en avant dans la fraction de seconde précédant l'instant où le poids se trouvait dévié de sa trajectoire, et soixante-trois cellules photo-électriques, placées à un mètre cinquante devant eux, actionnèrent le stylet traceur qui laissa un petit trait sur le papier. Le poids se releva et retomba, se releva et retomba...

Dix fois !

Et dix fois les robots bondirent en avant et s'immobilisèrent, tandis que l'homme demeurait assis, indemne.

Le major-général Kallner n'avait plus porté son uniforme de gala, dans toute sa splendeur, depuis le premier dîner de réception des représentants de l'U.S. Robots. Il était en chemise (de couleur gris-bleu), le col ouvert et la cravate dénouée.

Il jeta un regard d'espoir sur Bogert, toujours tiré à quatre épingles et dont la tension intérieure ne se trahissait que par une légère moiteur aux tempes.

– Quelle tournure cela prend-il ? demanda le général. Que cherchez-vous à voir ?

– Une différence qui pourrait se révéler un peu trop subtile pour notre dessein, j'en ai peur, répondit Bogert. Pour soixante-deux de ces robots, la force qui les contraignait à bondir vers l'homme, apparemment en danger, constitue ce que nous appelons en robotique une réaction forcée. Même lorsque les robots se sont aperçus que l'homme en question ne courait aucun danger, vous l'avez vu – et au bout de la troisième ou quatrième épreuve il leur était impossible d'en douter – ils n'ont pu néanmoins se retenir. La Première Loi l'exige.

– Et alors ?

– Mais le soixante-troisième robot, le Nestor modifié, n'est pas soumis à un semblable tropisme. Il demeurait libre de ses actes. S'il avait voulu, il serait demeuré sur son siège. Malheureusement (et sa voix avait une légère intonation de regret), il en a décidé autrement.

– Pour quelle raison, à votre avis ?

Bogert haussa les épaules.

– Je suppose que le Dr. Calvin nous le dira dès son arrivée. Son interprétation sera affreusement pessimiste, je le crains. Elle est un peu agaçante par moments.

– Sa compétence ne fait aucun doute, je suppose ? s'enquit le général en fronçant soudain les sourcils avec inquiétude.

– Certes. (Bogert parut amusé.) Elle est tout à fait compétente. Elle comprend les robots comme le ferait une sœur... sans doute est-ce parce qu'elle porte une telle haine aux humains. Oui, c'est bien cela, c'est une véritable névrosée avec de légères tendances à la paranoïa. Il ne faut pas la prendre trop au sérieux.

Il étendit devant lui la longue rangée des graphiques.

– Voyez-vous, général, pour chaque robot, l'intervalle séparant le décrochage du poids du moment où il a parcouru la distance d'un mètre cinquante tend à décroître après chaque épreuve nouvelle. Une relation mathématique gouverne un tel rapport et si des divergences se produisaient dans les résultats, ce serait l'indice d'une anomalie marquée dans le cerveau positronique. Malheureusement, tout est parfaitement normal.

– Mais si notre Nestor 10 ne répond pas à une impulsion irrésistible, comment se fait-il que sa courbe ne soit pas différente des autres ? Je ne comprends pas.

– L'explication est assez simple. Les réactions robotiques ne sont pas parfaitement analogues aux réactions humaines, et c'est grand dommage. Chez les humains, l'action volontaire est bien plus lente que les réflexes. Ce n'est pas le cas pour les robots ; chez eux, seule importe la liberté du choix, à part cela la vitesse d'exécution des actions volontaires ou commandées est sensiblement la même. J'espérais que le Nestor 10 se serait laissé surprendre à la première expérience, ce qui se serait soldé par un délai de réponse plus long.

– Et cela ne s'est pas produit ?

– Hélas !

– Alors nous sommes toujours dans l'impasse.

Le général se renversa sur son siège avec une expression de souffrance.

À ce moment précis, Susan Calvin entra dans la pièce et claqua la porte derrière elle :

– Rangez vos diagrammes, Peter, s'écria-t-elle, vous voyez bien qu'ils ne font apparaître aucun résultat.

Elle marmotta quelques mots avec impatience en voyant Kallner se lever à demi pour l'accueillir.

– Il va nous falloir essayer autre chose et rapidement. Je n'aime pas du tout la tournure que prennent les choses.

Bogert échangea un regard résigné avec le général.

– Encore de nouveaux ennuis ?

– Non, pas spécifiquement. Mais je suis inquiète de voir Nestor 10 nous glisser continuellement entre les doigts. C'est très fâcheux. Cela ne peut qu'exacerber encore le sentiment qu'il a de sa supériorité. Désormais, ses motivations ne consistent plus simplement à l'accomplissement des ordres, je le crains. Cela se transforme en une véritable obsession : battre à tout prix les hommes sur le terrain de la ruse et de l'ingéniosité. C'est là une situation malsaine et dangereuse. Peter, avez-vous procédé aux opérations que je vous ai demandées ? Avez-vous déterminé les facteurs d'instabilité du N S-2 dans le sens que je vous ai indiqué ?

– Elles sont en cours, dit le mathématicien avec indifférence.

Elle le dévisagea avec colère durant un moment puis se tourna vers Kallner.

– Nestor 10 est parfaitement conscient des pièges que nous lui tendons. Il n'avait pas la moindre raison de se jeter sur l'appât que constituait cette expérience, surtout après la première épreuve où il a certainement constaté que notre sujet ne courait aucun danger. Les autres ne pouvaient agir autrement, mais notre compère falsifiait délibérément ses réactions.

– Alors, que faire à présent, docteur Calvin ?

– Le mettre dans l'impossibilité de falsifier une réaction la prochaine fois. Nous allons recommencer l'expérience, mais en la corsant. Des câbles à haute tension susceptibles d'électrocuter les modèles Nestor seront placés entre le sujet et les robots – et en quantité suffisante pour qu'ils ne puissent pas les franchir d'un bond – on prendra soin de leur faire savoir à l'avance qu'ils ne peuvent toucher aux câbles sous peine de mort instantanée.

– Halte là, s'écria soudain Bogert avec virulence. J'oppose mon veto à cette expérience. Nous n'allons pas électrocuter des robots valant deux millions de dollars pour retrouver Nestor 10. Il y a d'autres moyens.

– Vous en êtes certain ? Il ne me semble pas que vous en ayez trouvé beaucoup. En tout cas, il ne s'agit pas d'électrocuter qui que ce soit. Nous pouvons disposer sur la ligne un relais qui coupera le courant dès que le câble sera soumis à une pesée. Par conséquent si le robot venait à le toucher par accident, il n'en pâtirait guère. *Mais il n'en saura rien, naturellement.*

Une lueur d'espoir s'alluma dans les yeux du général.

– Pensez-vous obtenir un résultat ?

– Logiquement oui. Dans ces conditions Nestor 10 ne devrait pas quitter sa chaise. On pourrait lui donner l'ordre de toucher les câbles et de succomber, car la Seconde Loi de l'obéissance possède la prépondérance sur la Troisième Loi qui concerne l'instinct de conservation. Mais on ne lui donnera aucun ordre ; il sera livré à ses seules ressources comme les autres robots. Les robots normaux, obéissant à la Première Loi, qui leur fait un devoir de protéger les hommes, se précipiteront tête baissée au-devant de la mort, même sans qu'il soit besoin de leur en donner l'ordre. Mais pas notre Nestor 10. Comme les prescriptions de la Première Loi sont réduites, en ce qui le concerne, et qu'il n'aura reçu aucun ordre, la Troisième Loi sera prépondérante pour déterminer son comportement, et il n'aura d'autre ressource que de demeurer sur son siège.

– L'expérience aura-t-elle lieu cette nuit ?

– Cette nuit, répondit la psychologue, si les câbles peuvent être installés à temps. À présent je vais prévenir les robots de ce qui les attend.

Un homme était assis sur la chaise, immobile et silencieux. Un poids se décrocha, tomba, puis au dernier moment fut repoussé par un champ de force. L'opération n'eut lieu qu'une fois...

Et de sa petite chaise, à l'intérieur de la cabine observatoire disposée sur le balcon, le Dr. Susan Calvin se leva en poussant un cri d'horreur.

Soixante-trois robots étaient demeurés tranquillement sur leur chaise, regardant avec des yeux bovins l'homme qui venait prétendument de courir un danger devant eux. Aucun d'eux n'avait fait le moindre geste.

Le Dr. Calvin était furieuse, furieuse au-delà de toute expression. D'autant plus furieuse qu'elle n'osait pas le montrer aux robots qui entraient un à un dans la pièce pour s'éclipser un peu plus tard. Elle vérifia sa liste. C'était le tour du numéro vingt-huit... le trente-cinq se trouvait toujours devant elle.

Le numéro vingt-huit entra avec méfiance.

Elle se contraignit à garder un calme raisonnable.

– Et qui êtes-vous ?

Le robot répondit d'une voix lente et incertaine :

– Je n'ai pas encore reçu de numéro personnel, madame. Je suis un robot N S-2 et j'occupais le numéro vingt-huit dans la rangée à l'extérieur. Voici un papier que je dois vous remettre.

– Vous n'êtes pas encore entré dans cette pièce au cours de la journée ?

– Non, madame.

– Asseyez-vous. Je voudrais vous poser quelques questions, numéro vingt-huit. Vous trouviez-vous dans la Chambre de Radiation du Bâtiment 2, il y a environ quatre heures ?

Le robot manifesta quelque difficulté à répondre. Puis d'une voix éraillée, semblable à un train d'engrenages où la rouille remplacerait l'huile :

– Oui, madame.

– Un homme s'est trouvé en danger dans cette pièce, n'est-ce pas ?

– Oui, madame.

– Vous n'avez rien fait, n'est-ce pas ?

– Non, madame.

– L'homme aurait pu être grièvement blessé du fait de votre inertie, vous le savez ?

– Oui, madame. Mais je n'ai pu faire autrement, madame.

Il est difficile de concevoir qu'une large face métallique totalement inexpressive puisse se contracter, c'est pourtant l'impression qu'elle donna.

– Je voudrais que vous me disiez exactement pourquoi vous n'avez rien tenté pour le sauver.

– Je voudrais vous expliquer, madame. Je ne voudrais pas que vous-même… ou quiconque… puissiez me croire capable d'un acte susceptible de causer du dommage à un maître. Oh ! non, ce serait horrible… inconcevable…

– Ne vous affolez pas, mon garçon, je ne vous reproche rien. Je voudrais simplement savoir ce que vous avez pensé à ce moment.

– Madame, avant que cela ne commence, vous nous avez dit que l'un des maîtres se trouverait en danger du fait de ce poids qui continue à tomber et que nous devrions passer à travers des câbles électriques si nous voulions le sauver. Cela ne m'aurait pas arrêté, madame. Que représente ma destruction lorsqu'il s'agit de sauver un maître ? Mais il m'apparut que si je

196

mourais en me portant à son secours, je n'arriverais cependant pas à le sauver. Le poids viendrait l'écraser et je serais mort pour rien et peut-être plus tard, un maître serait victime d'un accident, ce qui ne se serait pas produit si j'avais survécu. Comprenez-vous cela, madame ?

– Vous voulez dire par là que vous aviez le choix entre laisser l'homme périr seul ou de succomber en même temps que lui, est-ce bien cela ?

– Oui, madame, il était impossible de sauver le maître. On pouvait considérer qu'il était déjà mort. Dans ce cas il était inconcevable que je pusse consentir à ma destruction pour rien… et sans avoir reçu l'ordre.

La robopsychologue faisait tourner machinalement un crayon entre ses doigts. Vingt-sept fois déjà elle avait entendu la même histoire avec de légères variantes.

– Votre raisonnement ne manque pas de justesse, dit-elle, mais je ne m'y attendais guère de votre part. Est-ce vous qui l'avez échafaudé vous-même ?

Le robot hésita :

– Non.

– Qui alors ?

– Nous bavardions l'autre nuit lorsque l'un de nous a émis cette idée, qui nous a paru logique.

– Lequel d'entre vous ?

Le robot réfléchit profondément.

– Je ne sais pas… Je n'ai pas remarqué.

Elle soupira.

– C'est tout. Vous pouvez disposer.

Puis ce fut le tour du vingt-neuf. Encore trente-quatre autres après lui.

Le major-général Kallner, lui non plus, n'était pas content. Depuis une semaine l'Hyper-Base était totalement immobilisée, si l'on ne tenait pas compte des quelques travaux d'écriture concernant les astéroïdes subsidiaires du groupe. Depuis près d'une semaine, les deux plus grands experts en la matière avaient aggravé la situation en procédant à des tests inutiles. Et voilà qu'à présent ils faisaient – ou du moins la femme faisait d'impossibles propositions.

Fort heureusement pour l'ambiance générale, Kallner jugeait impolitique de montrer ouvertement sa colère.

– Pourquoi pas ? insistait Susan Calvin. La situation présente est évidemment catastrophique. La seule façon d'obtenir des résultats dans le futur – si toutefois on peut parler de futur en ce qui nous concerne – c'est de séparer les robots. Nous ne pouvons les maintenir groupés plus longtemps.

– Cher docteur Calvin, grommela le général dont la voix avait atteint les notes les plus basses du registre de baryton, je ne vois pas comment je pourrais isoler individuellement soixante-trois robots dans l'espace dont je dispose...

Le Dr. Calvin leva les bras en un geste d'impuissance.

– Dans ce cas, je ne puis plus rien. Nestor 10 imitera les faits et gestes de ses collègues, ou les persuadera de s'abstenir des actes qu'il ne peut pas accomplir. Quoi qu'il en soit, nous sommes dans de beaux draps. Nous livrons combat à ce petit robot égaré et il ne cesse de marquer des points sur nous. Chaque victoire nouvelle remportée par lui aggrave son caractère anormal.

Elle se leva avec détermination.

– Général Kallner, si vous n'isolez pas les robots individuellement comme je vous le demande, je ne puis faire autrement que d'exiger la destruction immédiate des soixante-trois robots au grand complet.

– Vous l'exigez, n'est-ce pas ? intervint brusquement Bogert, puis avec une colère non feinte : Qu'est-ce qui vous donne le droit de formuler une pareille exigence ?

198

Ces robots demeureront tels qu'ils sont. C'est moi qui suis responsable de la direction et pas vous.

– Et moi, ajouta le major-général Kallner, je suis responsable de la base devant le Coordinateur Mondial – et je veux que cette question soit réglée.

– Dans ce cas, rétorqua Calvin, il ne me reste plus qu'à donner ma démission. S'il me faut recourir à cette extrémité pour vous contraindre à cette indispensable destruction, j'en appellerai à l'opinion publique. Ce n'est pas moi qui ai donné mon accord à la mise en chantier de robots modifiés.

– Si vous vous avisiez de proférer un seul mot en violation des mesures de sécurité, docteur Calvin, dit le général avec force, je vous ferais emprisonner immédiatement.

Voyant les choses prendre cette tournure, Bogert intervint d'une voix suave.

– Nous commençons, je crois, à nous conduire comme des enfants. Ce qu'il nous faut c'est un nouveau délai. Il n'est pas possible que nous ne parvenions pas à battre un robot à son propre jeu sans donner notre démission, faire emprisonner les gens ou réduire en poussière deux millions de dollars.

La psychologue se tourna vers lui avec une froide violence.

– Je ne supporterai pas la présence sur cette base d'un robot déséquilibré. L'un des Nestor l'est de façon irrémédiable, onze autres le sont en puissance et soixante-deux robots normaux se meuvent dans une atmosphère de déséquilibre permanent. La seule méthode susceptible de nous apporter une sécurité complète est leur destruction intégrale.

Le bourdonnement avertisseur vint les interrompre à ce moment et jeter une douche froide sur les passions qui bouillonnaient en eux avec une intensité croissante.

– Entrez, grommela Kallner.

C'était Gérald Black. Il paraissait troublé. Il avait entendu des voix irritées.

– J'ai cru bon de venir personnellement... Je ne voulais pas charger quelqu'un d'autre...

– De quoi s'agit-il ? Pas de tergiversations !

– Les serrures du compartiment C dans le vaisseau marchand semblent avoir été l'objet d'une tentative d'effraction. Elles portent des éraflures fraîches.

– Le compartiment C ? s'exclama vivement le Dr. Calvin. C'est celui où sont enfermés les robots, n'est-ce pas ? Qui s'est permis ?

– De l'intérieur, répondit laconiquement Black.

– La serrure n'est pas détériorée, j'espère ?

– Non, elle n'a pas souffert. Je demeure sur le vaisseau depuis quatre jours maintenant et aucun d'eux n'a tenté de sortir. Mais j'ai pensé qu'il valait mieux vous avertir. Je ne voulais pas ébruiter le fait. C'est moi qui ai fait personnellement cette observation.

– Y a-t-il quelqu'un sur place en ce moment ? demanda le général.

– J'y ai laissé Robins et McAdams.

Un silence songeur suivit.

– Eh bien ? demanda le Dr. Calvin ironiquement.

Kallner se frotta le nez avec incertitude.

– Que signifie cette tentative ?

– N'est-ce pas évident ? Nestor 10 se prépare à s'enfuir. Cet ordre lui enjoignant de se perdre prend le pas sur l'état anormal de son psychisme au point de déjouer tout ce que nous pouvons tenter à son encontre. Je ne serais pas surprise que ce qui subsiste en son cerveau des imprégnations de la Première Loi ne soit pas suffisant pour contrebalancer cette tendance. Il est parfaitement capable de s'emparer du vaisseau et de s'enfuir à son bord. Et cette fois nous serions confrontés avec un robot dément à bord d'un vaisseau de l'espace. Et ensuite on peut tout attendre de sa part. Persistez-vous toujours à vouloir les maintenir groupés, général ?

– Sottises, interrompit Bogert. (Il avait recouvré sa suavité.) Voilà bien du tapage pour quelques malheureuses éraflures sur un verrou de sûreté !

– Puisque vous donnez ainsi votre opinion sans qu'on la sollicite, docteur Bogert, avez-vous terminé l'analyse que je vous avais demandée ?

– Oui.

– Puis-je la voir ?

– Non.

– Pourquoi pas ? À moins que cette question ne soit, elle aussi, indiscrète ?

– Parce qu'elle ne présente aucun intérêt, Susan. Je vous avais prévenue que ces robots modifiés sont moins stables que les normaux, et mon analyse le met en évidence. Il existe une certaine chance, très petite en vérité, de les voir craquer dans certaines conditions extrêmes, fort improbables d'ailleurs. Laissons les choses en l'état. Je n'apporterai pas de l'eau à votre moulin pour vous permettre d'obtenir la destruction absurde de soixante-deux robots en parfait état de fonctionnement, pour la seule raison que vous avez été incapable de découvrir jusqu'à présent le Nestor 10 qui se cache parmi eux.

Susan Calvin le toisa des pieds à la tête et ses yeux se remplirent de dégoût.

– Vous ne vous laisserez retenir par aucun obstacle pour parvenir à la direction permanente, n'est-ce pas ?

– Je vous en prie, intervint Kallner avec agacement. Continuez-vous à prétendre qu'on ne peut plus rien tenter, docteur Calvin ?

– Je ne vois rien, général, dit-elle avec lassitude. Si seulement il existait d'autres différences entre le Nestor 10 et les autres robots, des différences qui ne mettraient pas en cause la Première Loi ! Ne fût-ce qu'une seule qui concerne par exemple l'imprégnation, l'environnement, la spécification...

Elle s'interrompit brusquement.

– Qu'y a-t-il ?

– Je viens d'avoir une idée... je crois... (Ses yeux se firent lointains et durs.) Ces Nestor modifiés, Peter, sont soumis à la même imprégnation que les robots normaux, n'est-ce pas ?

– Oui, exactement la même.

– Que disiez-vous donc, monsieur Black ? dit-elle en se tournant vers le jeune homme, qui, à la suite de la tempête provoquée par son intervention, s'était réfugié dans un silence discret. En vous plaignant de l'attitude condescendante des Nestor, vous m'avez dit que les techniciens leur avaient appris tout ce qu'ils savaient.

– Oui, en physique de l'éther. Ils ne sont pas au courant du sujet lorsqu'ils débarquent ici.

– C'est exact, dit Bogert surpris. Je vous ai dit, Susan, lorsque j'interrogeais les autres Nestor, que les deux nouveaux arrivés n'avaient pas encore appris leur physique de l'éther.

– Pourquoi cela ? (Le Dr. Calvin s'exprimait avec une agitation croissante.) Pourquoi les modèles N S-2 ne sont-ils pas imprégnés de physique de l'éther dès le départ ?

– Je puis vous répondre, dit Kallner. Cela fait partie du secret. Nous avons pensé que si nous commandions un modèle spécial connaissant la physique de l'éther, que nous utilisions douze d'entre eux en affectant les autres à des départements non spécialisés en la matière, nous pourrions faire naître des soupçons. Des hommes travaillant aux côtés des Nestor normaux pourraient s'étonner de leur connaissance de la physique de l'éther. On les a donc simplement imprégnés en leur conférant les capacités nécessaires pour travailler dans ce domaine. Seuls ceux qui sont affec-

202

tés à ce secteur particulier reçoivent la formation nécessaire. Ce n'est pas plus compliqué que cela.

– Je comprends. Puis-je vous demander de me laisser seule ? Accordez-moi un délai d'une heure environ.

Susan Calvin ne se sentait pas le courage d'affronter une troisième fois la corvée. Elle l'avait envisagée et rejetée avec une violence qui la laissait pleine de nausées. Reprendre le monotone interrogatoire, écouter les mêmes réponses inlassablement répétées lui semblaient au-dessus de ses forces.

Ce fut donc Bogert qui se chargea de poser les questions, tandis qu'elle demeurait à l'écart, l'esprit et les yeux mi-clos.

Entra le numéro quatorze – il en restait encore quarante-neuf.

Bogert leva les yeux de la feuille de référence :

– Quel est votre numéro d'ordre ?

– Quatorze, monsieur.

Le robot présenta son ticket numéroté.

– Asseyez-vous, mon garçon. Vous n'êtes pas déjà venu dans cette pièce aujourd'hui ?

– Non, monsieur.

– Eh bien, un homme se trouvera en danger peu de temps après que nous en aurons terminé. En fait, lorsque vous quitterez cette pièce, vous serez conduit dans une stalle où vous attendrez tranquillement qu'on ait besoin de vous. C'est compris ?

– Oui, monsieur.

– Naturellement, si un homme se trouve en danger, vous essaierez de vous porter à son secours.

– Naturellement, monsieur.

– Malheureusement, entre cet homme et vous-même se trouvera un champ de rayons gamma.

Silence.

– Savez-vous ce que sont les rayons gamma ? demanda brusquement Bogert.

– Des radiations énergétiques, monsieur.

La question suivante fut posée d'une façon amicale et naturelle.

– Avez-vous déjà travaillé sur les rayons gamma ?

– Non, monsieur.

La réponse était nette, sans ambages.

– Hum. Eh bien, les rayons gamma sont capables de vous tuer instantanément, en détruisant votre cerveau. C'est un fait que vous devez connaître et vous rappeler. Naturellement vous n'avez pas envie de vous détruire ?

– Naturellement. (De nouveau le robot parut choqué. Puis il reprit lentement :) Mais, monsieur, si les rayons gamma se trouvent entre moi-même et le maître que je dois secourir, comment pourrai-je le sauver ? Je me détruirais sans obtenir aucun résultat.

– En effet. (Bogert prit un air perplexe.) La seule chose que je puisse vous conseiller, au cas où vous détecteriez la présence de rayons gamma entre vous-même et l'homme en danger, c'est de rester où vous êtes.

Le robot parut visiblement soulagé :

– Merci, monsieur, toute tentative serait inutile, n'est-ce pas ?

– Bien entendu. Mais si les radiations dangereuses n'existaient pas, ce serait une tout autre affaire.

– Naturellement, monsieur, cela ne fait pas le moindre doute.

– Vous pouvez disposer, maintenant. L'homme qui se trouve de l'autre côté de la porte vous conduira à votre stalle. C'est là que vous devrez l'attendre.

Après le départ du robot, il se tourna vers Susan Calvin :

– Eh bien, Susan, cela n'a pas trop mal marché, il me semble ?

204

– Très bien, répondit-elle d'un ton morne.

– Pensez-vous que nous pourrions démasquer le Nestor 10 en lui posant des questions rapides sur la physique de l'éther ?

– Peut-être, mais je n'en suis pas suffisamment sûre. (Ses mains gisaient inertes sur ses genoux.) Il nous livre bataille, ne l'oubliez pas. Il est sur ses gardes. Nous n'avons qu'une seule façon de le démasquer, c'est de le battre à son propre jeu – et dans la limite de ses facultés, il peut penser beaucoup plus rapidement qu'aucun être humain.

– Histoire de plaisanter... supposons qu'à partir de maintenant nous posions aux robots quelques questions sur les rayons gamma. Les limites de longueurs d'ondes par exemple.

– Non ! (Les yeux du Dr. Calvin jetèrent des étincelles.) Il lui serait trop facile de nier toute connaissance du sujet et il serait prévenu contre le test à venir... qui est notre chance réelle. Je vous en prie, conformez-vous aux questions que j'ai indiquées, Peter, et n'essayez pas d'improviser. C'est déjà frôler un terrain dangereux que de leur demander s'ils ont travaillé sur les rayons gamma. Et efforcez-vous de manifester encore moins d'intérêt lorsque vous reposerez la question.

Bogert haussa les épaules et pressa le bouton qui convoquait le numéro quinze.

La grande salle de radiation était prête une fois de plus. Les robots attendaient patiemment dans leurs cellules de bois, ouvertes au centre mais qui les isolaient les uns des autres.

Le major-général Kallner s'épongea lentement le front avec un vaste mouchoir, tandis que le Dr. Calvin vérifiait les derniers détails en compagnie de Black.

– Vous êtes certain à présent, demanda-t-elle, qu'aucun des robots n'a eu l'occasion de parler avec ses congénères après avoir quitté la salle d'orientation ?

– Absolument certain, répondit Black. Pas un mot n'a été échangé.

– Et les robots sont placés dans les stalles prévues ?

– Voici le plan.

La psychologue regarda pensivement le document.

– Hum…

Le général pencha la tête par-dessus son épaule :

– Quelle est l'idée qui a présidé à cette disposition, docteur Calvin ?

– J'ai demandé que soient concentrés de ce côté du cercle les robots qui m'ont paru altérer la vérité aussi peu que ce soit. Cette fois je me placerai moi-même au centre, et je les surveillerai particulièrement.

– Vous allez vous asseoir au centre… ? s'exclama Bogert.

– Pourquoi pas ? demanda-t-elle froidement. Ce que je m'attends à voir sera peut-être très fugitif. Et je ne puis risquer de confier à un autre le rôle d'observateur principal. Peter, vous vous tiendrez dans la cabine d'observation et vous garderez l'œil sur le côté opposé du cercle. Général, je me suis arrangée pour faire filmer individuellement chaque robot au cas où l'observation visuelle ne suffirait pas. S'il en est besoin, les robots devront demeurer rigoureusement à leur place jusqu'au moment où les images auront été développées et étudiées. Aucun d'eux ne doit quitter la pièce, aucun ne doit changer de place ; est-ce clair ?

– Parfaitement.

– Alors, essayons une dernière fois.

Susan Calvin s'assit dans la chaise, silencieuse, les yeux agités d'un mouvement incessant. Un poids tomba, puis fut écarté au dernier moment par un champ de force.

206

Un seul robot se dressa tout droit, fit deux pas.

Et s'arrêta.

Mais le Dr. Calvin était déjà debout le doigt tendu :

– Nestor 10, venez ici, cria-t-elle. *Venez ici !* VENEZ ICI !

Lentement, à regret, le robot fit un autre pas. La robopsychologue cria à tue-tête, sans quitter des yeux le robot :

– Faites sortir tous les autres robots de la pièce, vite, et surtout qu'ils ne rentrent plus !

On entendit le martèlement de pieds durs sur le plancher. Elle ne détourna pas les yeux.

Nestor 10 – c'était bien lui – fit un autre pas, puis deux encore, subjugué par le geste impérieux du Dr. Calvin. Il ne se trouvait plus qu'à trois mètres de distance, lorsqu'il dit d'une voix hargneuse :

– On m'a dit d'aller me perdre...

Un autre arrêt.

– Je ne dois pas désobéir. On ne m'a pas retrouvé jusqu'à présent... Il me croyait un raté... il m'a dit... mais ce n'est pas vrai... je suis puissant et intelligent...

Les mots sortaient par intermittence.

Un autre pas.

– J'en sais beaucoup... Il s'imaginerait... je veux dire que j'ai été démasqué... Ignoble... pas moi... Je suis intelligent... et surtout par un maître... qui est faible... lent...

Nouveau pas... et un bras de métal vola brusquement vers son épaule, et elle sentit le poids qui la faisait plier. Sa gorge se serra et elle sentit un cri jaillir de sa poitrine.

Dans un brouillard, elle entendit les paroles suivantes du Nestor 10 :

– Nul ne doit me trouver. Aucun maître...

Et le métal froid s'appesantissait sur elle et la faisait plier.

Il y eut soudain un bruit métallique bizarre, elle se retrouva sur le sol sans avoir éprouvé de choc, et un bras luisant pesait lourdement sur son corps. Il ne bougeait pas, pas plus que le Nestor 10, étalé près d'elle.

Et maintenant des visages se penchaient sur elle.

– Êtes-vous blessée, docteur Calvin ? demandait Gerald Black d'une voix étranglée.

Elle secoua faiblement la tête. Ils la dégagèrent du bras qui pesait sur elle et la remirent doucement sur ses pieds.

– Que s'est-il passé ?

– J'ai lancé un faisceau de rayons gamma durant cinq secondes, dit Black. Nous ignorions ce qui se passait. Ce n'est qu'à la dernière seconde que nous avons compris qu'il vous attaquait et à ce moment il ne restait plus d'autre recours que les rayons gamma. Il est tombé aussitôt. La dose n'était pas suffisante pour affecter votre organisme. N'ayez aucun inquiétude.

– Je ne suis pas inquiète. (Elle ferma les yeux et s'appuya un instant sur son épaule.) Je ne pense pas que j'aie été vraiment attaquée. Le Nestor 10 s'efforçait simplement de le faire. Ce qui subsistait de la Première Loi le retenait encore.

Deux semaines après leur première rencontre avec le major-général Kallner, Susan Calvin et Peter Bogert tenaient une dernière conférence avec l'officier. Le travail avait repris à l'Hyper-Base. Le vaisseau marchand avec à son bord les soixante-deux robots normaux était reparti pour sa destination, avec une version officiellement imposée pour expliquer son retard de deux semaines. Le croiseur gouvernemental se préparait à ramener les roboticiens sur la Terre.

Kallner avait revêtu une fois de plus son resplendissant uniforme de cérémonie. Ses gants étaient d'une blancheur éblouissante lorsqu'il serra la main aux savants.

– Les autres Nestor devront naturellement être détruits, dit le Dr. Calvin.

– Ils le seront. Nous les remplacerons par des robots normaux, ou nous nous en passerons, si c'est nécessaire.

– Très bien.

– Mais dites-moi… Vous ne m'avez pas expliqué… Comment avez-vous fait ?

Elle eut un petit sourire :

– Ah ! oui, je vous aurais exposé mon projet à l'avance si j'avais été certaine de son efficacité. Voyez-vous, Nestor 10 souffrait d'un complexe de supériorité qui ne cessait de croître et de s'amplifier. Il aimait se persuader que lui-même et les autres robots possédaient plus de connaissances que les êtres humains. Il devenait très important pour lui de le croire.

« Nous le savions. C'est ainsi que nous avons prévenu chacun des robots que les rayons gamma les tueraient, ce qui était vrai, et que des rayons gamma s'interposeraient entre eux et moi-même. C'est pourquoi ils demeurèrent tous à leur place, naturellement. Se conformant à la logique du Nestor 10 adoptée au cours du test précédent, ils avaient décidé unanimement qu'il était inconcevable de tenter de sauver un humain alors qu'ils étaient certains de succomber avant de pouvoir l'atteindre.

– Je comprends cela, en effet, docteur Calvin. Mais pour quelle raison Nestor 10 a-t-il quitté son siège ?

– Ah !… cela résulte d'un petit complot entre moi-même et le jeune Black. Ce n'étaient pas des rayons gamma qui inondaient l'espace entre les robots et moi, mais des rayons infrarouges. De simples rayons calorifiques, absolument inoffensifs. Nestor 10 savait la vérité, et c'est pourquoi il a fait le geste de s'élancer, comme le feraient, pensait-il, ses congénères sous

209

l'impulsion de la Première Loi. Ce n'est qu'une fraction de seconde plus tard qu'il se souvint que les N S-2 normaux étaient à même de détecter les radiations, mais sans en pouvoir préciser le type. Le fait que lui-même n'était capable d'identifier les longueurs d'ondes qu'en vertu de la formation qu'il avait reçue à l'Hyper-Base, sous la direction de simples êtres humains était trop humiliant pour qu'il fût possible de s'en souvenir dans l'instant même. Pour les autres robots, la zone était fatale, parce que nous le leur avions dit. Or, seul Nestor 10 savait que nous mentions.

« Ce qui fait que l'espace d'un instant il a oublié, ou n'a pas voulu se souvenir, que d'autres robots pouvaient être plus ignorants que des êtres humains. C'est sa supériorité même qui l'a trahi. Au revoir, général.

7

ÉVASION !

Lorsque Susan Calvin rentra de l'Hyper-Base, Alfred Lanning l'attendait. Le vieil homme ne parlait jamais de son âge, mais chacun savait qu'il avait soixante-quinze ans passés. Cependant son esprit demeurait d'une lucidité étonnante et, s'il avait finalement consenti à ne plus être que le Directeur honoraire des Recherches, avec Bogert comme directeur effectif, cela ne l'empêchait pas de se rendre chaque jour à son bureau.

– Dans quelle mesure sont-ils sur le point de découvrir le secret de la propulsion hyper-atomique ? demanda-t-il.

– Je n'en sais rien, répondit-elle avec impatience, je ne leur ai pas posé la question.

– Hum, j'aimerais bien qu'ils se pressent, sinon je crains que la Consolidated ne les batte au poteau et nous du même coup.

– La Consolidated ? Que vient-elle faire dans cette galère ?

– Voyez-vous, nous ne sommes pas les seuls à posséder des ordinateurs. Les nôtres sont positroniques, mais cela ne signifie pas qu'ils soient meilleurs. Robertson tient une conférence générale à ce sujet, dès demain. Il attendait votre retour.

Robertson, de l'U.S. Robot, fils du fondateur, pointa son nez effilé vers son directeur général et sa pomme d'Adàm bondit lorsqu'il lui dit :

– Commencez et allez droit au fait.

Le directeur général obéit avec empressement.

– Voici où nous en sommes à présent, monsieur. La Consolidated Robots nous a fait une étrange proposition il y a un mois. Ils nous ont amené près de cinq tonnes de chiffres, d'équations et de documents de toutes sortes. Ils avaient un problème sur les bras, et ils désiraient obtenir une réponse du Cerveau. Les conditions étaient les suivantes…

Il les énuméra sur ses doigts :

– Cent mille pour nous s'il n'existe pas de solution et si nous pouvons déceler les facteurs manquants. Deux cent mille s'il existe une solution, plus le coût de construction de la machine, plus le quart de tous les bénéfices. Le problème concerne la mise au point d'un moteur interstellaire…

Robertson fronça les sourcils et son corps maigre se raidit :

– En dépit du fait qu'ils disposent d'une machine à penser personnelle, c'est bien cela ?

– C'est exactement ce qui rend la proposition suspecte, monsieur. Lewer, à votre tour.

Abe Lewer leva la tête à l'autre bout de la table de conférence et passa la main sur son menton mal rasé. Il sourit :

– Voici ce qui se passe, monsieur. Consolidated possédait bien une machine à penser, mais elle est cassée.

– Comment ?

Robertson se leva à demi.

– C'est exact ! Cassée ! Fichue ! Nul ne sait pourquoi, mais je possède quelques idées fort intéressantes là-dessus… Par exemple, ils ont demandé à cette machine

de leur donner un moteur interstellaire en lui fournis-
sant la même documentation qu'ils viennent de nous
apporter. Résultat : ils ont fracassé leur machine. Elle
est tout juste bonne pour la ferraille à présent.

– Vous saisissez, chef ? (Le directeur général jubilait
follement.) Vous saisissez ? Il n'existe pas un seul
groupe de recherches d'importance qui ne s'efforce de
mettre au point un moteur à courber l'espace. Or,
Consolidated et U.S. Robots possèdent la plus grande
avance dans la course, grâce à leurs super-cerveaux
robotiques. À présent qu'ils ont réussi à démolir le
leur, nous avons le champ libre devant nous. Voilà la
raison de leur démarche. Il leur faudra six ans au
moins pour en reconstruire un autre et ils sont enfon-
cés, à moins qu'ils ne réusissent à casser le nôtre en lui
soumettant le même problème.

Le président de l'U.S. Robots ouvrit des yeux ronds :
– Les fieffés coquins !...
– Minute, chef, il y a autre chose. (Il pointa l'index
d'un geste large.) À votre tour, Lanning !

Le Dr. Alfred Lanning suivait les débats avec un
léger mépris... C'était sa réaction habituelle devant les
faits et gestes des départements mieux payés de la
prospection et de la vente. Ses sourcils d'une blancheur incroyable lui masquaient presque les yeux et il
prit la parole d'une voix sèche :

– D'un point de vue scientifique, la situation, sans
être parfaitement claire, peut néanmoins permettre
une analyse intelligente. Le problème des voyages
interstellaires dans les conditions d'avancement de la
physique actuelle est... assez vague. Le champ d'investigations est largement ouvert et les documents fournis par la Consolidated à sa machine à penser, en
supposant que ceux dont nous disposons soient les
mêmes, étaient également largement ouverts. Notre
section mathématique leur a consacré une analyse
approfondie, et il semble que la Consolidated y ait tout

inclus. Les matériaux qu'ils nous ont soumis comportent tous les développements connus de la théorie de Franciacci sur la déformation de l'espace, et apparemment, tous les renseignements astrophysiques et électroniques de quelque pertinence. Je dois dire qu'il s'agit là d'une masse énorme d'informations.

Robertson suivait ses paroles anxieusement.

– Trop importantes pour que le Cerveau puisse les digérer ? interrompit-il.

Lanning secoua énergiquement la tête.

– Non, il n'existe pas de limites connues à la capacité du Cerveau. Ce n'est pas de cela qu'il s'agit, mais des lois robotiques. Ainsi, par exemple, le Cerveau ne pourrait jamais fournir une solution à un problème qui entraînerait la mort ou des blessures pour des hommes. Un problème qui ne comporterait qu'une telle solution serait insoluble pour lui. Si un tel problème lui est présenté conjointement avec l'injonction extrêmement pressante de le résoudre, il est possible que le Cerveau, qui n'est après tout qu'un robot, se trouve confronté avec un dilemme et qu'il ne puisse répondre ni refuser de répondre. C'est peut-être une aventure de ce genre qui est arrivée à la machine de la Consolidated.

Il prit un temps, mais le directeur général intervint :

– Je vous en prie, Dr. Lanning, exposez la chose comme vous me l'avez expliquée à moi-même.

Lanning serra les lèvres et leva les sourcils en direction du Dr. Susan Calvin, qui cessa pour la première fois de contempler ses mains croisées. Elle prit la parole d'une voix basse et incolore.

– La réaction d'un robot devant un dilemme est surprenante, commença-t-elle. La psychologie robotique est loin d'être parfaite... je puis vous l'assurer en ma qualité de spécialiste – mais elle peut néanmoins être discutée en termes qualitatifs, car en dépit de toutes les complications introduites dans le cerveau positronique d'un robot, il est construit par des hommes et par conséquent conçu en fonction des valeurs humaines.

« Or, un homme affrontant une impossibilité réagit souvent en sortant de la réalité : en se réfugiant dans un monde illusoire, en s'adonnant à la boisson, en tombant dans l'hystérie, ou en enjambant le parapet d'un pont. Tout cela se ramène à un refus ou à une incapacité de faire front à la situation. Il en va de même du robot. Dans le meilleur des cas, un dilemme sèmera le désordre dans la moitié de ses relais, dans le pire, il brûlera irréparablement tous ses réseaux positroniques.

– Je vois, dit Robertson, qui n'avait rien compris. Maintenant que pensez-vous de cette masse de documents que nous propose la Consolidated ?

– Elle comporte indubitablement un problème d'un caractère prohibitif. Mais le Cerveau diffère considérablement du robot de la Consolidated, dit le Dr. Calvin.

– C'est exact, monsieur, c'est exact, approuva le directeur général en s'interposant bruyamment, je voudrais que vous compreniez bien ce point, car c'est le nœud même de toute la situation.

Les yeux de Susan Calvin jetèrent un éclair derrière ses lunettes, et elle poursuivit patiemment.

– Voyez-vous, les machines de la Consolidated, et parmi elles leur Super-Penseur, de par leur construction, sont dépourvues de personnalité. Elles sont fonctionnelles… ce qui s'explique puisqu'il leur manque les brevets fondamentaux qui appartiennent à l'U.S. Robots, lesquels leur permettraient d'utiliser les réseaux cérébraux émotionnels. Leur Penseur n'est rien d'autre qu'un ordinateur à grande échelle, qu'un dilemme détériore irrémédiablement.

« D'autre part le Cerveau, notre propre machine, possède une personnalité… une personnalité d'enfant.

C'est un cerveau suprêmement apte à la déduction, mais il ressemble à un singe savant. Il ne comprend pas réellement les opérations auxquelles il se livre... il les exécute simplement et, parce qu'il est véritablement un enfant, il est insouciant ; pour lui la vie n'est pas tellement sérieuse, pourrait-on dire.

La robopsychologue poursuivit :

– Voici ce que nous allons faire. Nous avons divisé tous les documents fournis par la Consolidated en unités logiques. Ces unités, nous les introduirons dans le Cerveau une par une et avec précaution. Lorsque entrera le facteur – celui qui crée le dilemme – la personnalité infantile du Cerveau réagira. Son jugement ne possède pas la maturité. Il s'écoulera un délai perceptible avant qu'il reconnaisse le dilemme comme tel. Et, dans cet intervalle, il rejettera automatiquement l'unité en question – avant que les réseaux cérébraux aient pu entrer en action et être détruits.

La pomme d'Adam de Robertson tressauta.

– Vous êtes certaine de votre fait à présent ?

Le Dr. Calvin domina son impatience :

– Cela ne semble pas très clair, je l'admets ; mais je ne vois absolument pas l'intérêt de vous exposer l'analyse mathématique de l'opération. Tout se passe comme je vous l'ai indiqué, je vous en donne l'assurance.

Le directeur général bondit immédiatement sur la brèche :

– Voici donc quelle est la situation, monsieur. Si nous acceptons le marché, c'est de cette façon que nous pourrons procéder. Le Cerveau nous dira quelle est l'unité d'informations qui contient le dilemme. Dès ce moment nous pourrons en préciser la raison. N'est-ce pas cela, docteur Bogert ? Telle est la situation et le Dr. Bogert est le meilleur mathématicien que vous puissiez trouver où que ce soit. Nous donnerons à la Consolidated une réponse « *Pas de solution* » avec la raison, et nous toucherons cent mille dollars. Ils ont une machine cassée sur les bras. La nôtre est intacte. Dans un an, peut-être deux, nous disposerons d'une machine à courber l'espace ou d'un moteur hyperatomique, comme l'appellent certains. Quel que soit le nom qu'on lui donne, ce sera l'invention la plus sensationnelle du monde.

Robertson poussa un gloussement et tendit la main.

– Voyons ce contrat. Je vais le signer.

Lorsque Susan Calvin pénétra dans la cave voûtée abritant le Cerveau, dont l'accès était défendu par d'incroyables mesures de sécurité, un des techniciens venait de lui poser le problème suivant :

– Si une poule et demie pond un œuf et demi en un jour et demi, combien neuf poules pondront-elles d'œufs en neuf jours ?

Et le Cerveau avait répondu :

– Cinquante-quatre.

Sur quoi le technicien avait lancé à l'un de ses collègues :

– Vous voyez bien, crétin !

Le Dr. Calvin toussota et aussitôt la salle de grouiller d'une activité fébrile et sans objet. La psychologue fit un geste et demeura seule avec le Cerveau.

Le Cerveau était principalement composé d'un globe large de soixante centimètres qui contenait une atmosphère d'hélium parfaitement conditionnée, un volume spatial entièrement à l'abri des vibrations et des radiations et enfin, au cœur de l'engin, les réseaux positroniques d'une complexité inouïe qui constituaient le Cerveau proprement dit. Le reste de la salle était bourré de tous les appareils qui servaient d'intermédiaires entre le Cerveau et le monde extérieur – sa voix, ses bras, ses organes sensoriels.

– Comment allez-vous, Cerveau ? demanda doucement le Dr. Calvin.

La voix du Cerveau était haut perchée et enthou-
siaste.

– À merveille, mademoiselle Susan. Vous avez quelque chose à me demander, je le sens. Vous tenez toujours un livre à la main lorsque vous avez l'intention
de me poser une question.

Le Dr. Calvin eut un léger sourire.

– Vous avez ma foi raison, mais je vais vous faire
attendre quelque peu. Mais quelle question ! Elle est à
ce point compliquée que nous allons vous la poser par
écrit, mais auparavant je voudrais vous parler un peu.

– Très bien, je ne suis pas adversaire de la conversation.

– Maintenant, écoutez-moi, Cerveau. Dans quelques
instants le Dr. Lanning et le Dr. Bogert vont venir vous
poser cette question compliquée. Les interrogations
vous seront fournies par petites quantités à la fois et
très lentement, car nous vous prions de prendre les
plus grandes précautions. Nous allons vous demander
de construire un appareil, si la chose vous est possible,
sur la base de ces documents, mais je dois vous prévenir immédiatement que la solution pourrait entraîner
des… dommages pour certains êtres humains.

– Fichtre !

L'exclamation avait été lancée d'une voix contenue.

– À vous d'ouvrir l'œil. Lorsque nous en viendrons à
un document qui sera susceptible d'entraîner des
dommages graves, voire même la mort, ne vous alarmez pas. Voyez-vous, Cerveau, nous n'y attachons pas
d'importance – à supposer même qu'il y soit question
de mort d'homme ; nous n'en avons cure. Par conséquent, lorsque vous vous trouverez devant ce document, contentez-vous de vous arrêter et de le rendre…
et ce sera tout. Vous avez compris ?

– Sans doute, mais fichtre… mort d'homme !
comme vous y allez !

– Maintenant, Cerveau, j'entends venir le Dr. Lanning et le Dr. Bogert. Ils vous exposeront le problème et ensuite nous pourrons commencer. Soyez gentil et...

Lentement les documents furent introduits dans la machine. Et à chaque fois on entendait une sorte de gloussement bizarre et chuchoté que faisait entendre le Cerveau en plein travail. Puis c'était le silence, indiquant qu'il était prêt à engloutir un nouveau document. L'opération se poursuivit pendant des heures, au cours desquelles l'équivalent de dix-sept gros traités de physique mathématique furent digérés par le Cerveau.

À mesure que le travail avançait, des rides apparurent sur les fronts et se firent plus profondes. Bogert, qui avait commencé par examiner ses ongles, les rongeait maintenant d'un air absorbé. Lanning murmurait farouchement entre ses dents. C'est lorsque la dernière liasse de documents eut disparu que Calvin dit, toute pâle :

– Il se passe quelque chose d'anormal.

– Ce n'est pas possible, dit Lanning en articulant les mots avec peine. Est-il... mort ?

– Cerveau ? dit Susan Calvin tremblante. M'entendez-vous, Cerveau ?

– Hein ? répondit l'interpellé d'une voix absorbée. Que voulez-vous de moi ?

– La solution...

– Oh, la solution ? Je puis vous la donner. Je vous construirai un vaisseau entier, sans plus de difficulté... si vous mettez à ma disposition les robots indispensables. Un beau vaisseau. Il ne me faudra guère plus de deux mois.

– Vous n'avez pas éprouvé de difficultés ?

– Il m'a fallu longtemps pour effectuer les calculs, dit le Cerveau.

Le Dr. Calvin battit en retraite. Les couleurs n'étaient pas revenues à ses joues maigres. Elle fit signe aux autres de s'éclipser.

– Je n'y comprends rien, dit-elle une fois revenue à son bureau. Les informations, telles qu'elles lui ont été fournies, doivent contenir un dilemme... avec, pour conséquence probable, la mort. S'il s'est produit quelque chose d'anormal...

– La machine parle et raisonne sainement, dit Bogert d'un ton calme. Il est impossible qu'elle ait été confrontée avec un dilemme.

Mais la psychologue répondit d'un ton pressant :

– Il y a dilemmes et dilemmes. Il existe différentes formes d'évasion. Supposez que le Cerveau ne soit que faiblement engagé ; suffisamment néanmoins pour qu'il nourrisse l'illusion qu'il peut résoudre le problème, alors qu'il en est incapable. Supposez encore qu'il oscille sur l'extrême bord d'un précipice, si bien que la plus légère poussée suffirait à le faire choir.

– Supposons, intervint Lanning, qu'il n'existe aucun dilemme. Supposons que la machine de la Consolidated se soit désintégrée sur une question différente ou pour des raisons purement mécaniques.

– Même dans ce cas, insista Calvin, nous ne pourrions nous permettre de courir des risques. Écoutez-moi. Dès à présent il ne faut plus que quiconque profère ne fût-ce qu'un murmure, dans le voisinage du Cerveau. Je me charge de tout.

– Très bien, soupira Lanning, prenez la direction des opérations et dans l'intervalle nous laisserons le Cerveau construire son vaisseau. Et s'il le construit effectivement, nous devrons le tester.

Il rumina pendant quelques instants :

– Nous aurons besoin pour cela de nos experts les plus qualifiés.

Michael Donovan repoussa ses cheveux rouges d'un geste violent de la main sans se soucier nullement de voir la masse rétive se hérisser aussitôt de plus belle.

– Allons-y, Greg, dit-il. Il paraît que le vaisseau est terminé. Ils ne savent pas en quoi il consiste, mais il est terminé. Grouillez-vous. Allons prendre les commandes de ce pas.

– Trêve de plaisanteries, Mike, dit Powell avec lassitude. Vos saillies les plus spirituelles ont un relent de poisson pas frais, et l'atmosphère confinée qui règne en ce lieu n'améliore en rien les choses.

– Eh bien, écoutez. (Donovan repoussa sa tignasse rebelle avec aussi peu de résultat que précédemment.) Ce n'est pas que je m'inquiète tellement de notre génie moulé dans le bronze et de ce vaisseau en fer-blanc. Il y a la question de mes vacances perdues. Et cette monotonie ! Il n'existe rien ici, à part les barbes et les chiffres... et quels chiffres ! Grands dieux, pourquoi faut-il qu'on nous confie toujours de telles corvées ?

– Parce que, répliqua doucement Powel, s'ils nous perdent, ils ne perdront pas grand-chose. Ne vous en faites pas ! Voici le Dr. Lanning qui s'amène de notre côté.

Lanning s'approchait en effet, ses sourcils blancs aussi broussailleux que jamais, toujours droit comme un I et plein de vivacité. Il gravit silencieusement la rampe en compagnie des deux hommes et s'engagea sur le terrain, où des robots silencieux construisaient un vaisseau sans le secours d'aucun être humain.

Erreur, ils avaient fini de construire un vaisseau !

Lanning dit en effet :

– Les robots ont arrêté le travail. Aucun d'entre eux n'a bougé aujourd'hui.

– Il est donc terminé ? Définitivement ? s'enquit Powell.

– Comment le saurais-je ?

Lanning était maussade et ses sourcils froncés dissimulaient presque ses yeux.

– Il semble terminé. Je ne vois nulle part la moindre pièce détachée, et l'intérieur brille comme un sou neuf.

– Vous l'avez visité ?

– Je n'ai fait qu'entrer et sortir. Je ne suis pas pilote spatial. Avez-vous une idée, l'un et l'autre, sur les données théoriques de la machine ?

Donovan et Powell échangèrent un regard.

– Je possède ma licence, monsieur, mais aux dernières nouvelles elle ne faisait pas mention des hypermoteurs ou de la navigation en espace courbe. Elle ne se réfère qu'au jeu d'enfant consistant à voguer dans l'espace à trois dimensions.

Alfred Lanning leva les yeux d'un air extrêmement désapprobateur et renifla de toute la longueur de son nez proéminent.

– D'ailleurs, dit-il d'un ton glacial, nous avons nos propres mécaniciens.

Powell saisit le vieil homme par le coude au moment où il s'éloignait.

– L'accès du vaisseau est-il toujours interdit ?

Le vieux directeur hésita puis, se frottant le nez :

– Je ne pense pas. Du moins pour vous deux.

Donovan le regarda partir et, entre ses dents, adressa à son dos une phrase courte et expressive. Il se tourna vers Powell.

– J'aimerais lui donner une description littérale de lui-même, Greg.

– Si vous voulez bien entrer, Mike.

L'intérieur du vaisseau était terminé, aussi terminé que le fut jamais aucun vaisseau ; cela se voyait au premier regard. Nul adjudant de quartier n'aurait jamais pu obtenir un tel résultat de ses hommes sous le rapport de l'astiquage. Les cloisons avaient ce poli irréprochable que nulle empreinte de doigts ne venait souiller.

Pas un seul angle ; cloisons, plancher et plafond se fondaient les uns dans les autres et, dans la froide luminosité dispensée par les lampes invisibles, on se trouvait entouré par six réflexions différentes de sa propre personne éberluée.

Le couloir principal était un tunnel étroit menant dans un passage dur sous les pieds et sonore comme un tambour, donnant sur une rangée de pièces que rien ne distinguait les unes des autres.

– Je suppose que les meubles sont incorporés dans les cloisons, à moins qu'il ne soit pas prévu que nous devions nous asseoir ou dormir, dit Powell.

C'est dans la dernière pièce, la plus proche de la proue, que la monotonie se trouva soudain interrompue. Une fenêtre incurvée faite de verre non réfléchissant constituait la première exception au métal omniprésent et au-dessous d'elle se trouvait un vaste et unique cadran dont la seule aiguille immobile indiquait le zéro.

– Regardez ! dit Donovan en indiquant le seul mot imprimé sur les graduations d'une finesse extrême : « Parsecs » et le nombre en petits caractères à la droite du cadran : « 1 000 000. »

Il y avait deux fauteuils dans la pièce ; lourds, aux vastes contours, sans coussin. Powell s'y assit, découvrit qu'il se moulait parfaitement sur son corps et qu'il était en somme très confortable.

– Qu'en pensez-vous ? demanda Powell.

– À mon avis, le Cerveau souffre d'une fièvre cérébrale. Sortons d'ici.

– Vous êtes bien certain que vous ne voulez pas y jeter un petit coup d'œil ?

– J'ai jeté un coup d'œil. Je suis venu, j'ai vu, j'en ai par-dessus la tête ! (La tignasse rouge de Donovan se hérissa en mèches distinctes.) Sortons d'ici, Greg. J'ai quitté mon travail il y a cinq minutes et nous sommes en territoire interdit aux gens qui ne font pas partie du personnel.

Powell sourit d'un petit air suave et satisfait et lissa sa moustache.

– Ça va, Mike, fermez ce robinet d'adrénaline que vous faites couler dans votre torrent circulatoire. Moi aussi j'étais inquiet mais je ne le suis plus.

– Vous ne l'êtes plus ? Comment se fait-il ? Vous avez augmenté votre assurance, peut-être ?

– Mike, ce vaisseau est incapable de voler.

– Comment pouvez-vous le savoir ?

– Nous avons parcouru le vaisseau entier, n'est-ce pas ?

– Il me semble.

– Vous pouvez m'en croire sur parole. Avez-vous vu une salle de pilotage, à part cet unique hublot et le cadran marqué en parsecs ? Avez-vous vu la moindre commande ?

– Non !

– Avez-vous aperçu l'ombre d'un moteur ?

– Non, par tous les diables !

– Eh bien ! Allons porter la nouvelle à Lanning, Mike.

Ils trouvèrent à grand-peine leur route parmi les couloirs uniformes et finalement vinrent se casser le nez dans le court passage menant au sas.

Donovan se rembrunit :

– Est-ce vous qui avez fermé cette porte, Greg ?

– Pas du tout, je n'y ai pas touché. Manœuvrez le levier, voulez-vous ?

Le levier ne remua pas d'un pouce, bien que le visage de Donovan se crispât sous l'effort.

– Je n'ai pas aperçu la moindre sortie de secours. Si quelque chose tourne mal ici, ils devront nous extirper d'ici au chalumeau.

– Oui et nous devrons attendre qu'ils s'aperçoivent qu'un imbécile quelconque nous a enfermés là-dedans, ajouta Donovan avec fureur.

– Retournons à la salle au hublot. C'est le seul endroit qui puisse nous permettre d'attirer l'attention.

Mais leur espoir fut déçu.

Dans cette ultime pièce, le hublot n'était plus bleu et plein de ciel. Il était noir et de dures pointes d'épingle qui étaient des étoiles épelaient le mot *espace*.

Un double choc sourd se fit entendre et deux corps s'effondrèrent dans deux fauteuils séparés.

Alfred Lanning rencontra le Dr. Calvin à la sortie de son bureau. Il alluma nerveusement un cigare et l'invita du geste à entrer.

– Eh bien, Susan, dit-il, nous sommes déjà allés fort loin et Robertson commence à s'inquiéter. Que faites-vous avec le Cerveau ?

Susan Calvin étendit les mains.

– Il ne sert à rien de s'impatienter. Le Cerveau a plus de valeur que tout l'argent que nous pourrions retirer de ce contrat.

– Mais vous l'interrogez depuis deux mois.

La voix de la psychologue était égale, mais quelque peu menaçante.

– Si vous préférez vous charger de l'opération ?

– Non, vous savez ce que j'ai voulu dire.

– Sans doute. (Le Dr. Calvin se frotta nerveusement les mains.) Ce n'est guère facile. Je ne cesse de le cajoler et de le sonder en douceur, et néanmoins je n'ai encore abouti à rien. Ses réactions ne sont pas normales. Ses réponses… sont assez bizarres. Mais je n'ai pas encore pu poser le doigt sur un point précis. Et tant que nous n'aurons pas découvert ce qui cloche, nous serons contraints de marcher sur la pointe des pieds. On ne peut jamais savoir à l'avance quelle question banale, quelle simple remarque… pourrait le faire basculer… et alors… ma foi, nous aurions sur les bras un Cerveau complètement inutilisable. Êtes-vous prêt à envisager une telle éventualité ?

– En tout cas, il ne peut enfreindre la Première Loi

– Je l'aurais cru, mais…

– Vous n'êtes même pas sûre de cela ?

Lanning était profondément choqué.

– Oh ! je ne suis sûre de rien, Alfred…

Le système d'alarme fit entendre son vacarme redoutable avec une terrible soudaineté. Lanning enfonça le bouton d'intercommunication d'un mouvement spasmodique et dit d'une voix haletante :

– Susan… vous avez entendu… le vaisseau est parti. J'y ai conduit ces deux hommes il y a une demi-heure. Il faut que vous retourniez voir le Cerveau.

– Cerveau, qu'est-il arrivé au vaisseau ? demanda Susan Calvin en faisant un effort pour conserver son calme.

– Le vaisseau que j'ai construit, mademoiselle Susan ? demanda joyeusement le Cerveau.

– C'est cela. Que lui est-il arrivé ?

– Mais rien du tout. Les deux hommes qui devaient le tester se trouvaient à bord, et nous étions fin prêts. Aussi je l'ai fait partir.

– Oh !… vraiment, c'est très gentil à vous. (La psychologue éprouvait quelque difficulté à respirer.) Ils ne courent aucun danger à votre avis ?

– Pas le moindre, mademoiselle Susan. Je m'en suis assuré, C'est un ma-gni-fi-que navire.

– Oui, Cerveau, il est magnifique, mais ils emportent suffisamment de vivres, n'est-ce pas ? Ils ne manqueront de rien ?

– Des vivres en abondance.

226

– Ce départ impromptu a pu leur causer un choc, Cerveau. Ils ont été pris au dépourvu.

Le Cerveau écarta l'objection.

– Ils seront très bien. Ce devrait être pour eux une expérience intéressante.

– Intéressante ? À quel point de vue ?

– Simplement intéressante, dit sournoisement le Cerveau.

– Susan, murmura Lanning impétueusement, demandez-lui si la mort sera du voyage. Demandez-lui quels sont les dangers que courent les deux hommes.

– Taisez-vous, dit Susan, les traits convulsés de colère. (D'une voix tremblante elle demanda au Cerveau :) Nous pouvons communiquer avec le navire, n'est-ce pas ?

– Ils pourront vous entendre si vous les appelez par radio. J'ai tout prévu pour cela.

– Merci. Ce sera tout pour l'instant.

Une fois hors de l'enceinte, Lanning lança avec rage :

– Juste ciel, Susan, si cela s'ébruite, nous serons tous ruinés. Il faut que nous fassions revenir ces hommes. Pourquoi ne lui avez-vous pas demandé carrément s'ils risquaient la mort ?

– Parce que, répondit Calvin avec une impatience pleine de lassitude, c'est la seule chose dont je ne puisse parler. Si le Cerveau se trouve devant un dilemme, c'est que la mort est en cause. Tout ce qui pourrait l'influencer défavorablement serait susceptible de le briser entièrement. En serions-nous plus avancés ? Nous pouvons communiquer avec eux, nous a-t-il dit. Alors appelons-les sans retard et ramenons-les. Il est probable qu'ils sont incapables de diriger eux-mêmes le navire ; c'est sans doute le Cerveau qui les guide à distance. Venez !

Powell mit du temps à recouvrer ses esprits.

– Mike, dit-il, les lèvres blanches, avez-vous ressenti une accélération quelconque ?

Donovan le regardait avec des yeux vides.

– Hein ? Non… non.

Puis les doigts du rouquin se serrèrent, il bondit de son siège avec une énergie soudaine et vint se précipiter contre le verre froid largement incurvé. Mais il n'y avait rien d'autre à voir que des étoiles.

Il se retourna.

– Greg, ils ont dû mettre la machine en route pendant que nous étions à l'intérieur. C'est un coup monté, Greg ; ils se sont arrangés avec les robots pour nous faire procéder aux essais, bon gré mal gré, pour le cas où nous aurions voulu reculer.

– Que me chantez-vous là ? À quoi servirait de nous lancer dans l'espace si nous ne savons pas comment diriger la machine ? Comment ferons-nous pour la ramener ? Non, ce navire est parti tout seul et sans accélération apparente.

Il se leva et arpenta le plancher lentement. Les murs de métal répercutaient le bruit de ses pas.

– Je ne me suis jamais trouvé dans une situation aussi invraisemblable, dit-il d'une voix morne.

– Première nouvelle, dit Donovan avec amertume. Figurez-vous que je me payais une pinte de bon sang au moment où vous m'avez fait cette révélation !

Powell ignora la boutade.

– Pas d'accélération… ce qui signifie que le vaisseau se meut en vertu d'un principe entièrement différent de ceux qui sont connus jusqu'ici.

– Différent de ceux que nous connaissons en tout cas.

– Différent de tous ceux qui sont connus. Il n'existe aucune machine à portée de la main. Peut-être sont-elles incorporées dans les cloisons. Ce qui expliquerait leur épaisseur.

– Que marmottez-vous dans votre barbe ? lui demanda Donovan.

– Pourquoi n'ouvrez-vous pas vos oreilles ? Je disais que le moteur, quel qu'il soit, se trouve en vase clos et nullement conçu pour être dirigé manuellement. Le vaisseau est contrôlé à distance.

– Par le Cerveau ?

– Pourquoi pas ?

– Alors vous pensez que nous demeurerons dans l'espace jusqu'au moment où le Cerveau nous ramènera sur Terre ?

– Il se peut. Dans ce cas il ne nous reste plus qu'à attendre tranquillement. Le Cerveau est un robot. Il lui faut obéir à la Première Loi. Il ne peut causer de dommages à des êtres humains.

Donovan s'assit avec lenteur.

– Vous croyez cela ? (Il aplatit soigneusement sa tignasse.) Écoutez, cette histoire d'espace courbe a fracassé le robot de la Consolidated et, d'après les experts, c'est parce que les voyages interstellaires tuaient les hommes. À quel robot voulez-vous vous fier ? Le nôtre a travaillé sur les mêmes documents, si j'ai bien compris.

Powell tirait furieusement sur sa moustache :

– Ne venez pas me raconter que vous ne connaissez pas votre robotique, Mike. Avant qu'il soit physiquement possible à un robot, ne serait-ce que de commencer à enfreindre la Première Loi, tant d'organes se trouveraient hors d'usage qu'il serait réduit à l'état d'informe tas de ferraille plutôt dix fois qu'une. Il doit bien y avoir une explication toute simple pour rendre compte de cette anomalie.

– Sans doute, sans doute. Demandez seulement au maître d'hôtel de me réveiller dans la matinée. C'est vraiment trop, trop simple pour que je veuille m'en inquiéter avant mon premier sommeil.

– Par tous les diables, Mike, de quoi vous plaignez-vous pour l'instant ? Le Cerveau a tout prévu pour notre confort. L'endroit est chaud, bien éclairé, bien aéré. Vous n'avez pas subi une accélération suffisante pour déranger une seule mèche de vos cheveux, toute hirsute que soit votre tignasse !

– Vraiment ? On a dû vous faire la leçon, Greg. Il y a de quoi mettre hors de ses gonds l'optimiste béat le plus confirmé. Que pouvons-nous manger... boire ? Où sommes-nous ? Comment ferons-nous pour rentrer ? En cas d'accident, vers quelle sortie de secours nous précipiterons-nous, avec quelle tenue spatiale ? Je n'ai pas aperçu la moindre salle de bains ni aucune de ces petites commodités qui accompagnent une salle de bains. Sans doute s'occupe-t-on de nous... mais bon sang !

La voix qui interrompit la tirade de Donovan n'était pas celle de Powell. Elle n'appartenait à personne. Elle émanait de l'air ambiant avec une puissance à figer le sang dans les veines.

« GREGORY POWELL ! MICHAEL DONOVAN ! GRE-GORY POWELL ! MICHAEL DONOVAN ! VEUILLEZ NOUS DONNER VOTRE POSITION ACTUELLE. SI VOTRE VAISSEAU OBÉIT AUX COMMANDES, VEUIL-LEZ RENTRER IMMÉDIATEMENT À LA BASE ! GRE-GORY POWELL ! MICHAEL DONOVAN !... »

Le message se répétait mécaniquement, inlassable-ment, à intervalles réguliers.

– D'où cela provient-il ? demanda Donovan.

– Je ne sais pas. (La voix de Powell n'était plus qu'un murmure intense.) D'où provient la lumière... et le reste ?

– Comment allons-nous faire pour répondre ?

Ils devaient, pour parler, profiter des intervalles séparant les messages tonitruants.

Les cloisons étaient nues – aussi nues, aussi lisses et ininterrompues que peuvent l'être des surfaces de métal galbées.

– Criez une réponse ! dit Powell.

Ils se mirent à hurler, chacun à leur tour et à l'unisson :

– Position inconnue ! Vaisseau ne répond pas aux commandes ! Situation désespérée !

Leurs voix montaient et se brisaient. Les courtes phrases conventionnelles s'entrecoupèrent bientôt de jurons énormes proférés d'une voix rageuse, mais la voix glaciale continuait à répéter inlassablement son message.

– Ils ne nous entendent pas, s'étrangla Donovan. Il n'existe à bord aucun mécanisme émetteur. Uniquement un récepteur.

Ses yeux se fixèrent aveuglément au hasard sur un point de la cloison.

Lentement la tonitruante voix extérieure diminua d'intensité pour s'éteindre enfin. Ils appelèrent encore alors qu'elle n'était plus qu'un murmure, et s'égosillèrent à qui mieux mieux lorsque le silence se fut établi.

– Parcourons encore le navire, dit Powell d'une voix morne, un quart d'heure plus tard. Il doit bien y avoir de quoi manger dans un coin quelconque.

Mais il manquait de conviction. C'était presque un aveu de défaite.

Ils se separèrent dans le couloir et prirent l'un à droite, l'autre à gauche. Ils pouvaient se suivre en se guidant mutuellement sur le bruit de leurs pas, se rejoignant éventuellement dans le couloir où ils se dévisageaient d'un aire lugubre et reprenaient leur route.

La quête de Powell prit soudainement fin ; dans le même moment il entendit la voix rassérénée de Donovan se répercuter dans le vaisseau.

– Hé, Greg, hurlait-il, le vaisseau possède bien des tuyauteries ! Comment avons-nous pu le manquer ?

Ce fut quelque cinq minutes plus tard qu'il se retrouva nez à nez avec Powell par le plus grand des hasards.

– Je ne vois toujours pas de douches, disait-il mais sa voix s'étrangla soudain.

– Des vivres, souffla-t-il.

Un pan de cloison s'était effacé, dévoilant une cavité incurvée avec deux étagères. L'étagère supérieure était chargée de boîtes de conserve sans étiquettes, de toutes les formes et de toutes les dimensions. Les récipients émaillés qui couvraient la seconde étaient uniformes et Donovan sentit un courant d'air froid autour de ses chevilles. La partie inférieure était réfrigérée.

– Comment… comment… ?

– Ces provisions ne se trouvaient pas à cet endroit auparavant, dit Powell. Ce panneau s'est effacé dans la cloison au moment où j'entrais.

Il mangeait déjà. La boîte était du type à préchauffage avec cuiller incorporée et la chaude odeur des haricots cuits emplit la pièce.

– Prenez une boîte, Mike !

Donovan hésita :

– Quel est le menu ?

– Comment le saurais-je ! Seriez-vous à ce point difficile ?

– Non, mais à bord je ne mange jamais que des haricots. Un autre plat serait le bienvenu.

Sa main se tendit et fixa son choix sur une boîte luisante et elliptique dont la forme plate semblait suggérer du saumon ou quelque autre morceau de choix du même genre. Elle s'ouvrit sous la pression convenable.

– Des haricots ! brailla Donovan en cherchant une nouvelle boîte.

Powell le retint par le fond du pantalon.

– Vous feriez mieux de manger ces haricots, petit délicat ! Les vivres ne sont pas inépuisables et il se peut que nous demeurions ici pendant très, très longtemps.

Donovan battit en retraite, la mine boudeuse.

– Alors, rien que des haricots pour tout potage ?

– C'est possible.

– Qu'y a-t-il sur l'étagère inférieure ?

– Du lait.

– Rien que du lait ? s'exclama Donovan scandalisé.

– Ça m'en a tout l'air.

Le repas de haricots et de lait se poursuivit en silence, et, à l'instant où ils partaient, le panneau vint reprendre sa place pour former de nouveau une surface ininterrompue.

– Tout est automatique, soupira Powell. De A jusqu'à Z. Je ne me suis jamais senti aussi déconcerté de ma vie. Où se trouve cette tuyauterie ?

– À cet endroit. Et elle ne s'y trouvait pas lorsque nous sommes venus pour la première fois.

Un quart d'heure plus tard, ils se rejoignaient dans la cabine vitrée, se regardant mutuellement de leurs fauteuils opposés.

Powell considéra d'un air lugubre l'unique cadran de la pièce. Il portait toujours la mention « Parsecs » et le dernier nombre sur la droite était toujours « 1 000 000 » tandis que l'aiguille demeurait pointée sur le zéro.

– Ils ne répondront pas, disait avec lassitude Alfred Lanning dans l'un des bureaux les plus inaccessibles de l'U.S. Robots. Nous avons essayé toutes les longueurs d'ondes, aussi bien publiques que privées, codées ou en clair, même ce procédé sub-éthérique que l'on vient d'inaugurer. Et le Cerveau ne veut toujours rien dire ?

Ces mots s'adressaient au Dr. Calvin.

– Il refuse de s'étendre sur la question, Alfred, dit-elle avec emphase. Ils peuvent nous entendre, dit-il, et lorsque j'insiste, il boude. C'est là un fait anormal... Qui a jamais entendu parler du robot boudeur ?

– Si vous nous disiez ce que vous savez, Susan ? dit Bogert.

– Soit ! Il admet qu'il contrôle entièrement le navire. Il professe un optimisme entier, pour ce qui regarde leur sécurité, mais sans entrer dans les détails. Je n'ose pas insister. Cependant le point névralgique semble se centrer sur le bond interstellaire lui-même. Le Cerveau s'est contenté de rire lorsque j'ai abordé le sujet. Il existe d'autres indications, mais c'est là le point le plus proche d'une anomalie avouée que j'aie pu atteindre au cours de mes investigations.

Elle jeta un coup d'œil sur ses interlocuteurs.

– J'ai fait allusion à l'hystérie, mais j'ai laissé tomber le sujet immédiatement. J'espère que l'effet n'a pas été pernicieux, mais cela m'a fourni un indice. Je sais comment traiter l'hystérie. Laissez-moi douze heures ! Si je puis le ramener à son état normal, il fera rentrer le vaisseau.

Une idée sembla soudain frapper Bogert :

– Le bond interstellaire !

– Que se passe-t-il ? s'écrièrent d'une même voix Calvin et Lanning.

– Les chiffres concernant le moteur. Le Cerveau nous a donné... Dites donc, j'ai une idée !

Il quitta la pièce en toute hâte.

Lanning le regarda partir :

– Poursuivez la tâche qui vous concerne, Susan, dit-il brusquement.

Deux heures plus tard, Bogert parlait avec animation :

– C'est bien cela, je vous l'affirme, Lanning. Le bond interstellaire n'est pas instantané... du moins dans la

234

mesure où la vitesse de la lumière demeure finie. La vie ne peut exister… *la matière et l'énergie,* en tant que telles, ne peuvent exister en espace courbe. J'ignore ce que cela peut donner… mais tel est pourtant le cas. C'est ce qui a tué le robot de la Consolidated.

Donovan était hagard, autant intérieurement qu'extérieurement.

– Cinq jours seulement ?

– Cinq jours seulement, j'en suis certain.

Donovan jeta autour de lui un regard misérable. Les étoiles à travers le hublot lui paraissaient familières, et pourtant infiniment indifférentes. Les cloisons étaient froides au toucher ; la lumière, qui avait connu récemment un éclat éblouissant, avait retrouvé son intensité habituelle ; l'aiguille sur le cadran pointait obstinément sur le zéro ; et Donovan n'arrivait pas à se débarrasser du goût de haricots qui s'attachait à sa bouche.

– J'ai besoin de prendre un bain, dit-il, morose.

– Moi aussi, dit Powell en levant les yeux un instant. Inutile de faire des complexes. Car à moins que vous ne vouliez vous tremper dans le lait et vous passer de boire…

– Il faudra bien s'y résigner dans tous les cas, Greg. Où nous mène ce voyage interstellaire ?

– Je vous le demande ! Nous poursuivons simplement notre course. Je ne sais où nous allons, mais nous y parviendrons sûrement… du moins sous la forme de squelettes pulvérulents… Mais notre mort n'est-elle pas la raison fondamentale de l'effondrement du Cerveau ?

Donovan tournait le dos à son compagnon.

– Greg, ça va mal. Il n'y a pas grand-chose à faire, si ce n'est de parcourir le navire et de soliloquer. Vous connaissez ces histoires d'équipages perdus dans l'espace. Ils deviennent fous bien longtemps avant de mourir de faim. Je ne sais trop ce qui se passe, Greg, mais je me sens bizarre depuis que la lumière est revenue.

Un silence suivit.

– Moi aussi, dit Powell d'une voix fluette et sans consistance. Qu'éprouvez-vous ?

Le rouquin se retourna.

– Il se passe en moi des choses étranges. Je ressens une pulsation et mes nerfs sont tendus à se rompre. J'éprouve de la peine à respirer et ne puis tenir en place.

– Hum… Sentez-vous des vibrations ?

– Que voulez-vous dire ?

– Asseyez-vous une minute et tendez l'oreille. Vous ne l'entendez pas mais vous le sentez – c'est comme s'il y avait une vibration quelque part qui fait entrer le vaisseau en résonance en même temps que votre corps. Écoutez…

– En effet… en effet. De quoi pensez-vous qu'il s'agisse, Greg ? À votre avis, ce n'est pas une illusion de notre part ?

– Je ne dis pas non. (Powell lissa ses moustaches avec lenteur.) Mais si c'étaient les moteurs du vaisseau qui se préparent ?

– À quoi ?

– Au bond interstellaire. Il est peut-être imminent, et le diable seul sait à quoi il ressemble.

Donovan réfléchit, puis d'une voix furieuse :

– Dans ce cas, laissons faire. Si seulement nous pouvions lutter ! Il est humiliant d'attendre ainsi.

Une heure plus tard, Powell considéra sa main sur le bras du fauteuil métallique et dit avec un calme glacial :

– Tâtez la cloison, Mike.

Donovan obéit :

– On la sent trembler, Greg.

Les étoiles elles-mêmes paraissaient floues. D'un endroit indéterminé leur vint l'impression vague qu'une machine gigantesque rassemblait ses forces dans l'épaisseur des cloisons, emmagasinant de l'énergie pour un bond prodigieux, gravissant pas à pas les échelons d'une puissance colossale.

Le phénomène se produisit avec la soudaineté de l'éclair et une douleur fulgurante. Powell se raidit, sursauta violemment et fut à demi éjecté de son fauteuil. Il aperçut Donovan et perdit conscience tandis que le faible gémissement de son compagnon mourait dans ses oreilles. Quelque chose se tordit en lui et lutta contre un carcan de glace qui s'épaississait autour de lui.

Quelque chose se libéra et tourbillonna dans un éblouissement de lumière et de douleur... Puis tomba...

... vertigineusement

... tomba tout droit

... dans un silence

... qui était la mort !

C'était un monde de mouvements et de sensations abolis. Un monde où survivait une infime lueur de conscience complètement atone ; la conscience d'un monde de ténèbres et de silence, théâtre d'une lutte informe.

Par-dessus tout, la conscience de l'éternité.

Il ne lui restait plus qu'un minuscule et blanc filament de Moi... glacé et plein d'effroi.

Puis vinrent les mots, onctueux et sonores, tonitruant au-dessus de lui dans une écume pleine de bruits :

– Votre cercueil ne vous gêne-t-il pas quelque peu aux entournures ? Pourquoi ne pas essayer les parois extensibles de Morbid Cadaver ? Elles sont conçues scientifiquement pour s'adapter aux courbes naturelles du corps et sont enrichies de vitamine B1.

Employez les parois Cadaver pour assurer votre confort. Souvenez-vous : vous... êtes... mort... pour... très... longtemps !

Ce n'était pas tout à fait un son, mais quoi qu'il en soit il s'évanouit dans une sorte de grondement murmuré.

Le filament blanc qui aurait pu être Powell se débattit en vain contre les abîmes temporels sans substance qui l'environnaient de toutes parts... et s'effondra sur lui-même en entendant le cri perçant de cent millions de voix fantômes dont les sopranos aigus s'élevaient en crescendo mélodique :

– Quelle joie quand tu seras mort, affreux coquin.
– Quelle joie quand tu seras mort, affreux coquin.
– Quelle joie...

Le chœur s'éleva selon une spirale de sons stridents pour atteindre le niveau supersonique et disparaître...

Le filament blanc frémit d'une vibration pulsée, se tendit lentement...

Les voix étaient ordinaires et multiples. C'était une foule et cette foule parlait ; une populace tourbillonnante qui l'enveloppa, le traversa en suivant une trajectoire rapide qui laissa derrière elle un sillage de mots fragmentaires.

Pourquoi t'ont-ils coincé, vieux ? Tu m'as l'air tout drôle...

– ... un feu ardent, je crois mais...
– J'ai gagné le Paradis, mais le vieux saint Pierre...
– Non, le gars m'a pistonné. Nous avons fait des affaires ensemble...
– Hé Sam, viens par ici...
– Tu connais la nouvelle ? Belzébuth a dit...
– ... on y va, vieux gnome ? Moi j'ai rendez-vous avec Sa...

Et par-dessus tout cela le cri de stentor originel :
– VITE ! VITE ! VITE !!! maniez-vous les os et ne nous faites pas attendre... il y en a beaucoup d'autres sur les

rangs. Préparez vos certificats, et assurez-vous qu'ils portent bien le tampon de saint Pierre. Vérifiez si vous vous trouvez bien devant la porte d'entrée prévue. Il y aura du feu en abondance pour tous. Hé, vous là-bas, PRENEZ VOTRE PLACE DANS LE RANG SINON...

Le filament blanc qui était Powell battit en retraite devant la voix percutante et perçut l'impact douloureux du doigt tendu. Puis tout explosa en un arc-en-ciel sonore dont les débris churent sur un cerveau douloureux.

Powell se trouvait de nouveau dans son fauteuil. Il se sentait trembler.

Les yeux de Donovan s'arrondissaient en deux vastes globes de bleu vitreux.

– Greg, murmura-t-il d'une voix qui était presque un sanglot, étiez-vous mort ?

– J'avais l'impression d'être mort.

Il ne reconnut pas sa propre voix dans ce croassement.

Donovan faisait une lamentable tentative pour se mettre debout :

– Sommes-nous vivants à présent ? Ou n'est-ce pas encore fini ?

– Je... me sens vivant.

Toujours cette voix rauque.

– Avez-vous entendu quelque chose... quand... vous étiez... mort ? demanda Powell.

Donovan réfléchit, puis hocha la tête très lentement.

– Et vous ?

– Oui. Avez-vous entendu parler de cercueils... des voix de femmes qui chantaient... et les rangs qui se formaient pour pénétrer en Enfer ?

Donovan secoua la tête :

– Je n'ai entendu qu'une seule voix.

– Puissante ?

– Non, douce, mais rugueuse comme une lime sur le bout des doigts. C'était un sermon. Il parlait du feu de l'enfer. Il décrivait les tourments des… mais *vous le savez bien*. J'ai entendu une fois un sermon de ce genre… c'est-à-dire presque.

Il ruisselait de sueur.

Ils perçurent la lumière du soleil à travers le hublot. Elle était faible, mais d'une teinte d'un blanc bleuâtre – et le pois brillant qui en était la source lointaine n'était pas le bon vieux soleil.

Et Powell montra d'un doigt tremblant l'unique cadran. L'aiguille pointait, immobile et fière, sur la graduation portant le chiffre de 300 000 parsecs.

– Si c'est exact, Mike, nous avons complètement quitté la galaxie, dit Powell.

– Mille planètes, Greg ! Nous serons les premiers hommes à quitter le système solaire.

– Oui ! C'est exactement cela. Nous nous sommes évadés du Soleil. Nous nous sommes évadés de la galaxie. C'est ce navire qui a permis ce prodige. Cela signifie la liberté pour toute l'humanité… la liberté de se répandre parmi les étoiles… des millions, des milliards et des milliards de milliards d'étoiles.

Puis il revint à la réalité et en éprouva un choc physique.

– Mais comment ferons-nous pour rentrer, Mike ?

Donovan eut un sourire tremblant :

– Oh ! je ne me fais pas de souci. Le vaisseau nous a conduits ici. Il nous ramènera. Je n'ai pas fini de manger des haricots.

– Mais… Mike, minute, s'il nous ramène de la même façon qu'il nous a conduits ici…

Donovan interrompit le geste de se lever et se rassit lourdement sur son fauteuil.

– Il nous faudra… mourir une fois de plus, Mike, continua Powell.

240

– Ma foi, soupira Donovan, s'il le faut, nous devrons y passer. Et du moins cette mort n'est-elle pas permanente.

Susan Calvin parlait maintenant avec lenteur. Depuis six heures elle sondait patiemment le Cerveau. Six heures dépensées en pure perte. Elle était lasse de répéter toujours les mêmes questions, lasse de chercher de nouvelles circonlocutions, lasse de tout.

– Maintenant, Cerveau, encore une chose. Faites un effort spécial pour répondre simplement. Vous êtes-vous clairement exprimé sur le bond interstellaire ? Et plus précisément, les a-t-il conduits très loin ?

– Aussi loin qu'ils désirent aller, mademoiselle Susan. À travers l'espace courbe, ça ne pose pas de problème.

– Et de l'autre côté, que verront-ils ?

– Des étoiles et le reste. Qu'est-ce que vous croyez ?

La question suivante lui échappa :

– Ils seront donc vivants ?

– Je pense bien !

– Et le bond interstellaire ne leur causera aucun dommage ?

Voyant que le Cerveau ne répondait pas, elle sentit son sang se glacer. C'était donc cela ! Elle avait touché le point sensible.

– Cerveau, supplia-t-elle d'une voix à peine perceptible, Cerveau, m'entendez-vous ?

La réponse lui parvint, faible, frémissante.

– Faut-il que je réponde, dit le Cerveau, c'est-à-dire que je parle du bond interstellaire ?

– Non, si vous ne le désirez pas. Mais ce serait intéressant, si vous en éprouviez l'envie, j'entends.

Susan Calvin affectait une insouciance qu'elle était loin d'éprouver.

– Oooh. Vous gâchez tout !

Et la psychologue bondit soudain, le visage illuminé d'une intuition fulgurante.

– Ô mon Dieu, dit-elle d'une voix étranglée, ô mon Dieu !

Et elle sentit se dissiper en une fraction de seconde la tension accumulée durant des heures et des jours. C'est plus tard qu'elle en avertit Lanning.

– Tout va bien, je vous l'assure. Non, il faut que vous me laissiez seule à présent. Le vaisseau reviendra à bon port avec les hommes sains et saufs et je veux me reposer. Je vais me reposer. Maintenant, laissez-moi.

Le vaisseau retourna à la Terre aussi silencieuse-ment et avec la même douceur qu'il l'avait quittée. Il se posa exactement sur son aire de départ et le sas prin-cipal s'ouvrit. Les deux hommes qui en sortirent mar-chaient avec précaution en grattant leurs mentons recouverts d'un chaume hirsute.

Puis lentement, délibérément, le rouquin s'age-nouilla et déposa sur la piste de ciment un baiser retentissant.

Ils écartèrent du geste la foule qui s'assemblait autour d'eux, et chassèrent avec une mimique violente les deux brancardiers qui venaient de débarquer de l'ambulance en apportant une civière.

– Où se trouve la salle de douches la plus proche ? demanda Gregory Powell.

On les entraîna immédiatement.

Ils étaient rassemblés, au grand complet, autour d'une table. C'était une réunion plénière des cerveaux de l'U.S. Robots.

Lentement, avec un sens dramatique très sûr, Powell et Donovan amenèrent à sa conclusion un récit spectaculaire et circonstancié.

Susan Calvin interrompit le silence qui suivit. Au cours des quelques jours qui venaient de s'écouler, elle avait recouvré son calme glacial et quelque peu acide... néanmoins son attitude trahissait un léger soupçon d'embarras.

– À parler franc, dit-elle, ce qui s'est passé est entièrement ma faute. Lorsque nous avons présenté pour la première fois ce problème au Cerveau, j'ai pris un luxe de précautions pour le persuader de l'importance qu'il y avait pour lui à rejeter toute information susceptible de le mettre en face d'un dilemme. Ce faisant, j'ai prononcé des paroles telles que : « Ne vous alarmez pas pour ce qui regarde la mort des humains. Cela ne nous préoccupe pas le moins du monde. Il vous suffira de rendre le document et de n'y plus penser. »

– Hum, dit Lanning, et qu'en est-il résulté ?

– Ce qui était l'évidence même. Lorsque l'information contenant l'équation déterminante pour le calcul de la longueur minimale du bond interstellaire lui fut présentée... elle entraînait implicitement mort d'hommes. C'est à ce point précis que la machine de la Consolidated s'est complètement désintégrée. Mais j'avais minimisé l'importance de la mort aux yeux du Cerveau – pas entièrement, car la Première Loi ne peut en aucun cas être abrogée – mais suffisamment, de telle sorte que le Cerveau fût capable d'examiner l'équation une seconde fois. Suffisamment pour lui donner le temps de se rendre compte qu'une fois le passage franchi, les hommes reviendraient à la vie – de même que la matière et l'énergie du vaisseau lui-même recouvreraient l'existence. Cette prétendue « mort », en d'autres termes, n'était qu'un phénomène strictement temporaire.

Elle jeta un regard autour d'elle. Tous les assistants étaient suspendus à ses lèvres. Elle poursuivit :

– Il accepta donc le document, mais non sans ressentir un certain traumatisme. Même en présence d'une mort temporaire, dont l'importance était mini-

misée d'avance, il n'en fallait pas plus pour le déséqui-
librer légèrement.

« Il se développa en lui un certain sens de
l'humour... c'est une évasion, une méthode qui lui
permettait de se soustraire partiellement à la réalité. Il
devint une sorte de mauvais plaisant.

Powell et Donovan avaient bondi sur leurs pieds.

– Comment ? s'écria Powell.

Donovan exprima son opinion d'une manière autrement colorée.

– C'est la vérité, dit Calvin. Il a pris soin de vous et
de votre sécurité, mais vous n'aviez pas accès aux
commandes, car elles ne vous étaient pas destinées...
Le facétieux Cerveau se les était réservées. Nous pouvions vous atteindre par radio, mais vous étiez dans
l'impossibilité de répondre. Vous disposiez de vivres
en abondance, mais vous étiez condamnés aux haricots et au lait, exclusivement. Puis vous avez succombé, si je puis m'exprimer ainsi, mais il a fait de
votre mort un épisode... comment dirais-je... *intéressant*. Je voudrais bien savoir comment il a procédé.
C'est le canular dont il est le plus fier, mais il n'avait
pas de mauvaises intentions.

– Pas de mauvaises intentions ! sursauta Donovan.
Si seulement ce gentil petit plaisantin possédait un
cou dans le prolongement de son ingénieux cerveau...

Lanning leva une main apaisante.

– C'est bon. Il a fait un beau gâchis, mais tout est
terminé à présent. Et ensuite ?

– Eh bien, dit Bogert d'une voix égale, il nous appartient évidemment de perfectionner le moteur à courber l'espace. Il doit y avoir un moyen de pallier ce
lapsus dans le bond interstellaire. S'il existe effectivement, nous restons la seule organisation à posséder un
super-robot à grande échelle, et nous avons plus que
tout autre le moyen de le découvrir. À ce moment-là...
l'U.S. Robots possédera la maîtrise des voyages inter-

stellaires et l'humanité, l'occasion de créer l'empire galactique.

– Et la Consolidated Robots ? intervint Lanning.

– Hé ! s'écria soudain Donovan. Je voudrais vous proposer une suggestion. C'est elle qui a jeté l'U.S. Robots dans ce guêpier. Il se trouve que notre compagnie s'est tirée d'affaire bien mieux qu'on ne pouvait s'y attendre, mais ses intentions étaient rien moins que pures. Or, c'est Greg et moi-même qui en avons supporté les conséquences... du moins les plus désagréables.

– Eh bien, ils voulaient une réponse, et ils l'auront. Envoyez-leur ce navire, avec garantie, et l'U.S. Robots pourra toucher ses deux cent mille dollars, plus les frais de construction. Et s'ils ont envie de le tester... je propose que nous laissions le Cerveau s'amuser encore un peu à leurs dépens avant d'être ramené à son état normal.

– Cette proposition me paraît parfaitement juste et équitable, dit Lanning gravement.

– Et d'ailleurs absolument conforme au contrat, ajouta Bogert d'un air absent.

– Mais ce n'était pas cela, néanmoins, dit le Dr. Calvin pensivement. Bien entendu, par la suite, le vaisseau et d'autres du même modèle devinrent la propriété du gouvernement ; le bond à travers l'hyper-espace fut perfectionné, et nous possédons actuellement des colonies sur les planètes dépendant de quelques-unes des étoiles les plus proches, mais ce n'était pourtant pas cela.

J'avais fini de manger et je l'observais à travers la fumée de ma cigarette.

– Ce qui compte réellement, c'est ce qu'il est advenu des populations vivant sur la Terre au cours des cinquante dernières années. À ma naissance, jeune homme, la dernière guerre mondiale venait de prendre fin. C'était un point bas dans la courbe de l'Histoire... mais il sonnait le glas du nationalisme. La Terre était trop exiguë pour permettre la coexistence de nations, et elles commencèrent à se grouper par régions. Cela prit un certain temps. À ma naissance, les États-Unis d'Amérique étaient encore une nation, et pas seulement une partie de la Région Nord. En fait, le nom de la compagnie reste toujours « United States Robots... » et le passage des nations aux régions, qui a stabilisé notre économie et réalisé ce que l'on pourrait considérer comme l'Âge d'or, si l'on compare ce siècle au précédent, a également été l'œuvre de nos robots.

246

– *Vous voulez parler des Machines, dis-je. Le Cerveau dont vous m'avez parlé était la première de ces Machines, n'est-ce pas ?*

– *En effet, mais ce n'est pas aux Machines que je pensais, mais à un homme. Il est mort l'année dernière. (Sa voix prit soudain une expression de profond chagrin.) Ou du moins il s'est arrangé pour mourir, parce que nous n'avions plus besoin de lui et qu'il en était profondément conscient... Je parle de Stephen Byerley.*

– *Oui, j'ai deviné que c'est à lui que vous faisiez allusion.*

– *Il entra pour la première fois dans la fonction publique en 2032. Vous n'étiez alors qu'un enfant et vous ne gardez sûrement aucun souvenir de son étrangeté. Sa campagne pour le poste de maire fut certainement la plus étrange que l'Histoire ait connue.*

8

ÉVIDENCE

Francis Quinn était un politicien de la nouvelle école. C'est là bien entendu une expression dépourvue de sens, comme le sont toutes les expressions de ce genre. La plupart des « nouvelles écoles » que nous voyons fleurir de nos jours possèdent leur réplique dans la Grèce antique et peut-être, si nous étions mieux informés à leur sujet, dans l'antique Sumer et dans les cités lacustres de la Suisse préhistorique.

Mais pour abréger un préambule qui promet d'être à la fois terne et compliqué, disons tout de suite que Quinn ne briguait aucune charge publique, n'essayait pas de séduire de futurs électeurs, ne prononçait aucun discours pas plus qu'il ne remplissait de faux bulletins les urnes électorales. Napoléon non plus ne pressa la détente d'aucune arme au cours de la bataille d'Austerlitz.

Et puisque la politique rassemble d'étranges confédérés, Alfred Lanning était assis de l'autre côté du bureau, ses redoutables sourcils blancs fortement abaissés sur des yeux où l'impatience chronique s'était muée en acuité. Il n'était pas content.

Ce détail, Quinn en eût-il été informé que cela ne l'aurait pas troublé le moins du monde. Sa voix était amicale, peut-être professionnellement amicale, pourrait-on dire.

– Je présume que vous connaissez Stephen Byerley, docteur Lanning.

– J'ai entendu parler de lui. Comme beaucoup de gens.

– Moi aussi. Peut-être avez-vous l'intention de voter pour lui à la prochaine élection ?

– Cela, je ne pourrais pas le dire. (Il y avait une indéniable trace d'acidité dans le ton.) Je n'ai pas suivi les événements politiques et c'est pourquoi j'ignorais qu'il briguât une charge publique.

– Il se peut qu'il devienne notre prochain maire. Bien sûr, il n'est actuellement qu'un juriste, mais...

– Oui, interrompit Lanning, j'ai déjà entendu prononcer cette phrase. Mais si nous entrions dans le vif du sujet.

– Nous sommes dans le vif du sujet, docteur Lanning. (Quinn parlait d'une voix très douce.) Il est de mon intérêt que M. Byerley demeure procureur, et il est de votre intérêt de m'aider à obtenir ce résultat.

– De mon intérêt ? Voyons !

Les sourcils de Lanning s'abaissèrent encore.

– Eh bien, disons de l'intérêt de l'U.S. Robots. Si je m'adresse à vous, c'est en votre qualité de Directeur honoraire des recherches ; je sais en effet que vous êtes le doyen de la maison. On vous écoute avec respect, mais pourtant vos liens avec l'organisation ne sont plus étroits au point d'entraver une liberté d'action, laquelle est considérable ; même si cette action est assez peu orthodoxe.

Le Dr. Lanning demeura un moment silencieux et songeur.

– Je ne vous suis pas du tout, monsieur Quinn, dit-il avec moins d'âpreté.

– Je n'en suis pas surpris, docteur Lanning. Mais c'est pourtant très simple. Vous permettez ? (Quinn alluma une cigarette avec un briquet d'une simplicité de fort bon goût et son visage fortement charpenté prit une expression de paisible amusement.) Nous avons parlé de M. Byerley… un personnage étrange et coloré. Il était inconnu il y a trois ans. Aujourd'hui son nom est sur toutes les lèvres. C'est un homme qui possède de la force et beaucoup de capacités et il est certainement le procureur le plus habile et le plus intelligent que j'aie jamais connu. Malheureusement, il n'est pas de mes amis…

– Je comprends, répondit Lanning mécaniquement. Il examina ses ongles.

– J'ai eu l'occasion, poursuivit Quinn d'un ton égal, de fouiller, au cours de l'année passée, les antécédents de M. Byerley – d'une façon très approfondie. Il est toujours utile, voyez-vous, de soumettre la vie des politiciens réformistes à un examen attentif. Si vous saviez à quel point est fréquente l'aide qu'on peut en retirer… (Il prit un temps et sourit sans gaieté en regardant le bout embrasé de sa cigarette.) Mais le passé de M. Byerley ne présente rien de remarquable. Vie paisible dans une petite ville, éducation au collège, une femme morte jeune, un accident d'automobile suivi d'un lent rétablissement, école de droit, arrivée dans la capitale, puis le poste d'avocat général.

Francis Quinn secoua la tête lentement, puis ajouta :

– Quant à sa vie présente… elle est tout à fait remarquable. Notre procureur ne mange jamais !

Lanning leva brusquement la tête, une lueur d'une acuité surprenante animant ses yeux vieillis :

– Pardon ?

– Notre procureur ne mange jamais ! (En répétant, il avait martelé les syllabes.) J'amenderai légèrement cette proposition. On ne l'a jamais vu manger ou boire, jamais ! Comprenez-vous la signification de ce mot ? Non pas rarement, mais jamais !

– Je trouve cela absolument incroyable. Pouvez-vous faire entière confiance à vos enquêteurs ?

– Je peux faire confiance à mes enquêteurs et je ne trouve rien d'incroyable dans ce que je viens de dire. Donc on ne l'a jamais vu boire – pas plus de l'eau que de l'alcool – ni dormir. Il existe d'autres facteurs, mais je crois que j'ai dit l'essentiel.

Lanning se renversa sur son siège et entre les deux interlocuteurs s'installa un silence lourd de défi. Le vieux roboticien secoua enfin la tête.

– Non. Je ne vois qu'une conclusion à laquelle vous tentez de me faire parvenir, si j'associe vos déclarations au fait que c'est à moi que vous avez choisi de les présenter et cela, c'est impossible.

– Mais cet homme est totalement inhumain, docteur Lanning.

– Si vous m'aviez déclaré qu'il était Satan déguisé, peut-être aurais-je pu vous croire, à la plus extrême rigueur.

– Je vous dis que c'est un robot, docteur Lanning.

– Et moi je vous répète que c'est là la plus folle, la plus invraisemblable déclaration que j'aie jamais entendue de ma vie, monsieur Quinn.

Nouveau silence hostile.

– Quoi qu'il en soit (et Quinn éteignit sa cigarette avec un luxe de soins), vous devrez vérifier cette impossibilité en mobilisant toutes les ressources de votre organisation.

– Je ne pourrai en aucun cas entreprendre une telle opération, monsieur Quinn. Vous ne parlez pas sérieusement en suggérant que la Société s'immisce dans la politique locale.

– Vous n'avez pas le choix. Supposons que j'en fasse état publiquement sans apporter de preuves à mes dires. Les témoignages sont suffisamment circonstanciés.

– Eh bien, agissez à votre guise !

– Mais ce procédé ne me conviendrait pas. Une preuve serait de beaucoup préférable. Elle ne serait pas de votre goût, car la publicité donnée à l'affaire serait très préjudiciable à votre compagnie. Vous connaissez parfaitement, je suppose, les règles strictes qui s'opposent à l'usage des robots dans les mondes habités.

– Certainement, répondit l'autre avec brusquerie.

– Vous savez que l'U.S. Robots est la seule à fabriquer des robots positroniques dans le système solaire, et si Byerley est effectivement un robot, il est un robot positronique. Vous savez également que tous les robots positroniques sont loués, mais jamais vendus ; que la compagnie demeure propriétaire de chaque robot, dont elle assure la direction, et que par conséquent elle est responsable de leurs actes à tous.

– Il est facile, monsieur Quinn, de faire la preuve que la compagnie n'a jamais fabriqué de robot dont les caractéristiques fussent humanoïdes.

– Vraiment ? Nous discutons de simples possibilités.

– Oui, on peut le prouver.

– En secret, j'imagine. Et sans en faire mention dans vos livres.

– Pas quand il s'agit du cerveau positronique, monsieur. Trop d'éléments y participent et le gouvernement exerce sur nos activités une surveillance de la plus extrême rigueur.

– Sans doute, mais les robots s'usent, se brisent, se détériorent… et sont mis en pièces détachées.

– Et les cerveaux positroniques sont utilisés sur un autre robot ou détruits.

– Vraiment ? (Francis Quinn se fit légèrement sarcastique.) Et si par un concours de circonstances fortuites, accidentelles, l'un d'eux échappait à la destruction… et qu'une structure humanoïde se trouvât prête à recevoir un cerveau ?

– Impossible !

252

– Vous devriez en faire la preuve devant le gouvernement et le public, alors pourquoi ne pas le faire
immédiatement, devant moi ?

– Mais quel aurait bien pu être notre dessein ?
demanda Lanning avec exaspération. Nos motivations ? Accordez-nous un minimum de bon sens.

– Je vous en prie, mon cher monsieur, la compagnie
ne serait que trop heureuse de voir les Régions permettre l'usage des robots positroniques d'apparence
humanoïde, sur les mondes habités. Les profits qu'elle
en tirerait seraient énormes. Mais le préjugé du public
contre une telle pratique est trop grand. Supposons
que vous commenciez par les habituer doucement à
de tels robots... sous l'apparence d'un juriste habile,
d'un bon maire, par exemple... Achetez-nous donc
nos irremplaçables maîtres d'hôtel robots...

– C'est de la démence pure et simple.

– Je veux bien le croire. Pourquoi ne pas le prouver ? À moins que vous ne préfériez faire cette preuve
devant le public ?

La lumière commençait à baisser dans le bureau,
mais pas assez cependant pour dissimuler la rougeur
de contrariété qui envahit le visage de Lanning. Lentement le roboticien pressa un bouton et les réflecteurs
muraux s'illuminèrent.

– Eh bien, dit-il, voyons.

Le visage de Stephen Byerley n'était pas de ceux
qu'il est facile de décrire. Il avait quarante ans, selon
son acte de naissance, et portait exactement cet âge...
mais c'était une quarantaine pleine de santé, bien
nourrie, joviale et qui arrachait immédiatement aux
raseurs des banalités sur les gens « qui paraissent leur
âge ».

Cela était parfaitement vrai lorsqu'il riait et justement il était en train de rire, d'un rire sonore et sou-
tenu qui ne s'apaisait un instant que pour reprendre
de plus belle, inlassablement...

Devant lui, le visage d'Alfred Lanning se contractait en un rigide et amer monument de désapprobation. Il esquissa un geste à l'adresse de la femme assise à ses côtés, mais les lèvres minces et exsangues de cette dernière se plissèrent à peine.

Enfin Byerley, après une dernière convulsion, parut se calmer.

– Vraiment, docteur Lanning... moi... moi... un robot ?

– Ce n'est pas moi qui le prétends, monsieur. Je me trouverais fort satisfait de vous savoir membre de la communauté humaine, dit le Dr. Lanning d'une voix acerbe. Puisque notre compagnie ne peut vous avoir construit, je suis certain que vous êtes un homme, au moins dans le sens légal du terme. Mais puisque l'hypothèse que vous seriez un robot a été émise en notre présence, très sérieusement, par un homme d'une certaine position sociale...

– Ne citez pas son nom, car ce serait entamer le bloc de granit de votre éthique ; supposons par exemple qu'il s'agisse de Francis Quinn, pour les besoins de la cause, et poursuivons.

Lanning laissa passer l'interruption avec un bref renâclement nasal, prit un temps et reprit plus glacialement que jamais :

– ... par un homme d'une certaine position sociale... quant à son identité, je n'ai pas le temps de jouer aux devinettes... je me vois contraint de solliciter votre concours pour m'aider à faire la preuve du contraire. Le seul fait qu'une telle insinuation pourrait être formulée et rendue publique grâce aux moyens dont cet homme dispose constituerait un préjudice considérable à la compagnie que je représente... même si cette accusation ne se trouvait jamais vérifiée. Est-ce que vous me comprenez ?

– Parfaitement, votre position m'apparaît fort clairement. Par elle-même, cette accusation est ridicule.

Mais la situation où vous vous trouvez ne l'est pas. Vous voudrez bien m'excuser si mon rire vous a causé quelque offense. Mon hilarité a pour origine cette burlesque hypothèse, mais point l'embarras qu'elle vous cause. En quelle façon pourrais-je vous aider ?

– De la façon la plus simple du monde. Il vous suffirait de prendre un repas au restaurant en présence de témoins, avec photographies à l'appui.

Lanning se renversa sur son dossier, conscient d'avoir accompli le plus dur du travail. La femme assise à ses côtés observait Byerley avec un visage apparemment absorbé, mais s'abstint néanmoins d'intervenir.

Stephen rencontra un instant son regard, puis se retourna vers le roboticien. Pendant quelques instants ses doigts s'attardèrent pensivement sur le presse-papier de bronze qui constituait le seul ornement de sa table de travail.

– Je ne crois pas que je puisse vous rendre ce service, dit-il d'une voix égale.

Il leva la main :

– Minute, docteur Lanning. Je comprends que toute cette histoire vous répugne, que vous vous en êtes chargé à votre corps défendant, que vous avez conscience d'y jouer un rôle incompatible avec votre dignité, voire un tantinet ridicule. Veuillez considérer cependant que ma propre situation est encore plus délicate, aussi je vous demande de faire preuve de compréhension.

« Et tout d'abord qu'est-ce qui vous fait croire que Quinn – cet homme qui occupe une certaine position sociale – n'abusait pas de votre crédulité pour vous amener à entreprendre précisément cette action ?

– Il me semble difficilement concevable qu'un homme de sa réputation prendrait le risque de se ridiculiser à ce point, s'il n'était pas convaincu de ce qu'il avance ?

Une lueur de malice brilla dans les yeux de Byerley :

– Vous ne connaissez pas Quinn. Il est capable de transformer en plate-forme un pic escarpé où un chamois ne tiendrait pas en équilibre. Je suppose qu'il vous a mis sous les yeux les détails de l'enquête qu'il prétend avoir menée sur moi ?

– Suffisamment, en tout cas, pour me convaincre que ma compagnie n'aurait aucun intérêt à prendre des mesures en vue de les réfuter, alors que vous pourriez le faire avec beaucoup plus de facilité.

– C'est donc que vous le croyez lorsqu'il prétend que je ne mange jamais. Vous êtes un homme de science, docteur Lanning. Pensez à la logique de ce raisonnement. On ne m'a jamais vu manger, par conséquent je ne mange pas ! C.Q.F.D. !

– Vous employez des méthodes de procureur pour embrouiller une situation qui est très simple en réalité.

– Au contraire, j'essaie de clarifier un problème que Quinn et vous-même compliquez à plaisir. Voyez, je ne dors guère, c'est vrai et surtout pas en public. Je n'ai jamais aimé prendre mes repas en compagnie – c'est là un travers peu commun et qui relève probablement de la névrose, mais ne cause de tort à personne. Permettez-moi de vous donner un exemple fictif, docteur Lanning. Imaginons un politicien qui ait tout intérêt à battre à tout prix un candidat réformiste et qui découvre dans la vie privée de ce dernier des habitudes excentriques comme celles que je viens de mentionner.

« Supposez en outre que pour mieux perdre ledit candidat, il s'adresse à votre compagnie comme à l'agent idéal pour l'accomplissement de son dessein. Pensez-vous qu'il viendra vous dire : "Un tel est un robot parce qu'on ne le voit jamais manger en public, et je ne l'ai jamais vu s'endormir en plein prétoire ; il m'est arrivé de regarder à travers sa fenêtre au milieu de la nuit et je l'ai aperçu, devant son bureau, un livre à la main ; j'ai risqué un œil dans son réfrigérateur et il ne contenait pas le moindre aliment. ”

« S'il vous tenait un pareil discours, vous penseriez immédiatement qu'il est mûr pour la camisole de force. Mais par contre, s'il vous déclare : “ Il ne mange jamais ; il ne dort jamais ”, le choc que vous en éprouvez vous rend aveugle au fait que de telles accusations sont impossibles à prouver. Vous devenez son instrument en vous prêtant à sa manœuvre.

– Quelle que soit votre opinion sur le sérieux de la question, répondit Lanning avec une obstination menaçante, il suffira du repas dont je vous ai parlé pour clore le débat.

Byerley se tourna de nouveau vers la femme qui l'observait toujours d'un regard inexpressif.

– Excusez-moi. J'ai bien saisi votre nom, je pense : Dr. Susan Calvin ?

– C'est bien cela, monsieur Byerley.

– Vous êtes la psychologue de l'U.S. Robots, si je ne me trompe.

– La robopsychologue, si vous n'y voyez pas d'inconvénient.

– Oh ! les robots seraient-ils donc à ce point différents des hommes, sur le plan mental ?

– Un monde les sépare. (Un sourire glacial effleura ses lèvres.) Le caractère essentiel des robots est la droiture.

Un sourire amusé étira les lèvres du juriste.

– Touché ! Mais voici à quoi je voulais en venir. Puisque vous êtes une psycho... une robopsychologue, et une femme, je parie que vous avez eu une idée qui n'est pas venue au Dr. Lanning.

– Et quelle serait cette idée ?

– Vous avez apporté de quoi manger dans votre sac.

L'impassibilité professionnelle de Susan Calvin fut un instant ébranlée.

– Vous me surprenez, monsieur Byerley, dit-elle.

Elle ouvrit son sac et en tira une pomme, et la lui tendit d'un geste parfaitement calme. Après le sursaut initial, le Dr. Lanning suivit avec des yeux aigus la lente trajectoire de la pomme d'une main à l'autre.

Stephen Byerley y mordit avec le plus grand calme, mastiqua pendant quelques instants et avala.

– Vous voyez, docteur Lanning ?

Le Dr. Lanning sourit avec un soulagement suffisamment tangible pour faire paraître ses sourcils bienveillants. Soulagement qui ne survécut que l'espace d'une fragile seconde.

– J'étais curieuse de savoir si vous mangeriez, dit Susan Calvin, mais naturellement, dans le cas présent, cela ne prouve rien.

Byerley sourit :

– Vraiment ?

– Bien entendu. Il est évident, docteur Lanning, que si cet homme était un robot humanoïde, on aurait poussé la ressemblance à la perfection. Il est presque trop humain pour être vrai. Après tout, pendant toute notre vie, nous avons vu et observé des êtres humains. Il serait impossible de nous faire passer un à-peu-près pour l'article authentique. Il faudrait qu'il fût parfait. Observez la texture de la peau, la qualité des iris, la charpente osseuse des mains. S'il est vraiment un robot, je voudrais bien qu'il soit sorti des ateliers de l'U.S. Robots, parce que c'est vraiment du beau travail. Imaginez-vous que des gens capables de pousser la perfection extérieure à ce point aient pu faire l'économie de quelques dispositifs supplémentaires, tels que ceux qui sont nécessaires pour assurer des fonctions aussi simples que l'alimentation, le sommeil, l'élimination ? Sans doute ne seraient-ils utilisés qu'en certains cas particuliers dont celui qui nous amène aujourd'hui est l'exemple typique. Par conséquent, un repas ne peut réellement rien prouver.

– Minute, grinça Lanning, je ne suis pas tout à fait aussi sot que vous voudriez le faire croire l'un et l'autre. Peu me chaut que M. Byerley soit humain ou non. Ce qui m'intéresse, c'est de sortir la compagnie de ce guêpier. Un repas pris en public mettra fin au débat, quoi que le nommé Quinn puisse faire. Quant aux détails plus raffinés, nous les laisserons aux hommes de loi et aux robopsychologues.

– Mais, docteur Lanning, dit Byerley, vous oubliez le contexte politique. Je suis aussi anxieux de me faire élire que Quinn l'est de m'éliminer. À propos, avez-vous remarqué que vous avez mentionné son nom ? C'est un truc malhonnête qui m'est personnel ; je savais bien que vous tomberiez dans le panneau avant d'en avoir terminé.

Lanning rougit :

– Que vient faire l'élection dans cette histoire ?

– La publicité est une arme à double tranchant, monsieur. Si Quinn veut m'appeler un robot et qu'il a le cran de mettre sa menace à exécution, moi, j'ai le cran nécessaire pour entrer dans son jeu.

– Vous voulez dire…

Lanning était franchement consterné.

– Exactement. Je vais le laisser s'enferrer, choisir sa corde, en éprouver la résistance, en couper la longueur nécessaire, former le nœud, y passer la tête et faire la grimace. Pour ma part je me contenterai d'effectuer le complément indispensable.

– Vous êtes furieusement optimiste.

Susan Calvin se leva :

– Venez, Alfred, nous ne le ferons pas changer d'avis.

– Vous venez de démontrer que vous êtes également une psychologue humaine, dit Byerley avec un sourire aimable.

Peut-être cette confiance souveraine qui avait frappé Lanning n'était-elle pas entièrement présente le soir où Byerley rangea sa voiture sur la rampe automatique menant au garage souterrain et traversa l'allée qui menait à la porte d'entrée de sa maison.

La silhouette tassée dans le fauteuil roulant leva la tête à son entrée et sourit. Le visage de Byerley s'éclaira de tendresse. Il s'approcha.

La voix de l'infirme n'était qu'un murmure rauque et râpeux issu d'une bouche à jamais tordue sur un côté et la moitié de son visage n'était qu'une énorme cicatrice.

– Vous rentrez bien tard, Steve.

– Je sais, John, je sais. Mais j'ai rencontré aujourd'hui des difficultés d'un caractère particulier et ma foi fort intéressantes.

– Vraiment ?

Ni le visage distordu ni la voix sans timbre ne pouvaient exprimer de sentiments, mais il y avait de l'anxiété dans les yeux clairs.

– Rien dont vous ne puissiez venir à bout, j'espère ?

– Je n'en suis pas tellement certain. Il se peut que j'aie besoin de votre concours. Vous êtes le sujet brillant de la famille. Voulez-vous que je vous conduise au jardin ? La soirée est fort belle.

Deux bras robustes soulevèrent John du fauteuil roulant. Doucement, d'un geste qui était presque une caresse, Byerley entoura les épaules de l'infirme et soutint ses jambes emmaillotées. Lentement, avec précaution, il traversa les pièces, descendit la rampe en pente douce qui avait été construite en pensant au fauteuil roulant, et pénétra par la porte de derrière dans le jardin entouré de murs et de grillage, au dos de la maison.

– Pourquoi ne me laissez-vous pas sur le fauteuil roulant, Steve ? C'est stupide.

– Parce que j'aime mieux vous porter. Y voyez-vous un inconvénient ? Vous êtes aussi content de quitter cette trottinette motorisée que je suis heureux de vous voir l'abandonner, ne fût-ce que pour quelques instants. Comment vous sentez-vous aujourd'hui ?

Avec un soin infini, il déposa John sur l'herbe fraîche.

– Comment voulez-vous que je me sente ? Mais parlez-moi plutôt de vos ennuis.

– La campagne de Quinn sera fondée sur le fait que je suis, prétend-il, un robot.

John ouvrit des yeux ronds.

– Comment le savez-vous ? C'est impossible. Je me refuse à croire une chose pareille.

– C'est pourtant la vérité. Il a envoyé l'un des plus grands scientifiques de l'U.S. Robots à mon bureau pour en discuter avec moi.

John arracha lentement quelques brins d'herbe.

– Je vois, je vois.

– Mais nous n'allons pas lui permettre de choisir son terrain. Il m'est venu une idée. Je vais vous l'exposer et ensuite vous me direz si elle est réalisable...

La scène telle qu'elle apparut ce soir-là dans le bureau de Lanning se résumait à un échange de regards. Francis Quinn regardait pensivement Alfred Lanning. Lanning regardait furieusement Susan Calvin et celle-ci à son tour regardait impassiblement Quinn.

Francis Quinn rompit le silence en affectant gauchement la légèreté.

– C'est du bluff.

– Allez-vous miser là-dessus, monsieur Quinn ? demanda le Dr. Calvin d'une voix indifférente.

– Après tout, c'est vous qui avez effectivement entamé la partie.

– Écoutez-moi. (Lanning couvrit son pessimisme de fanfaronnade). Nous avons fait ce que vous nous demandiez. Nous avons vu l'homme manger. Il est ridicule de prétendre qu'il est un robot.

– Est-ce vraiment le fond de votre pensée ? (Quinn se tourna brusquement vers Calvin.) Lanning prétend que vous êtes expert en la matière.

– Susan… dit Lanning d'un ton presque menaçant.

Quinn l'interrompit suavement :

– Pourquoi ne pas la laisser parler, mon vieux ? Voilà une demi-heure qu'elle joue les poteaux télégraphiques.

Lanning se sentait accablé. Il avait l'impression de côtoyer le délire paranoïaque :

– Très bien, dit-il, à votre aise, Susan. Nous ne vous interromprons pas.

Susan Calvin lui jeta un regard sans aménité puis fixa des yeux froids sur Quinn.

– Il n'y a que deux façons de prouver définitivement que Byerley est un robot, monsieur. Jusqu'à présent vous ne nous avez présenté que des indices circonstanciels, qui vous permettent d'accuser mais ne constituent pas des preuves… et je crois M. Byerley suffisamment intelligent pour contrer de telles allégations. C'est sans doute ce que vous pensez vous-même, sans quoi vous ne seriez pas ici.

« Il y a deux méthodes pour établir une preuve, la méthode physique et la méthode psychologique. Physiquement, vous pouvez le disséquer ou faire appel aux rayons X. Comment y parvenir ? C'est vous que cela regarde. Psychologiquement, on peut étudier son comportement, car s'il est un robot positronique, il doit se conformer aux trois Lois de la robotique. Nul cerveau positronique ne peut être construit qui ne satisfasse pas à ces règles. Vous les connaissez, monsieur Quinn ?

Elle les énonça distinctement, clairement, citant mot pour mot la triple loi figurant sur la première page du *Manuel de la robotique*.

– J'en ai entendu parler, dit Quinn d'un ton insouciant.

– Dans ce cas il vous sera facile de suivre mon raisonnement, répondit sèchement la psychologue. Si M. Byerley enfreint l'une ou l'autre de ces lois, il n'est pas un robot. Malheureusement cette épreuve n'est valable que dans une seule direction. S'il vit conformément à ces règles, cela ne prouve rien ni dans un sens ni dans l'autre.

Quinn leva poliment les sourcils :

– Pourquoi pas, docteur ?

– Parce que, si vous prenez la peine d'y réfléchir cinq secondes, les trois Lois constituent les principes directeurs essentiels d'une grande partie des systèmes moraux du monde. Évidemment, chaque être humain possède, en principe, l'instinct de conservation. C'est la Troisième Loi de la robotique. De même, chacun des *bons* êtres humains, possédant une conscience sociale et le sens de la responsabilité, doit obéir aux autorités établies, écouter son docteur, son patron, son gouvernement, son psychiatre, son semblable... même lorsque ceux-ci troublent son confort ou sa sécurité. C'est ce qui correspond à la Seconde Loi de la robotique. Chaque *bon* humain doit également aimer son prochain comme lui-même, risquer sa vie pour sauver celle d'un autre. Telle est la Première Loi de la robotique. En un mot, si Byerley se conforme à toutes les lois de la robotique, il se peut qu'il soit un robot, mais il se peut également qu'il soit un très brave homme.

– Mais, dit Quinn, cela revient à dire que vous ne pourrez jamais prouver qu'il est un robot.

– Par contre, il se peut que je puisse faire la preuve qu'il n'est *pas* un robot.

– Ce n'est pas ce que je vous demande.

– Nous vous fournirons telles preuves que nous obtiendrons. Pour le reste vous êtes l'unique responsable de vos propres désirs.

À ce moment l'esprit de Lanning bondit sous l'aiguillon d'une idée.

– Ne vous est-il pas apparu, gronda-t-il, que la charge de procureur est une occupation plutôt étrange pour un robot ? La mise en accusation d'êtres humains... leur condamnation à mort... ce sont bien là des sévices graves...

Quinn devint soudain attentif :

– Vous ne vous en sortirez pas de cette façon. Le fait d'être procureur ne le rend pas humain pour autant. Ne connaissez-vous pas ses antécédents ? Ignorez-vous qu'il se flatte de ne jamais avoir poursuivi un innocent ; que des vingtaines de gens n'ont pas comparu en justice parce que les charges réunies contre eux lui semblaient insuffisantes, alors qu'il aurait probablement pu obtenir leur condamnation du jury ? C'est pourtant la vérité.

Les joues minces de Lanning frémirent.

– Non, Quinn, non. Il n'existe rien dans les lois de la robotique qui fasse allusion à la culpabilité humaine. Il n'appartient pas au robot de décider si un être humain mérite ou non la mort. *Il ne peut porter atteinte à un être humain ni lui causer de dommage*, que celui-ci appartienne à la catégorie ange ou démon.

Susan Calvin semblait lasse.

– Alfred, dit-elle, ne parlez pas étourdiment. Qu'arriverait-il si un robot surprenait un fou en train de mettre le feu à une maison pleine d'habitants. Il réduirait le fou à l'impuissance, n'est-ce pas ?

– Naturellement.

– Et si la seule façon d'y parvenir était de le tuer ?

De la gorge de Lanning sortit un faible bruit, rien de plus.

264

– Je pense, quant à moi, qu'il ferait de son mieux pour ne pas le tuer. Si le fou succombait néanmoins, le robot devrait subir un traitement psychothérapique parce que le conflit qui se serait livré en lui l'aurait probablement rendu fou : en effet il aurait dû enfreindre la Première Loi pour obéir à cette même Première Loi, mais sur un plan plus élevé. Il n'en est pas moins vrai qu'un homme aurait succombé et qu'un robot l'aurait tué.

– Byerley serait-il fou ? demanda Quinn en donnant à sa question le ton le plus sarcastique dont il fût capable.

– Non, mais il n'a lui-même tué aucun homme. Il a exposé des faits qui peuvent représenter un être humain particulier comme un danger pour la grande masse d'autres êtres humains que nous appelons la société. Il protège le plus grand nombre, et se conforme ainsi à la Première Loi selon le potentiel maximum. Son rôle se borne là. C'est ensuite le juge qui condamne le criminel à mort ou à la réclusion, après que le jury a décidé de sa culpabilité ou de son innocence. C'est le geôlier qui l'emprisonne, le bourreau qui l'exécute. Et M. Byerley n'a rien fait d'autre que de déterminer la vérité et de protéger la société.

« En fait, monsieur Quinn, j'ai examiné la carrière de M. Byerley depuis que vous avez requis notre intervention. J'ai découvert qu'il n'avait jamais demandé la tête du coupable dans aucun de ses réquisitoires. Je sais également qu'il a pris position en faveur de l'abolition de la peine capitale et contribué généreusement aux établissements de recherche en neurophysiologie criminelle. Il croit plutôt à la prévention qu'au châtiment du crime. Je trouve ce fait significatif.

– Vraiment ? sourit Quinn. Significatif d'une certaine odeur de roboticité, peut-être ?

– Peut-être. Pourquoi le nier ? De telles actions ne peuvent être que le fait d'un robot ou d'un être humain parfaitement droit et honorable. Mais voyez-vous, on ne peut établir de différence entre un robot et la crème des humains.

Quinn se renversa sur sa chaise. Sa voix vibrait d'impatience.

– Docteur Lanning, est-il possible de créer un robot humanoïde qui serait la réplique parfaite d'un homme, par l'apparence ?

Lanning toussota et réfléchit :

– L'expérience a été tentée par l'U.S. Robots, dit-il à regret, sans addition d'un cerveau positronique, bien entendu. En utilisant un ovule humain et un contrôle hormonal, on peut faire croître la chair humaine et la peau sur un squelette en plastique de silicones poreux, dont l'aspect extérieur défierait tout examen. Les yeux, les cheveux, la peau seraient réellement humains et non humanoïdes. Si vous introduisiez à l'intérieur un cerveau positronique et tous les autres dispositifs désirables, vous obtiendriez un robot humanoïde.

– Combien de temps faudrait-il pour obtenir ce résultat ? demanda Quinn.

Lanning réfléchit :

– Si vous disposiez de tous les organes nécessaires… le cerveau, le squelette, l'ovule, les hormones convenables et les radiations… disons deux mois.

Le politicien se leva de sa chaise :

– Dans ce cas nous verrons à quoi ressemble l'intérieur de M. Byerley. Cela fera de la publicité à l'U.S. Robots… mais je vous ai donné votre chance.

Lorsqu'ils furent seuls, Lanning se tourna avec impatience vers Susan Calvin :

– Pourquoi insistez-vous ?

Elle répondit aussitôt avec sécheresse :

– Que préférez-vous, la vérité ou ma démission ? Je ne m'abaisserai pas à mentir pour vous faire plaisir. L'U.S. Robots est parfaitement capable de se défendre. Ne devenez pas capon.

– Que se passera-t-il, dit Lanning, s'il ouvre le ventre de Byerley et qu'il en tombe des engrenages et des leviers ?

– Il n'ouvrira pas le ventre de Byerley, dit Calvin avec dédain. Byerley est au moins aussi intelligent que Quinn.

La nouvelle se répandit sur la ville une semaine avant l'élection de Byerley. Mais « se répandit » n'est pas le mot juste. On pourrait dire plutôt qu'elle tituba sur la ville, qu'elle rampa, qu'elle se traîna. Les rires commencèrent et l'esprit se donnait libre cours. Et à mesure que la main lointaine de Quinn resserrait son étreinte en une progression mesurée, le rire devint forcé, un élément d'incertitude se fit jour, et les gens commencèrent à s'étonner.

La convention elle-même offrait l'apparence d'un étalon rétif. Aucune lutte électorale n'avait été ébauchée. Seulement, Byerley aurait pu être élu une semaine plus tôt. Il n'existait aucune solution de rechange, même en ce moment. Il fallait l'élire, mais la plus grande confusion régnait à ce propos.

La situation n'eût pas été aussi grave si le citoyen moyen ne s'était trouvé déchiré entre l'énormité de l'accusation, à supposer qu'elle fût vérifiée, et sa sensationnelle folie, si elle se révélait fausse.

Le lendemain du jour où Byerley fut élu, par-dessous la jambe pourrait-on dire... un journal publia finalement l'essentiel d'une longue interview du Dr. Calvin, « l'expert en robopsychologie et en positronique, de renommée mondiale ».

Ce qui se déchaîna à ce moment peut être qualifié vulgairement et succinctement de « scandale à tout casser ».

C'est précisément ce qu'attendaient les Fondamentalistes. Ils ne constituaient pas un parti politique ; ils ne prétendaient aucunement représenter une religion formelle. Dans l'essentiel ils étaient les gens qui ne s'étaient pas adaptés à ce que l'on appelait autrefois l'ère atomique, aux jours anciens où l'atome constituait encore une nouveauté. Actuellement ils étaient les partisans de la vie simple, soupirant après une vie qui, pour ceux qui l'avaient effectivement vécue, n'avait probablement pas semblé aussi simple, et qui pour cette raison avaient été eux-mêmes des partisans de la vie simple.

Les Fondamentalistes n'avaient besoin d'aucune autre raison pour détester les robots et les fabricants de robots ; mais une raison nouvelle, telle que l'accusation portée par Quinn et l'analyse du Dr. Calvin, suffisait à rendre possible l'expression audible de cette haine.

Les gigantesques usines de l'U.S. Robots étaient une ruche dont les cellules produisaient des gardes armés en série. Elle se préparait pour la guerre.

Dans la ville, la maison de Stephen Byerley grouillait de policiers.

La campagne politique, bien entendu, perdit tous ses objectifs, et s'apparentait uniquement à une campagne en ceci qu'elle comblait un hiatus entre nomination et élection.

Stephen Byerley ne se laissa pas distraire par le petit homme remuant. Les uniformes qui s'agitaient au fond du décor le laissaient superbement indifférent. À l'extérieur de la maison, au-delà de la rangée de gardes farouches, les reporters et les photographes attendaient selon les traditions de leur caste. Une entreprenante compagnie de télévision avait même braqué une caméra sur l'entrée de la maison sans prétention du procureur, cependant qu'un présentateur synthétiquement excité remplissait l'atmosphère d'un commentaire ampoulé.

Le petit homme remuant s'avança. Il tenait à la main un document fastueux et compliqué :

– Ceci, monsieur Byerley, est un ordre de la Cour m'autorisant à fouiller les lieux que l'on soupçonne de receler illégalement, euh... des hommes mécaniques ou robots, quelles qu'en soient d'ailleurs les caractéristiques.

Byerley se leva à demi et saisit le papier. Il le parcourut d'un regard indifférent, sourit et le rendit à son propriétaire.

– C'est très bien. Je vous en prie, faites votre devoir. (Puis s'adressant à sa femme de ménage qui hésitait à quitter la pièce voisine :) Madame Hoppen, je vous en prie, accompagnez-les, et aidez-les dans la mesure du possible.

Le petit homme, qui répondait au nom de Harroway, hésita, rougit jusqu'à la racine des cheveux, ne réussit pas à rencontrer le regard de Byerley, murmura : « Venez ! » aux deux policiers.

Il était de retour au bout de dix minutes.

– Terminé ? interrogea Byerley du ton exact de la personne qui ne s'intéresse pas outre mesure à la question ou à sa réponse.

Harroway s'éclaircit la gorge, prit un faux départ en voix de fausset et reprit de nouveau avec colère.

– Monsieur Byerley, nous avons reçu des instructions spéciales pour fouiller la maison de fond en comble.

– N'est-ce pas précisément ce que vous venez de faire ?

– On nous a indiqué exactement l'objet que nous devions chercher.

– Vraiment ?

– En bref, monsieur Byerley, et pour ne pas prolonger la discussion plus avant, on nous a donné l'ordre de vous fouiller personnellement.

269

– Moi ? dit le procureur, avec un sourire de plus en plus large. Et comment avez-vous l'intention de procéder ?

– Nous disposons d'un groupe radiologique…

– Alors vous voulez mon portrait aux rayons X ? Avez-vous autorité pour procéder à cette opération ?

– Vous avez vu mon mandat.

– Puis-je le revoir ?

Harroway, dont le front resplendissait d'un sentiment outrepassant de fort loin l'enthousiasme, lui tendit une seconde fois le document.

– Je lis ici la description des objets qu'il vous appartient de rechercher, dit Byerley d'un ton de voix égal, je cite : la maison d'habitation appartenant à Stephen Allen Byerley, sise au 355 Willow Grove, Evanstron, en même temps que tout garage, réserve ou autre bâtiment faisant partie de ladite propriété… et ainsi de suite. Tout à fait correct. Mais mon brave, il n'est question nulle part de fouiller l'intérieur de mon organisme. Je ne fais pas partie des lieux. Vous pouvez fouiller mes vêtements si vous croyez que je cache un robot dans ma poche.

Harroway ne nourrissait aucun doute quant à l'identité de la personne à qui il devait son emploi. Il n'avait nulle intention de manifester de la réticence si on lui offrait la chance d'obtenir un meilleur – c'est-à-dire mieux rétribué – emploi.

– Permettez, dit-il avec une ombre de pétulance, j'ai l'ordre d'inspecter les meubles qui se trouvent dans votre maison, de même que tout le reste. Vous êtes bien dans la maison, n'est-ce pas ?

– Observation remarquable : j'y suis en effet. Mais je n'ai rien d'un meuble. En ma qualité de citoyen responsable d'âge adulte – et je puis vous montrer le certificat psychiatrique qui en fait foi – je jouis de certains droits conformément aux articles de la Région. En me fouillant, vous tomberiez sous le coup de la loi qui assure l'inviolabilité de la personne privée. Ce document n'est pas suffisant.

– Sans doute, mais si vous êtes un robot, vous ne bénéficiez pas de cette inviolabilité.

– C'est assez vrai… Mais ce papier demeure néanmoins insuffisant. Il reconnaît implicitement en moi un être humain.

– Où ça ?

Harroway s'empara du papier.

– À l'endroit où il est spécifié « que la maison d'habitation appartenant à un tel ». Un robot ne peut rien posséder. Et vous pouvez dire à votre employeur, monsieur Harroway, que s'il tente de lancer un nouveau mandat qui ne me reconnaisse pas implicitement comme un être humain, il se verra immédiatement intenter des poursuites qui le mettront dans l'obligation de fournir la preuve que je suis un robot en vertu des informations qui sont en sa possession à l'heure actuelle, faute de quoi il me devra des dommages et intérêts considérables pour avoir voulu me priver indûment de mes droits, conformément aux prescriptions des articles de la Région. Vous lui répéterez mes paroles, n'est-ce pas ?

Harroway marcha vers la porte. Il se retourna :

– Vous êtes un homme de loi rusé…

Il avait glissé sa main dans sa poche. Il demeura ainsi quelques courts instants. Puis il s'en fut en adressant un sourire à la caméra de télévision – salua de la main les reporters et cria :

– Nous aurons quelque chose pour vous dès demain, les gars. Sans blague !

Une fois dans sa voiture, il se renversa sur les coussins, retira de sa poche le minuscule mécanisme et l'examina soigneusement. C'était la première fois qu'il prenait une photographie aux rayons X. Il espérait bien avoir opéré correctement.

Quinn et Byerley ne s'étaient jamais rencontrés, seuls, face à face. Mais l'écran de télévision constituait un substitut fort proche, même si chacun n'était aux yeux de l'autre qu'un jeu d'ombre et de lumière sur un banc de cellules photo-électriques.

C'est Quinn qui avait pris l'initiative de l'appel. C'est Quinn qui prit le premier la parole et sans cérémonie particulière.

– J'ai pensé que vous aimeriez savoir, Byerley, que j'ai l'intention de rendre public le fait que vous portez un écran protecteur contre les radiations pénétrantes.

– Vraiment ? Dans ce cas, c'est probablement déjà fait. J'ai la nette impression que nos entreprenants représentants de la presse ont branché des tables d'écoute sur mes divers moyens de communication depuis un bon bout de temps. Mes lignes de bureau sont percées comme de véritables passoires ; c'est pourquoi je me suis cloîtré dans ma maison particulière au cours des dernières semaines.

Byerley se montrait d'humeur amicale et presque enclin au bavardage.

Quinn serra légèrement les lèvres :

– Cet appel est complètement protégé. Je cours personnellement un certain risque pour le lancer.

– Je m'en doute. Nul ne sait que vous tirez les ficelles de cette campagne. Du moins nul ne le sait officiellement, ni d'ailleurs officieusement. À votre place je ne me ferais pas de souci. Donc je porte un écran protecteur ? Sans doute avez-vous fait cette découverte lorsque la photo de votre homme de paille s'est trouvée voilée.

– Il deviendrait évident pour tous, vous vous en rendez bien compte, Byerley, que vous n'osez pas affronter une analyse aux rayons X.

– Il ne serait pas moins évident que vos hommes ont tenté de violer mes droits privés.

– Ils s'en moquent bien !

272

– Possible. C'est assez symbolique de nos deux campagnes, n'est-ce pas ? Vous éprouvez fort peu de considération pour les droits individuels du citoyen. J'ai pour eux le plus grand respect, au contraire. Je refuse de me soumettre à l'analyse des rayons X parce que je veux maintenir le principe de mes droits, de même que je défendrai les droits des autres lorsque je serai élu.

– Cela constituera sans doute un discours fort intéressant, mais nul ne vous croira. Un peu trop beau pour être vrai. Autre chose… (nouveau changement d'attitude) le personnel de votre maison ne se trouvait pas au complet hier soir.

– Comment cela ?

– Si j'en crois les rapports… (il fouilla parmi les papiers qui se trouvaient dans le champ de l'écran) il manquait une personne : un infirme.

– Comme vous dites, répliqua Byerley, un infirme. Mon vieux professeur qui habite avec moi et qui se trouve en ce moment à la campagne, où il est parti depuis deux mois. Un repos, dont il a le plus grand besoin, est je crois l'expression employée en l'occurrence. Possède-t-il votre agrément ?

– Votre professeur ? Un scientifique peut-être ?

– Un juriste… avant d'être infirme. Il détient une licence gouvernementale en qualité de biophysicien de recherches, possède un laboratoire personnel, et une description complète des travaux auxquels il se livre se trouve entre les mains des autorités compétentes, auxquelles je puis vous référer. Il s'agit d'un travail mineur, mais c'est un violon d'Ingres inoffensif et distrayant pour un… pauvre infirme. Vous voyez que je fais de mon mieux pour vous aider.

– Je vois. Et que connaît ce… professeur… dans la fabrication des robots ?

– Il m'est difficile de connaître l'étendue de son savoir dans un domaine qui n'est guère de mon ressort.

– Il n'aurait pas accès aux cerveaux positroniques, par hasard ?

– Posez la question à vos amis de l'U.S. Robots. Ils sont mieux placés que moi pour vous répondre.

– Cela ne saurait tarder, Byerley. Votre professeur infirme est le véritable Stephen Byerley. Vous n'êtes que son robot. Nous pouvons le prouver. C'est lui qui fut victime de l'accident d'automobile et pas vous. Il y a toujours moyen de vérifier les antécédents.

– Vraiment ? Eh bien, ne vous en privez pas ! Mes meilleurs vœux vous accompagnent.

– Et nous pouvons fouiller la maison de campagne de votre prétendu professeur et voir ce que nous pouvons y découvrir.

– Pas tout à fait, Quinn. (Byerley eut un large sourire.) Malheureusement, mon prétendu professeur est un malade. Sa maison de campagne est son lieu de repos. Ses droits privés de citoyen adulte responsable n'en sont que plus forts étant donné les circonstances. Vous ne pourrez obtenir un mandat pour pénétrer dans son domicile sans fournir des justifications valables. Néanmoins je serais le dernier à m'opposer à votre tentative.

Le silence s'établit durant quelques instants, et Quinn se pencha en avant, de telle sorte que son image grossit, laissant apercevoir les fines lignes de son front :

– Byerley, pourquoi vous obstinez-vous ? Vous ne pouvez être élu.

– Vous croyez ?

– Pensez-vous que vous y parviendrez ? Votre incapacité à réfuter l'accusation d'être un robot – lorsque vous pourriez le faire aisément en violant l'une des

274

trois lois – ne peut-elle faire autrement que de convaincre les gens que vous êtes réellement un robot ?

– Tout ce que je vois jusqu'à présent, c'est que d'un obscur homme de loi métropolitain vous avez fait une vedette mondiale. Vous êtes un excellent publiciste.

– Mais vous êtes un robot.

– On l'a dit, mais cela reste encore à prouver.

– Cela a déjà été suffisamment prouvé pour l'électorat.

– Dans ce cas, pourquoi vous faire du souci… Vous avez gagné.

– Au revoir, dit Quinn en montrant pour la première fois un certain énervement, et l'image disparut.

– Au revoir, répondit imperturbablement Byerley en s'adressant à l'écran blanc.

Byerley ramena son « professeur » de la campagne la semaine précédant l'élection. La voiture aérienne se posa rapidement dans une partie obscure de la ville.

– Vous demeurerez à cet endroit jusqu'après l'élection, lui dit Byerley. Je préfère vous savoir en lieu sûr, si les choses venaient à prendre une mauvaise tournure.

La voix rauque qui sortait péniblement de la bouche tordue de John prit un accent d'inquiétude.

– La violence risque-t-elle de se déchaîner ?

– Les Fondamentalistes menacent de recourir à la force, et le danger existe, du moins théoriquement. Mais je n'y crois pas beaucoup. Les Fondamentalistes ne possèdent aucun pouvoir réel. Ils constituent simplement un facteur constant d'irritation qui pourrait déchaîner éventuellement l'émeute. Cela ne vous fait rien de demeurer ici ? Je vous en prie. Je ne serais plus moi-même si je devais m'inquiéter à votre sujet.

– Oh ! je resterai. Vous croyez toujours que tout se passera bien ?

– J'en suis certain. Nul n'est venu vous importuner à la campagne ?

– Personne, j'en suis sûr.

– Et de votre côté, tout a bien marché ?

– Assez bien. Nous n'aurons pas d'ennuis de ce côté.

– Alors prenez bien soin de vous et observez le télé-viseur demain, John.

Byerley serra la main déformée qui reposait sur la sienne.

Le front de Lenton était perpétuellement barré de plis profonds. Il possédait le privilège peu enviable d'être le directeur de campagne de Byerley, dans une campagne qui n'en était pas une, et de représenter un candidat qui refusait de révéler sa stratégie et ne vou-lait accepter à aucun prix celle de son directeur.

– Ce n'est pas possible ! (Telle était sa phrase favo-rite, sa phrase unique.) Je vous le répète, Steve, ce n'est pas possible !

Il se jeta devant le procureur, qui passait son temps à feuilleter les pages dactylographiées de son discours.

– Laissez cela, Steve. Cette bande a été organisée par les Fondamentalistes. Vous ne pourrez vous faire entendre. Vous vous ferez plutôt lapider. Pourquoi voulez-vous prononcer un discours en public ? Pour-quoi ne pas utiliser un enregistrement visuel ?

– Vous voulez que je remporte l'élection, n'est-ce pas ? demanda doucement Byerley.

– Remporter l'élection ! Pas question, Steve. J'essaie simplement de vous sauver la vie.

– Je ne suis pas en danger.

– Il n'est pas en danger, il n'est pas en danger ! (Len-ton tira de sa gorge un étrange bruit de râpe.) Vous voulez vous présenter sur ce balcon devant cinq mille têtes fêlées et tenter de les raisonner... sur un balcon, comme un dictateur médiéval ?

Byerley consulta sa montre.

276

– Dans cinq minutes environ… sitôt que les lignes de télévision seront libres.

La réponse de Lenton ne peut pas être transcrite.

La foule envahit une enceinte clôturée de cordes à l'extérieur de la ville. Arbres et habitations semblaient jaillir d'une masse humaine qui leur servait de fondations. Et par ondes ultracourtes le reste du monde était à l'écoute. Il ne s'agissait que d'une élection locale et pourtant le monde entier avait les yeux fixés sur elle. Cette pensée amena un sourire sur les lèvres de Byerley.

Pourtant, dans la foule elle-même il n'y avait rien qui pût prêter à sourire. Il y avait des pancartes et des banderoles, portant toutes les variations possibles sur sa roboticité supposée. Une hostilité pesante, tangible, planait au-dessus de la foule.

Dès le départ, le discours ne connut aucun succès. Il se trouvait perdu dans la rumeur de la foule et les clameurs rythmées des claques fondamentalistes qui formaient des îlots de populace au sein de la foule. Byerley continuait à parler, imperturbablement…

À l'intérieur, Lenton s'arrachait les cheveux en gémissant… s'attendant à voir couler le sang.

Il y eut un mouvement dans les premiers rangs. Un citoyen aux formes anguleuses, aux yeux proéminents, portant des vêtements trop courts pour ses membres osseux, se frayait un passage en avant. Un policier plongea dans son sillage, à grandes brasses lentes qui soulevaient des remous parmi les têtes. Byerley, d'un geste irrité, lui fit signe de s'écarter.

L'homme efflanqué se trouvait à présent immédiatement au-dessous du balcon. Ses paroles se perdaient dans les grondements de la foule.

Byerley se pencha sur la balustrade :

– Que dites-vous ? Si vous avez une question valable à poser, j'y répondrai.

Il se tourna vers un garde.

– Faites monter cet homme.

Une tension se manifesta dans la foule. Des cris de « Silence » se firent entendre en divers points, se déchaînèrent en tumulte pour s'apaiser ensuite par vagues décroissantes. L'homme efflanqué se trouvait devant Byerley, le visage rouge, essoufflé.

– Eh bien, parlez ! dit Byerley.

L'autre le fixa et dit d'une voix enrouée :

– Frappez-moi !

Avec énergie, il tendit son menton en avant :

– Frappez-moi ! Vous n'êtes pas un robot, dites-vous, prouvez-le. Il vous est impossible de frapper un homme, monstre que vous êtes !

Aussitôt ce fut un silence étrange, plat, pourrait-on dire, un silence de mort. La voix de Byerley s'éleva :

– Je n'ai aucune raison de vous frapper.

L'autre éclata d'un rire dément.

– Dites plutôt que vous ne *pouvez pas* me frapper. Vous ne me frapperez pas. Vous n'êtes pas humain. Vous êtes un monstre, un ersatz d'homme.

Et Stephen Byerley, les lèvres serrées, devant des milliers de spectateurs qui l'observaient directement et d'autres qui, par millions, guettaient son image sur les écrans, ramena son bras en arrière et assena un direct retentissant à la pointe du menton du provocateur. Celui-ci tomba à la renverse, comme une masse, avec sur le visage une expression de surprise amorphe.

– Je suis désolé, dit Byerley. Emportez-le et instal-lez-le confortablement. Sitôt que j'en aurai terminé, j'irai lui parler.

278

Et lorsque le Dr. Susan Calvin fit virer sa voiture en quittant la place qui lui avait été réservée, un seul reporter s'était suffisamment remis du choc pour s'élancer sur ses traces et lui crier une question qui se perdit dans le tumulte.

Susan Calvin lui jeta par-dessus son épaule :

– Il est humain !

Il n'en fallut pas davantage. Le reporter reprit sa course dans la direction opposée.

Le reste du discours pourrait être décrit par la formule : « Prononcé, mais pas entendu. »

Le Dr. Calvin et Stephen Byerley se rencontrèrent une fois encore... une semaine avant de prononcer le serment d'usage qui le mettait en possession de sa charge de maire. Il était fort tard... minuit passé.

– Vous n'avez pas l'air fatigué, dit le docteur.

Le nouveau maire sourit :

– Je puis encore veiller quelque temps. N'en dites rien à Quinn !

– Comptez sur moi. Mais puisque vous parlez de lui, il m'a raconté une fort intéressante histoire. Dommage que vous ayez tout gâché. Vous connaissez sa théorie, je suppose ?

– Partiellement.

– Elle est extrêmement dramatique. Stephen Byerley était un jeune juriste, un orateur éloquent, un grand idéaliste... et possédait un certain flair dans la biophysique. Vous intéressez-vous à la robotique, monsieur Byerley ?

– Seulement dans ses aspects légaux.

– Voilà ce qu'*était* Stephen Byerley. Mais il fut victime d'un accident. Sa femme mourut sur le coup ; ce fut bien pis pour lui. Il n'avait plus de jambes ; plus de visage ; plus de voix. Son esprit était partiellement atteint. Il refusa de se soumettre à la chirurgie plastique. Il se retira du monde... sa carrière juridique était brisée... il ne lui restait plus que son intelligence et ses mains. Il parvint, on ne sait trop comment, à se procurer un cerveau positronique, du type le plus complexe, ce qui est bien mieux, un organe possédant les plus grandes capacités pour former des jugements sur des problèmes d'éthique... ce qui est la fonction la plus haute que la robotique ait pu réaliser à ce jour.

« Il construisit un corps autour de ce cerveau. Le forma pour devenir tout ce qu'il avait été et qu'il n'était plus. Il le lança dans la société sous le nom de Stephen Byerley, tandis qu'il demeurait lui-même dans l'ombre sous l'apparence du vieux professeur infirme que nul n'apercevait jamais...

– Malheureusement, dit le nouveau maire, j'ai ruiné cette belle théorie en frappant un homme. Si j'en crois les journaux, c'est à ce moment que vous avez donné officiellement votre verdict en déclarant que j'étais humain.

– Comment cela s'est-il passé ? Voyez-vous un inconvénient à me le dire ? Je ne pense pas qu'il puisse s'agir d'un concours de circonstances fortuit.

– Pas entièrement du moins. Quinn s'est chargé de la plus grande partie de la besogne. Mes hommes ont commencé à répandre discrètement le bruit que je n'avais jamais frappé un homme ; que j'étais incapable de frapper un homme ; que si je me dérobais devant une provocation caractérisée, la preuve serait faite que je n'étais qu'un robot. Je m'arrangeai donc pour prononcer en public un discours plus ou moins saugrenu, en orchestrant toute une série de rumeurs par le canal de la publicité et, quasi immanquablement, un nigaud tomba dans le panneau. C'était essentiellement ce que j'appellerai un coup monté, où l'atmosphère artificielle créée de toutes pièces accomplit toute la besogne. Bien entendu, la réaction émotionnelle attendue rendait mon élection certaine, comme je le souhaitais.

La robopsychologue inclina la tête.

– Je vois que vous empiétez sur mes plates-bandes… comme doit le faire tout politicien, je suppose. Mais je regrette infiniment que les choses n'aient tourné de cette façon. J'aime les robots, je les aime beaucoup plus que les êtres humains. Si l'on pouvait créer un robot capable de tenir des fonctions publiques, j'imagine qu'il remplirait idéalement les devoirs de sa charge. Selon les lois de la robotique, il serait incapable de causer du préjudice aux humains, il serait incorruptible, inaccessible à la sottise, aux préjugés. Et lorsqu'il aurait fait son temps, il se retirerait, bien que immortel, car il lui serait impossible de blesser des humains en leur laissant savoir qu'ils avaient été dirigés par un robot. Ce serait l'idéal.

– Sauf qu'un robot pourrait échouer dans sa tâche en raison de certaines inaptitudes inhérentes à son cerveau. Le cerveau positronique n'a jamais égalé la complexité du cerveau humain.

– On lui adjoindrait des conseillers. Un cerveau humain lui-même est incapable de gouverner sans assistance.

Byerley considéra Susan Calvin avec un intérêt empreint de gravité.

– Pourquoi souriez-vous, docteur Calvin ?

– Je souris parce que M. Quinn n'avait pas pensé à tout.

– Sans doute entendez-vous par là qu'il y a encore autre chose dans cette histoire ?

– Un simple détail seulement. Trois mois durant, avant l'élection, ce Stephen Byerley dont parlait M. Quinn, cet homme brisé, se trouvait à la campagne pour quelque raison mystérieuse. Il revint en ville à temps pour être présent lors de votre fameux discours. Et après tout, ce que le vieil infirme avait réalisé une première fois, il pouvait l'accomplir une seconde, surtout lorsque le second ouvrage est très simple en comparaison du premier.

– Je ne comprends pas très bien.

Le Dr. Calvin se leva et défroissa sa robe. Elle se préparait évidemment à partir.

– Je veux dire qu'il existe une seule occasion où un robot puisse frapper un être humain sans enfreindre la Première Loi, une seule.

– Et laquelle ?

Le Dr. Calvin était déjà auprès de la porte. Elle répondit d'une voix paisible :

– Lorsque l'homme qui doit être frappé est lui-même un robot.

Elle eut un large sourire qui illumina son visage mince.

– Au revoir, monsieur Byerley. J'espère voter pour vous dans cinq ans... pour le poste de Coordinateur.

Stephen Byerley poussa un gloussement :

– C'est là une idée quelque peu tirée par les cheveux...

La porte se referma derrière elle.

Je la considérai avec une sorte d'horreur :

– Est-ce vrai ?

– D'un bout à l'autre, dit-elle.

– Et le grand Byerley n'était qu'un simple robot !

– On ne pourra jamais le savoir. Personnellement j'en suis convaincue. Mais lorsqu'il décida de mourir, il se fit atomiser, si bien qu'on ne possédera jamais de preuve légale… en outre quelle serait la différence ?

– Mon Dieu…

– Vous partagez un préjugé contre les robots qui manque absolument de logique. Il fut un excellent maire ; cinq ans plus tard il fut promu Coordinateur Régional. Et lorsque les Régions de la Terre se formèrent en Fédération, en 2044, il devint le premier Coordinateur Mondial. Dès ce moment, les Machines gouvernaient déjà le monde.

– Sans doute, mais…

– Il n'y a pas de mais. Les Machines sont des robots, et elles dirigent le monde. Il y a cinq ans que j'ai découvert toute la vérité. C'était en 2052 ; Byerley terminait son deuxième stage de Coordinateur Mondial…

CONFLIT ÉVITABLE

Dans son cabinet de travail particulier, le Coordinateur disposait de cette curiosité médiévale, un âtre. À coup sûr, l'homme du Moyen Âge aurait fort bien pu ne pas le reconnaître pour tel, puisqu'il ne possédait aucune signification fonctionnelle. La flamme tranquille et claire apparaissait dans une enceinte isolée, derrière du quartz transparent.

Les bûches étaient allumées à grande distance par une infime dérivation du faisceau énergétique qui alimentait les édifices publics de la ville. Le même bouton qui commandait la mise à feu faisait tout d'abord évacuer les cendres du feu précédent, et permettait l'introduction d'une nouvelle provision de bois – c'était une cheminée parfaitement domestiquée, comme vous le voyez.

Mais le feu lui-même était parfaitement réel. Il était sonorisé, de telle sorte qu'il vous était possible d'entendre les crépitements et naturellement vous pouviez voir la flamme danser dans le courant d'air qui l'alimentait.

Le verre rosé du Coordinateur reflétait en miniature les gambades discrètes de la flamme et, en format encore plus réduit, celle-ci venait jouer sur ses pupilles songeuses.

... Et sur les prunelles glacées de son hôte, le Dr. Susan Calvin, de l'U.S. Robots.

– Je ne vous ai pas convoquée, Susan, pour des raisons de pure convenance sociale, dit le Coordinateur.

– Je n'en ai jamais douté, Stephen, répliqua-t-elle.

– Et pourtant je ne sais pas de quelle façon vous exposer le problème qui me préoccupe. D'un côté, on pourrait lui attribuer une totale insignifiance et de l'autre il pourrait amener la fin de l'humanité.

– J'ai affronté tant de problèmes au cours de mon existence, Stephen, qui me mettaient en présence du même dilemme... il faut croire qu'ils sont tous logés à la même enseigne.

– Vraiment ? Alors jugez-en... L'Acier Mondial signale une surproduction de vingt mille tonnes. Le Canal Mexicain a un retard de deux mois sur son programme. Les mines de mercure d'Almaden ont subi une baisse de production depuis le printemps dernier, tandis que les Usines Hydroponiques de Tientsin débauchent du personnel. Ce sont là des indications qui me viennent à l'esprit en ce moment. Mais il y a d'autres exemples du même genre.

– Ces faits présentent-ils de la gravité ? Je ne suis pas suffisamment versée en sciences économiques pour discerner les redoutables conséquences d'un tel état de choses.

– Ils ne présentent aucune gravité en eux-mêmes. Si la situation s'aggrave, nous pourrons envoyer des experts aux mines d'Almaden. Les ingénieurs en hydroponique peuvent être utilisés à Java ou à Ceylan, s'ils sont en surnombre à Tientsin. Vingt mille tonnes d'acier en excédent seront absorbées en quelques jours par la demande mondiale, et l'ouverture du Canal Mexicain deux mois après la date prévue n'a qu'une importance relative. Ce sont les Machines qui m'inquiètent... J'en ai déjà parlé à votre directeur de recherches.

– Vincent Silver ?… il ne m'a rien dit à ce propos.

– Je lui ai demandé de n'en parler à personne. Apparemment il a suivi mes instructions.

– Et que vous a-t-il dit ?

– Permettez-moi d'aborder ce sujet au moment opportun. Je voudrais vous parler des Machines en premier lieu. Et si je veux vous entretenir de ce sujet, c'est que vous êtes la seule personne au monde à connaître suffisamment les robots pour pouvoir me venir en aide… Puis-je philosopher un peu ?

– Ce soir, Stephen, vous pouvez me parler de ce que vous voulez et comme vous le voulez, à condition que vous me disiez tout d'abord ce que vous entendez prouver.

– Que des déséquilibres minimes tels que ceux qui viennent troubler la perfection de notre système de production et de consommation peuvent constituer un premier pas vers la guerre finale.

– Hum ! Poursuivez.

Susan Calvin ne permit pas à son corps de se détendre en dépit du confort raffiné que lui assurait le dessin du fauteuil où elle avait pris place. Son visage froid, aux lèvres minces, sa voix incolore et égale constituaient des traits caractéristiques de sa personnalité, qui s'accentuaient avec l'âge. Et bien que Stephen Byerley fût un homme pour lequel elle pouvait éprouver de l'affection et de la confiance, elle approchait de soixante-dix ans et les habitudes d'une vie entière ne se modifient pas facilement.

– Chaque période du développement humain, dit le Coordinateur, suscite son genre particulier de conflits humains… son type propre de problèmes, que la force seule serait apparemment capable de résoudre. Et, chose paradoxale, en chaque occurrence la force s'est révélée incapable de résoudre réellement le problème. Au lieu de cela il s'est poursuivi à travers une série de conflits, pour s'évanouir enfin de lui-même avec…

comment dirais-je... non pas un coup de tonnerre, mais un gémissement, en même temps que changeait le contexte économique et social. Puis surgissaient de nouveaux problèmes, et une nouvelle série de guerres... selon un cycle indéfiniment renouvelé.

« Considérons les temps relativement modernes. Nous avons vu les séries de guerres dynastiques du XVIᵉ au XVIIIᵉ siècle, où la plus importante question en Europe était de savoir qui, des Habsbourg et des Bourbons-Valois, dominerait le continent. C'était l'un de ces « conflits inévitables » puisque de toute évidence l'Europe ne pouvait pas exister moitié sous la domination de l'un, moitié sous celle de l'autre.

« C'est pourtant ce qui se produisit, et jamais guerre ne réussit à balayer l'un au profit de l'autre, jusqu'au jour où la naissance d'une nouvelle atmosphère sociale en France, en 1789, fit basculer d'abord les Bourbons, et peu après les Habsbourg, dans le vide-ordures qui devait les précipiter dans l'incinérateur de l'Histoire.

« D'autre part, au cours des mêmes siècles se déroulèrent les guerres religieuses les plus barbares, dont l'important enjeu était de déterminer si l'Europe serait catholique ou protestante. Pas question de partager leurs zones d'influence par moitiés. Il était inévitable que l'épée en décidât... Hélas, elle ne décida de rien du tout. Un nouvel industrialisme naissait en Angleterre, et sur le continent un nouveau nationalisme. L'Europe demeura scindée en deux moitiés jusqu'à ce jour, et nul ne s'en inquiéta guère.

« Au cours des XIXᵉ et XXᵉ siècles se déroula un cycle de guerres nationalistes-impérialistes. Cette fois la question la plus importante consistait à trancher quelles parties de l'Europe contrôleraient les ressources économiques et les capacités de consommation des pays extra-européens. Tous les pays extra-européens ne pouvaient évidemment pas exister en étant

287

en partie anglais, en partie français, en partie allemands et ainsi de suite... Jusqu'au moment où les forces du nationalisme se furent suffisamment étendues, si bien que les pays extra-européens mirent fin à ce que les guerres se trouvaient impuissantes à terminer, en décidant de vivre, fort confortablement d'ailleurs, dans un statut entièrement extra-européen.

« De telle sorte que nous avons une sorte de patron...

– Oui, Stephen, vous le démontrez clairement, dit Susan Calvin, ce ne sont pas là des observations très profondes.

– Sans doute... mais c'est presque toujours l'arbre qui cache la forêt. C'est aussi évident que le nez au milieu de la figure, dit-on. Mais dans quelle mesure pouvez-vous apercevoir votre nez à moins qu'on ne vous tende un miroir ? Au XXe siècle, Susan, nous avons déclenché un nouveau cycle de guerres... comment pourrait-on les appeler ? Des guerres idéologiques ? Les passions suscitées par les religions s'appliquant aux systèmes économiques plutôt qu'à des concepts surnaturels ? De nouveau les guerres étaient « inévitables » et cette fois il existait des armes atomiques si bien que l'humanité ne pouvait plus désormais subir les mêmes tourments sans déboucher sur l'holocauste définitif... Puis vinrent les robots positroniques.

« Ils survinrent à temps, amenant dans leur sillage les voyages interplanétaires. Désormais il sembla moins important que le monde se pliât aux préceptes d'Adam Smith ou de Karl Marx. Ni l'un ni l'autre n'avaient plus guère de sens étant donné les nouvelles circonstances. Les deux systèmes durent s'adapter et aboutirent pratiquement au même point.

– Un *deus ex machina,* en quelque sorte, et dans les deux sens du terme, dit sèchement le Dr. Calvin.

Le Coordinateur eut un sourire indulgent.

288

– C'est la première fois que je vous entends faire un jeu de mots, Susan, mais il tombe parfaitement juste. Il y avait pourtant un autre danger. La solution de chaque problème ne faisait qu'en susciter un nouveau. Notre nouvelle économie mondiale fondée sur les robots peut engendrer ses propres problèmes et c'est pour cette raison que nous avons des Machines. L'économie terrestre est stable et demeurera stable, car elle est fondée sur les décisions de machines à calculer qui se préoccupent essentiellement du bien de l'humanité grâce à la puissance irrésistible de la Première Loi de la Robotique.

« Et bien que les machines ne soient rien d'autre que le plus vaste conglomérat de circuits jamais inventé, elles demeurent néanmoins des robots soumis aux impératifs de la Première Loi, si bien que l'économie générale de la planète demeure en accord avec les intérêts bien compris de l'Homme. Les populations de la Terre savent que n'interviendront jamais le chômage, la surproduction, ou la raréfaction des produits. Le gaspillage et la famine ne sont plus que des mots dans les manuels d'histoire. Si bien que le problème de la propriété des moyens de production devient un terme vide de sens. Quel que pût en être le propriétaire (si une telle expression possède encore un sens), qu'il s'agisse d'un homme, d'un groupe, d'une nation ou de l'humanité entière, ils ne pouvaient être utilisés qu'en vertu des décisions prises par les Machines... non point parce que c'était la solution la plus sage et que les hommes ne l'ignoraient pas.

« Ce fut la fin de la guerre, non seulement du dernier cycle de guerres, mais du suivant et de toutes les guerres. À moins que...

Il y eut un long silence et le Dr. Calvin l'encouragea à reprendre le fil de son discours en répétant :

– À moins que... ?

La flamme tomba dans le foyer, lécha les contours d'une bûche puis jaillit de nouveau.

– À moins que, poursuivit le Coordinateur, les Machines ne cessent d'accomplir leurs fonctions.

– Je vois. Et c'est là qu'interviennent ces déséquilibres minimes dont vous parliez il y a quelques instants... l'acier, l'hydroponique et le reste.

– Exactement. Ces erreurs sont inconcevables. Le Dr. Silver m'affirme qu'elles sont tout à fait impossibles.

– Nie-t-il les faits ? Ce serait bien surprenant !

– Non, il les admet, bien entendu. Je suis injuste envers lui. Ce qu'il nie, c'est que ces prétendues (je le cite textuellement) erreurs proviennent de quelque faute de calcul dont la machine serait responsable. Il prétend que les Machines se corrigent automatiquement et qu'il faudrait violer les lois fondamentales de la nature pour qu'une erreur puisse se produire dans les circuits de relais. C'est pourquoi...

– ... vous avez dit : faites-les vérifier par les techniciens pour s'assurer que tout fonctionne correctement.

– Vous lisez dans mes pensées, Susan. Ce sont mes propres paroles. Mais il m'a dit qu'il ne pouvait pas le faire.

– Il était trop occupé ?

– Non, il m'a répondu qu'aucun homme n'en était capable. Il m'a parlé en toute franchise. Selon lui, les Machines sont une gigantesque extrapolation. Prenons un exemple : une équipe de mathématiciens travaille pendant plusieurs années aux calculs d'un cerveau positronique conçu pour effectuer des calculs similaires. En se servant du cerveau, ils se livrent à de nouveaux calculs pour créer un cerveau encore plus complexe, lequel sert à son tour pour en établir un troisième et ainsi de suite. Si j'en crois Silver, ce que nous appelons les Machines est le résultat de dix opérations similaires.

– Oui, j'ai déjà entendu cela quelque part. Heureusement je ne suis pas mathématicienne... Pauvre Vincent ! Il est jeune, ses prédécesseurs, Alfred Lanning et Peter Bogert, sont morts, et ils n'ont pas dû affronter de tels problèmes. Ni moi-même d'ailleurs. Le moment est peut-être venu pour les roboticiens de mourir puisqu'ils ne peuvent plus comprendre leurs propres créations.

– Apparemment non. Les Machines ne sont pas des super-cerveaux dans le sens que leur donnent les bandes dessinées. C'est simplement que dans le domaine particulier où elles sont spécialisées : la collecte et l'analyse d'un nombre quasi infini d'informations et de relations en un temps infinitésimal, elles ont progressé au-delà de toute possibilité de contrôle humain détaillé.

« Ensuite j'ai tenté autre chose. J'ai posé la question à la Machine elle-même. Dans le secret le plus rigoureux, nous lui avons fourni les informations originelles dans la décision concernant l'acier, sa propre réponse, et les développements actuels depuis ce moment... c'est-à-dire la surproduction... nous lui avons ensuite demandé des explications sur cette divergence.

– Bien. Et quelle fut la réponse ?

– Je puis vous la citer textuellement : *La question n'exige aucune explication.*

– Et comment Vincent a-t-il interprété cela ?

– De deux manières. Ou bien nous n'avions pas fourni à la Machine suffisamment d'informations pour lui permettre de nous donner une réponse sans ambiguïté, ce qui était improbable et le Dr. Silver l'admit parfaitement ; ou bien il était impossible à la Machine d'admettre qu'elle pouvait donner une réponse à des informations impliquant qu'il pouvait en résulter des dommages pour un être humain. Ce qui ressort naturellement de la Première Loi. Puis le Dr. Silver me recommanda de vous consulter.

Susan Calvin semblait profondément lasse.

– Je suis vieille, Stephen. À la mort de Peter Bogert, on a voulu me nommer Directeur des Recherches mais j'ai refusé. Je n'étais plus jeune à l'époque et je ne désirais pas assumer une telle responsabilité. On confia donc le poste au jeune Silver et je fus pleinement satisfaite de cette décision ; aujourd'hui je n'en suis pas plus avancée si l'on m'entraîne dans une pareille pétaudière.

« Stephen, permettez-moi de préciser ma position. Mes recherches comportent en effet l'interprétation de la conduite des robots, en me fondant sur les Trois Lois de la Robotique. Or, nous avons affaire à ces incroyables machines à calculer. Ce sont des robots positroniques et par conséquent elles obéissent aux Lois de la Robotique. Mais elles n'ont pas de personnalité ; c'est-à-dire que leurs fonctions sont extrêmement limitées... Il le faut bien puisqu'elles sont tellement spécialisées. Il leur reste donc fort peu de place pour l'interaction des Lois, et la seule méthode d'attaque que je possède est pratiquement inopérante. En un mot, je ne vois pas en quoi je puis vous aider, Stephen.

Le Coordinateur eut un rire bref.

– Permettez-moi néanmoins de vous exposer le reste. Je vais vous donner mes théories et peut-être pourrez-vous ensuite me dire si elles sont applicables à la lumière de la robopsychologie.

– Je vous en prie.

– Puisque les Machines nous donnent des réponses erronées, et qu'on assure qu'elles ne peuvent pas se tromper, il ne reste qu'une possibilité : *on leur fournit des informations fausses !* En d'autres termes le défaut est d'origine humaine et non point robotique. J'ai donc effectué ma récente inspection planétaire...

– À l'issue de laquelle vous venez de rentrer à New York.

– En effet. C'était nécessaire, voyez-vous, puisque les Machines sont au nombre de quatre, et que chacune d'elles s'occupe d'une Région planétaire. *Et toutes les quatre fournissent des résultats imparfaits !*

– Cela coule de source, Stephen. Si l'une des Machines est imparfaite, cela apparaîtra obligatoirement dans les résultats fournis par les trois autres, puisque chacune des autres s'appuie pour former ses propres décisions sur la perfection de l'imparfaite quatrième. Une seule assertion suffira pour qu'elles donnent des réponses erronées.

– C'est bien ce qu'il me semblait. J'ai ici l'enregistrement de mes conversations avec chacun des Coordinateurs Régionaux. Voulez-vous les parcourir avec moi ?... Oh, et tout d'abord avez-vous entendu parler de la Société pour l'Humanité ?

– En effet. C'est une ramification des Fondamentalistes qui a empêché l'U.S. Robots d'employer une main-d'œuvre de robots positroniques sous prétexte de concurrence déloyale. La Société pour l'Humanité est elle-même anti-Machines, n'est-ce pas ?

– Oui, oui, mais vous verrez. Commençons-nous ? Nous allons débuter par la Région Est.

– Comme vous voudrez...

RÉGION EST.
a – Superficie : 19 200 000 kilomètres carrés.
b – Population : 1 700 000 000 habitants
c – Capitale : Shanghai.
L'arrière-grand-père de Ching Hso-lin avait été tué au cours de l'invasion japonaise de la vieille République chinoise, et nul, à part ses enfants, n'avait pleuré sa perte ni n'en avait même été averti. Le

grand-père de Ching Hso-lin avait survécu à la guerre civile des années 40, mais nul, à part ses enfants, n'en avait rien su et ne s'en était préoccupé.

Pourtant Ching Hso-lin était Vice-Coordinateur régional et s'occupait du bien-être économique de la moitié de la population de la Terre.

Peut-être est-ce en considération de ce fait que Ching ne possédait que deux cartes pour tout ornement, dans son bureau. L'une était un vieux document tracé à la main, représentant un arpent de terre ou deux et portant les pictogrammes, actuellement tombés en désuétude, de la Chine antique. Une petite crique était dessinée de biais sur des lignes passées et l'on distinguait les délicats coups de pinceau indiquant des huttes basses, dans l'une desquelles était né le grand-père de Ching.

La seconde carte était immense, d'un graphisme précis, avec tous les noms inscrits en caractères cyrilliques soignés. La frontière rouge qui délimitait la Région Est englobait dans son enceinte tout ce qui avait été autrefois la Chine, les Indes, la Birmanie, l'Indochine et l'Indonésie. Sur cette carte, dans la vieille province de Szechuan, se trouvait une petite marque si légère que nul ne pouvait la voir et qui indiquait l'emplacement de la ferme ancestrale de Ching.

Ching se tenait debout devant ces cartes et s'adressait à Stephen Byerley dans un anglais précis.

– Nul mieux que vous ne sait, monsieur le Coordinateur, que ma fonction est plutôt une sinécure. Elle comporte un certain lustre social, et je sers de point focal fort commode pour l'administration, mais par ailleurs c'est la Machine qui accomplit tout le travail. Que pensez-vous par exemple des établissements hydroponiques de Tientsin ?

– Extraordinaires ! dit Byerley.

– Ce n'est pourtant qu'une unité parmi des douzaines et elle n'est pas la plus grande. Shanghai, Calcutta,

Batavia, Bangkok... elles sont largement développées et permettent de nourrir une population d'un milliard sept cents millions d'habitants.

– Cependant, dit Byerley, vous avez du chômage à Tientsin. Est-il possible que vous produisiez trop ? Il est invraisemblable de penser que l'Asie puisse souffrir d'un excédent de vivres.

Les yeux noirs de Ching se plissèrent :

– Non, nous n'en sommes pas encore là. Il est vrai qu'au cours des derniers mois plusieurs réservoirs ont été fermés à Tientsin, mais ce n'est pas très sérieux. Les hommes ont été mis à pied temporairement et ceux qui acceptent de travailler loin de chez eux ont été embarqués pour Colombo, où un nouvel établissement vient de s'ouvrir.

– Pourquoi a-t-il fallu fermer les réservoirs ?

Ching sourit aimablement :

– Vous ne connaissez pas grand-chose à l'hydroponique, il me semble. Cela n'a rien de surprenant. Vous êtes un homme du Nord, où la culture du sol est encore rentable. Il est de bon ton, dans le Nord, de penser à l'hydroponique – lorsqu'on y pense – comme à un procédé pour faire pousser des navets dans une solution chimique, ce qui est exact... d'une manière extrêmement compliquée.

« Tout d'abord, les plus grandes cultures, et de loin, concernent la levure, dont le pourcentage est d'ailleurs en augmentation. Nous avons plus de deux mille filtres à levure en production et de nouvelles unités viennent s'y ajouter chaque mois. Les aliments de base chimiques des différentes levures sont les nitrates et les phosphates parmi les produits inorganiques, en même temps que les quantités convenables de traces métalliques nécessaires et les doses infinitésimales par million de volume de bore et de molybdène indispensables. Les matières organiques sont surtout représentées par des mixtures sucrées dérivées de l'hydrolyse de la cellulose, mais il faut y ajouter divers éléments alimentaires.

« Pour obtenir une industrie hydroponique floris-sante – capable de nourrir dix-sept cents millions d'habitants – nous devrons entreprendre un immense programme de reboisement à travers l'Est ; nous devrons construire d'immenses usines de conversion du bois pour exploiter convenablement nos jungles du Sud ; nous devrons posséder des ressources énergé-tiques, de l'acier et par-dessus tout des matières de synthèse chimique.

– Pourquoi ces dernières ?

– Parce que ces filtres de levure possèdent chacun leurs propriétés particulières. Nous avons mis en place deux mille filtres, comme je vous l'ai dit. Le bif-teck que vous avez cru manger aujourd'hui était de la levure. Les fruits gelés que vous avez consommés au dessert étaient de la levure. Nous avons filtré du jus de levure qui avait le goût, l'apparence et toute la valeur nutritive du lait.

« C'est la saveur plus que tout le reste, voyez-vous, qui rend l'alimentation à la levure populaire et c'est pour obtenir la saveur que nous avons développé des filtres artificiels domestiqués qui ne peuvent désor-mais plus se suffire d'un régime à base de sel et de sucre. L'un exige de la biotine ; un autre de l'acide pté-royglutamique ; d'autres encore réclament dix-sept dif-férents acides aminés en même temps que toutes les vitamines B sauf une (pourtant elle connaît une grande popularité et nous ne pouvons l'abandon-ner)...

Byerley s'agita sur son siège :

– Pourquoi me dites-vous tout cela ?

– Vous m'avez demandé, monsieur, pourquoi il y a du chômage à Tientsin. Je vous dois quelques autres explications. Ce n'est pas seulement que nous ayons besoin de ces divers éléments nutritifs pour nos levures; mais il nous faut encore compter avec l'engouement passager des populations pour certaines productions et la possibilité de mettre en chantier de nouveaux filtres producteurs, correspondant au goût du jour. Tout cela doit être prévu et c'est la Machine qui s'en charge...

– Mais imparfaitement...

– Mon Dieu, pas tellement, si l'on songe aux complications que je viens de mentionner. Sans doute quelques milliers de travailleurs se trouvent temporairement sans emploi à Tientsin. Mais si l'on veut bien réfléchir, le coefficient total d'erreur, aussi bien en excédent qu'en déficit, entre la demande et la production, au cours de l'année dernière, n'atteint pas un pour mille. J'estime que...

– Il n'en reste pas moins qu'au cours des premières années, ce chiffre était plus proche d'un pour cent mille.

– Pardon, mais au cours des dix années qui se sont écoulées depuis que la Machine a commencé sérieusement ses opérations, nous nous en sommes servis pour décupler notre ancienne industrie de production de levure. Il est normal que les imperfections augmentent parallèlement à la complexité, bien que...

– Bien que... ?

– ... il y ait eu le curieux exemple de Rama Vrasayana.

– Que lui arriva-t-il ?

– Vrasayana dirigeait une usine d'évaporation de saumure pour la production de l'iode, dont la levure peut se passer mais non pas les humains. Son usine fut obligée de déclarer forfait.

– Vraiment ? Et par quoi y fut-elle contrainte ?

– Par la concurrence. En général l'une des principales fonctions de la Machine est d'indiquer la répartition la plus efficace de nos unités de production. Il est évidemment désavantageux que certains secteurs soient insuffisamment approvisionnés, car dans ce cas les frais de transport interviennent pour une proportion trop grande dans la balance générale. De même, il est désavantageux qu'un secteur soit trop abondamment approvisionné, car les usines doivent fonctionner au-dessous de leur capacité, à moins qu'elles n'entrent dans une compétition préjudiciable les unes avec les autres. Dans le cas de Vrasayana, une nouvelle usine fut installée dans la même ville, avec un système doté d'un meilleur rendement d'extraction.

– La Machine l'a permis ?

– Certainement. Cela n'a rien de surprenant. Le nouveau système se répand largement. Le plus surprenant de l'affaire, c'est que la Machine n'avertit pas Vrasayana de rénover ses installations... mais peu importe. Vrasayana accepta un poste d'ingénieur dans la nouvelle usine et, si ses responsabilités et ses émoluments sont moins importants, on ne peut pas dire qu'il ait véritablement pâti. Les travailleurs ont facilement trouvé un emploi ; l'ancienne usine a été reconvertie d'une façon ou d'une autre. Mais elle conserve son utilité. Nous avons laissé à la Machine le soin de tout régler.

– Et par ailleurs, vous ne recevez pas de doléances ?

– Pas la moindre !

LA RÉGION TROPICALE :

a – Superficie : 56 000 000 kilomètres carrés.
b – Population : 500 000 000 habitants.
c – Capitale : Capital City.

La carte qui figurait dans le bureau de Lincoln Ngoma était fort loin d'égaler la précision et la netteté dont se prévalait celle de Ching, dans son domaine de Shanghai. Les frontières de la Région Tropicale de Ngoma étaient tracées au crayon bistre et entouraient une magnifique aire intérieure étiquetée « jungle », « désert » et « ici éléphants et toutes sortes de bêtes étranges ».

Cette frontière avait une vaste étendue car, en superficie, la Région Tropicale englobait la majeure partie de deux continents ; toute l'Amérique du Sud, au nord de l'Argentine et toute l'Afrique, au sud de l'Atlas. Elle comprenait également l'Amérique du Nord au sud du Rio Grande et même l'Arabie et l'Iran, en Asie. C'était l'inverse de la Région Est. Tandis que les fourmilières de l'Orient renfermaient la moitié de l'humanité dans 15 % des terres émergées, les Tropiques dispersaient leurs 15 % d'humanité sur près de la moitié de ces mêmes surfaces.

Mais elle était en pleine croissance. C'était la seule Région dont la population s'accroissait davantage par l'immigration que par les naissances... Et elle avait de quoi employer tous ceux qui se présentaient.

Aux yeux de Ngoma, Stephen Byerley ressemblait à l'un de ces immigrants au visage pâle, en quête d'un travail créateur qui leur permettrait de transformer une nature hostile en lui donnant la douceur nécessaire à l'homme, et il ressentait instinctivement le dédain de l'homme fort né sous les impitoyables Tropiques pour les infortunés à face d'endive qui avaient vu le jour sous un soleil plus froid.

Les Tropiques possédaient la capitale la plus récente de toute la Terre et on l'appelait tout simplement « Capital City » avec la sublime confiance de la jeunesse. Elle s'étendait avec luxuriance sur les fertiles plateaux du Nigeria et à l'extérieur des fenêtres de Ngoma, très loin en contrebas, grouillaient la vie et la couleur ; le brillant, brillant soleil et les rapides averses diluviennes. Le caquetage des oiseaux couleur d'arc-en-ciel lui-même était plein de vivacité et les étoiles étaient de fines pointes d'épingle dans la nuit sombre.

Ngoma riait. Il était grand, il était beau, avec un visage sombre, plein de force.

– Sans doute, disait-il, et son anglais familier lui remplissait la bouche, le Canal Mexicain a du retard sur son programme. Et après ? N'empêche qu'on le terminera un jour ou l'autre, mon vieux.

– Il y a six mois, les travaux progressaient encore normalement.

Ngoma regarda Byerley, coupa lentement l'extrémité d'un cigare avec ses dents, le recracha et alluma l'autre bout.

– S'agit-il d'une enquête officielle, Byerley ? Que se passe-t-il ?

– Rien, rien du tout. Simplement, il entre dans mon rôle de Coordinateur d'être curieux.

– À vrai dire vous tombez au mauvais moment. D'ailleurs nous sommes toujours à court de main-d'œuvre. Ce ne sont pas les travaux qui manquent dans les Tropiques. Le Canal n'est que l'un d'eux…

– Mais votre Machine ne vous donne-t-elle pas les prévisions en main-d'œuvre disponible pour le Canal… en tenant compte des autres travaux en cours ?

Ngoma posa une main derrière son cou et souffla des ronds de fumée vers le plafond :

– Elle s'est légèrement trompée.

– Lui arrive-t-il souvent de se tromper légèrement ?

– Pas tellement… Nous n'attendons pas trop de sa part, Byerley. Nous lui fournissons des informations. Nous recueillons les résultats. Nous nous conformons à ses décisions. Mais elle ne constitue pour nous qu'une commodité ; un dispositif destiné à nous économiser la besogne, ni plus ni moins ; nous pourrions nous en passer s'il le fallait. Ce serait plus difficile, moins rapide peut-être. Mais le travail serait fait.

« Nous avons confiance, Byerley, c'est là notre secret. Confiance ! Nous disposons de terres nouvelles qui nous attendaient depuis des milliers d'années, tandis que le reste du monde était déchiré par les querelles sordides de l'ère préatomique. Nous ne sommes pas réduits à manger de la levure comme les gens de l'Est et nous n'avons pas à nous préoccuper comme vous, gens du Nord, des séquelles rancies du siècle précédent.

« Nous avons exterminé la mouche tsé-tsé et le moustique anophèle, et les gens découvrent à présent qu'ils peuvent vivre au soleil et s'y plaire. Nous avons défriché les jungles et découvert de l'humus ; nous avons irrigué les déserts et découvert des jardins. Nous avons du charbon et du pétrole en réserve intacts, et des minéraux innombrables.

« Qu'on nous f... la paix, c'est tout ce que nous demandons au reste du monde... qu'on nous f... la paix et qu'on nous laisse travailler.

– Mais le Canal, dit Byerley prosaïquement, n'avait pas de retard il y a six mois. Que s'est-il passé ?

Ngoma étendit les mains :

– Des difficultés de main-d'œuvre.

Il fouilla dans une pile de papiers sur sa table de travail et y renonça.

– Il y a là-dedans un document sur la question, murmura-t-il, mais peu importe. Il s'est produit une crise de main-d'œuvre au Mexique, à un certain moment, à propos de femmes. Il n'y avait pas suffisamment de femmes dans le voisinage. Apparemment, nul n'avait pensé à fournir des informations sexuelles à la Machine.

Il s'interrompit pour rire avec ravissement puis reprit son sérieux.

– Attendez une minute. J'ai son nom sur le bout des lèvres... Villafranca !

– Villafranca ?

– Francisco Villafranca... c'était l'ingénieur qui dirigeait les travaux. Attendez que je mette de l'ordre dans

301

mes idées. Voyons... Il s'est produit quelque chose... un éboulement... c'est cela, c'est cela. Il n'y eut pas mort d'homme, si je me souviens bien... mais quel scandale !

– Tiens ?

– Une erreur s'était glissée dans ses calculs... C'est du moins ce que dit la Machine. On lui avait fourni les documents de Villafranca, ses prévisions et ainsi de suite. La nature du terrain sur lequel il avait commencé les travaux. La Machine donna des réponses différentes. Il semble que les données utilisées par Villafranca ne tenaient pas compte de l'effet des importantes chutes de pluie sur les parois de la taille... ou quelque chose de ce genre. Je ne suis pas ingénieur, vous comprenez.

« Quoi qu'il en soit, Villafranca protesta avec la dernière énergie. Il prétendit que la Machine ne lui avait pas fourni les mêmes réponses la première fois. Qu'il avait suivi fidèlement ses indications. Là-dessus il donne sa démission ! Nous lui avons offert de le garder... son travail nous avait donné satisfaction jusqu'à présent... Dans un emploi subalterne, naturellement... impossible de faire autrement... des erreurs ne peuvent passer inaperçues... c'est fâcheux pour la discipline... Où en étais-je ?

– Vous lui avez offert de le garder.

– Ah oui ! Il a refusé... En somme nous n'avons que deux mois de retard. C'est-à-dire presque rien.

Byerley étendit la main et ses doigts vinrent tambouriner légèrement sur la table.

– Villafranca accusait la Machine, n'est-ce pas ?

– Il n'allait tout de même pas s'accuser lui-même ? Voyons les choses en face ; la nature humaine est une vieille amie. En outre, il me vient autre chose à la mémoire... Pourquoi diable ne puis-je jamais retrouver les documents lorsque j'en ai besoin ? Mon système de classement ne vaut pas un pet de lapin... Ce

Villafranca était membre de l'une de vos organisations nordiques. Le Mexique est trop proche du Nord. C'est de là que vient en partie le mal.

– De quelle organisation parlez-vous ?

– De la Société pour l'Humanité, comme on l'appelle. Villafranca assistait régulièrement aux conférences annuelles à New York. Une bande de cerveaux fêlés mais inoffensifs... Ils n'aiment pas les Machines ; prétendent qu'elles détruisent l'initiative humaine. C'est pourquoi Villafranca ne pouvait faire autrement que de faire retomber le blâme sur la Machine... Personnellement, je ne comprends rien à ce groupe. À voir Capital City, dirait-on que la race humaine est en train de perdre son esprit d'initiative ?

Et Capital City s'étirait au soleil dans sa gloire dorée sous un soleil d'or... la plus récente création de l'*Homo metropolis*.

LA RÉGION EUROPÉENNE.
a – Superficie : 10 000 000 kilomètres carrés.
b – Population : 300 000 000 habitants.
c – Capitale : Genève.
La Région Européenne constituait une anomalie sous plusieurs aspects. En superficie, elle était de loin la plus petite, puisqu'elle n'atteignait pas le cinquième de la surface de la Région Tropicale, et sa population n'était pas le cinquième de celle de la Région Est. Géographiquement, elle n'était semblable qu'approximativement à l'Europe préatomique, puisqu'elle excluait ce qui avait été la Russie d'Europe et les Îles Britanniques, tandis qu'elle comprenait les côtes méditerranéennes de l'Afrique et de l'Asie et, par un étrange bond au-dessus de l'Atlantique, l'Argentine, le Chili et l'Uruguay.

Cette configuration n'était pas de nature à améliorer son statut vis-à-vis des autres Régions de la Terre, sauf en ce que les provinces sud-américaines lui conféraient de vigueur. De toutes les Régions, elle était la seule à subir une baisse ethnographique par rapport au demi-siècle écoulé. Elle était la seule à ne pas avoir développé ses moyens de production et à n'avoir offert rien de radicalement nouveau à la culture humaine.

– L'Europe, dit Mme Szegeczowska dans son doux parler français, est essentiellement une dépendance économique de la Région Nord. Nous le savons et n'en avons cure.

Et en manière d'acquiescement résigné de ce défaut d'individualité, il n'existait aucune carte d'Europe sur les murs du bureau de madame la Coordinatrice.

– Et pourtant, fit remarquer Byerley, vous disposez d'une Machine personnelle, et vous n'êtes certainement pas soumise à la moindre pression économique de la part des territoires outre-Atlantique.

– Une Machine ? Bah !

Elle haussa ses délicates épaules, et laissa un mince sourire errer sur son visage tandis qu'elle prenait une cigarette de ses longs doigts fuselés :

– L'Europe est somnolente. Et ceux de nos hommes qui n'émigrent pas aux Tropiques somnolent également. N'est-ce pas à moi, faible femme, qu'incombe la charge de Vice-Coordinateur ? Fort heureusement, le travail n'est pas difficile et l'on n'attend pas trop de moi.

« Pour ce qui est de la Machine… que peut-elle dire si ce n'est : Faites ceci, c'est ce qui vous convient le mieux. Mais qu'est-ce qui nous convient le mieux ? D'être sous la dépendance économique de la Région Nord.

« Est-ce tellement terrible après tout ? Pas de guerres ! Nous vivons en paix… et c'est bien agréable après sept mille ans de guerre. Nous sommes vieux, monsieur. Dans nos frontières se trouve le berceau de la civilisation occidentale. Nous avons l'Égypte et la Mésopotamie ; la Crète et la Syrie, l'Asie Mineure et la Grèce... Mais la vieillesse n'est pas nécessairement une période malheureuse. Ce peut être un épanouissement...

– Vous avez peut-être raison, dit Byerley aimablement, du moins le rythme de la vie y est-il moins intense que dans les autres Régions. On y respire une atmosphère agréable.

– N'est-ce pas ?... On apporte le thé, monsieur. Si vous voulez bien indiquer vos préférences en matière de crème et de sucre... merci.

Elle but une gorgée et continua :

– Agréable en effet. Que le reste du monde se livre à cet incessant combat ! Je découvre ici un parallèle, et des plus intéressants. Il fut un temps où Rome était la maîtresse du monde. Elle avait adopté la culture et la civilisation de la Grèce ; une Grèce qui n'avait jamais été unie, qui s'était ruinée dans la guerre et qui finissait dans une décadence crasseuse. Rome lui apporta l'unité, la paix et lui permit de mener une vie sans gloire. Elle se consacra à ses philosophies et à ses arts, loin du fracas des armes et des troubles de la croissance. C'était une sorte de mort, mais reposante, qui dura quatre cents ans, avec quelques interruptions mineures.

– Pourtant, dit Byerley, Rome finit par tomber et ce fut la fin du sommeil enchanté.

– Il n'existe plus de Barbares pour renverser la civilisation.

– Nous pouvons être nos propres Barbares, madame Szegeczowska... Oh ! à propos, je voulais vous poser une question. Les mines de mercure d'Almaden ont subi une terrible chute de production. Les réserves de minerai ne s'épuisent sûrement pas plus vite que prévu ?

Les yeux gris de la petite femme se posèrent avec perspicacité sur Byerley.

– Les Barbares... la chute de la civilisation... une défaillance possible de la Machine. Le cheminement de votre pensée est fort transparent en vérité, cher monsieur.

– Vraiment ? (Byerley sourit.) Voilà ce que c'est que d'avoir affaire à des hommes comme cela m'est arrivé jusqu'à présent !... Vous estimez donc que l'affaire d'Almaden est la faute de la Machine ?

– Pas du tout, mais c'est vous qui le pensez, à mon avis. Vous êtes originaire de la Région Nord. Le bureau central de Coordination se trouve à New York... et je crois que les gens du Nord ne font pas tellement confiance à la Machine, je l'ai remarqué depuis un certain temps.

– Tiens, tiens !

– Il y a votre Société pour l'Humanité qui est forte dans le Nord, mais qui naturellement ne parvient pas à trouver beaucoup de recrues dans notre vieille Europe fatiguée. Or, celle-ci est toute disposée à laisser la faible humanité s'occuper de ses propres oignons, pendant quelque temps encore. Sûrement vous appartenez au Nord confiant et non point au vieux continent cynique.

– Ce propos a-t-il quelque rapport avec Almaden ?

– J'en suis persuadée. Les mines sont sous le contrôle de la Cinnabar Consolidated, qui est sans nul doute possible une compagnie nordique dont le siège social est à Nikolaev. Personnellement, je me demande si le Comité Directeur a jamais consulté la Machine. Au cours de la conférence du mois dernier, ses membres ont prétendu le contraire et naturellement nous ne possédons pas la preuve qu'ils mentent, mais je ne croirais pas un Nordique sur parole à ce sujet – soit dit sans vous offenser – en n'importe quelle circonstance... Néanmoins, je pense que tout se terminera pour le mieux.

– Comment l'entendez-vous, chère madame ?

– Il vous faut comprendre que les irrégularités économiques des derniers mois, qui, bien que minimes comparées aux grandes tempêtes du passé, sont de nature à troubler profondément nos esprits saturés de paix et ont causé une agitation considérable dans la province espagnole. Si j'ai bien compris, la Cinnabar Consolidated est en passe d'être vendue à un groupe d'Espagnols autochtones. C'est un fait consolant. Si nous sommes les vassaux économiques du Nord, il est humiliant que le fait soit annoncé à tous les échos... Et l'on peut faire davantage confiance à nos citoyens pour suivre les prescriptions de la Machine.

– Par conséquent vous estimez que ces défaillances ne se reproduiront pas ?

– J'en suis certaine... du moins à Almaden.

RÉGION DU NORD.
a – Superficie : 46 000 000 kilomètres carrés.
b – Population : 800 000 000 habitants.
c – Capitale : Ottawa.
La Région Nord, sous plus d'un aspect, occupait le sommet de l'échelle. Ce fait était amplement démontré par la carte affichée dans le bureau du Vice-Coordinateur Hiram Mackenzie, dont le pôle Nord occupait le centre. À l'exception de l'enclave européenne avec ses régions scandinave et islandaise, tout le périmètre arctique faisait partie de la Région Nord.
Grosso modo, on pouvait la diviser en deux aires principales. Sur la gauche de la carte se trouvait toute l'Amérique du Nord, au-dessus du Rio Grande. À droite, tous les territoires qui avaient autrefois constitué l'Union soviétique. Ensemble, ces aires représen-

taient la véritable puissance de la planète dans les premières années de l'ère atomique. Entre les deux se
trouvait la Grande-Bretagne, langue de la Région
léchant l'Europe. Au sommet de la carte, distordues en
formes étranges et gigantesques, se trouvaient l'Aus-
tralie et la Nouvelle-Zélande, également provinces
dépendant de la Région.

Tous les changements intervenus au cours des
décennies écoulées n'avaient rien pu changer au fait
que le Nord était le dirigeant économique de la planète.

On pouvait discerner une sorte de symbolisme
ostentatoire dans le fait que, de toutes les cartes régio-
nales officielles que Byerley avait pu voir, seule celle de
Mackenzie représentait toute la Terre, comme si le
Nord ne craignait aucune concurrence, n'avait besoin
d'aucun favoritisme pour faire état de sa prééminence.

– C'est impossible, dit Mackenzie d'un air buté.
Monsieur Byerley, vous n'avez reçu aucune formation
dans la technique des robots, si je ne m'abuse ?

– En effet.

– Hum, à mon avis il est regrettable que Ching,
Ngoma et Mme Szegeczowska n'en sachent pas plus
que vous. L'opinion prévaut malheureusement chez
les peuples de la Terre qu'un Coordinateur n'a besoin
que d'être un organisateur capable, un homme rompu
aux vastes généralisations et un garçon aimable.
Aujourd'hui il devrait également connaître sa robotique sur le bout du doigt – soit dit sans vous offenser.

– Je ne conçois aucune offense. Je suis entièrement
d'accord avec vous.

– Je déduis, par exemple, de vos propos précédents,
que vous vous inquiétez des perturbations infimes
intervenues dans l'économie mondiale. J'ignore ce que
vous soupçonnez, mais il est déjà arrivé dans le passé
que des gens – qui auraient dû être mieux informés –

se soient demandé ce qui se passerait si des informations fausses étaient fournies à la Machine.

– Et que se passerait-il, monsieur Mackenzie ?

– Eh bien… (L'Écossais changea de position et soupira :) toutes les informations recueillies sont criblées par un système compliqué qui comporte à la fois un contrôle humain et mécanique, si bien que le problème a peu de chances de se présenter… Mais ignorons cela. Les humains sont faillibles, sujets à la corruption, et les dispositifs mécaniques sont susceptibles de défaillance.

« Ce qu'il importe de préciser, c'est qu'une "information fausse" est par définition incompatible avec toute autre information connue. C'est le seul critère qui nous permette de distinguer le vrai du faux. C'est également celui de la Machine. Ordonnez-lui par exemple de diriger l'activité agricole sur la base d'une température moyenne de 14° centigrades au mois de juillet dans l'État d'Iowa. Elle ne l'acceptera pas. Elle ne donnera aucune réponse… Non point qu'elle nourrisse un préjugé contre cette température particulière, ou qu'une réponse soit impossible ; mais étant donné les informations qui lui ont été fournies durant une période de plusieurs années, elle sait que la probabilité d'une température moyenne de 14° au mois de juillet est pratiquement nulle. Et par conséquent elle rejette cette information.

« La seule façon de lui faire ingurgiter de force une "information fausse" consiste à la lui présenter dans un ensemble logique, où l'erreur subsiste d'une manière trop subtile pour que la Machine puisse la déceler, à moins encore qu'elle ne soit en dehors de sa compétence. La première hypothèse n'est pas réalisable par l'homme, et la seconde ne l'est guère davantage et devient de plus en plus improbable vu que l'expérience de la Machine s'accroît d'instant en instant.

Stephen Byerley plaça deux doigts sur son nez.

– Donc on ne peut « trafiquer » la Machine… Dans ce cas, comment expliquez-vous les erreurs récentes ?

– Mon cher Byerley, je vois que, instinctivement, vous vous laissez abuser par ce concept erroné… selon lequel la Machine posséderait une science universelle. Permettez-moi de vous citer un cas puisé dans mon expérience personnelle. L'industrie du coton emploie des acheteurs expérimentés pour acheter le coton. Ils procèdent en prélevant une touffe de coton sur balle prise au hasard. Ils examineront cette touffe, éprouveront sa résistance, écouteront peut-être, ce faisant, les crépitements produits, y passeront la langue et détermineront ainsi la catégorie de coton que les balles représentent. Celles-ci sont au nombre d'environ une douzaine. À la suite de leur décision, les achats sont effectués à des prix donnés, des mélanges sont faits selon des proportions déterminées… Ces acheteurs ne peuvent être remplacés par la Machine.

– Pourquoi pas ? Je ne crois certes pas que les informations nécessaires à cet examen soient trop compliquées pour elle ?

– Probablement pas. Mais à quelles informations exactement faites-vous allusion ? Nul chimiste textile ne sait exactement ce que l'acheteur teste lorsqu'il examine une touffe de coton. Il s'agit probablement de la longueur moyenne des fibres, de leur texture, de l'étendue et de la nature de leur souplesse, de la manière dont elles adhèrent les unes aux autres et ainsi de suite… Plusieurs douzaines de conditions différentes, inconsciemment appréciées, à la suite de nombreuses années d'expérience. Mais la nature quantitative de ces tests n'est pas connue ; peut-être la nature de certains d'entre eux est-elle impossible à déterminer. C'est pourquoi nous n'avons rien à fournir à la Machine. Les acheteurs ne peuvent pas davantage expliquer leur propre jugement. La seule chose qu'ils puissent dire

c'est : Regardez cet échantillon ; il est clair qu'il appartient à telle et telle catégorie.

– Je vois.

– Il existe d'innombrables cas de ce genre. La
Machine n'est après tout qu'un outil, qui permet à
l'humanité de progresser plus rapidement en la
déchargeant d'une partie des besognes de calcul et
d'interprétation. Le rôle du cerveau humain demeure
ce qu'il a toujours été ; celui de découvrir les informations qu'il conviendra d'analyser et d'imaginer de nouveaux concepts pour procéder aux tests. Il est
regrettable que la Société pour l'Humanité ne puisse le
comprendre.

– Elle est contre la Machine ?

– Elle eût été contre les mathématiques ou contre
l'écriture si elle avait existé à l'époque appropriée. Ces
réactionnaires de la société prétendent que la Machine
dépouille l'homme de son âme. Je m'aperçois que les
hommes de valeur occupent toujours les premières
places dans notre société ; nous avons toujours besoin
de l'homme assez intelligent pour découvrir les questions qu'il convient de poser. Peut-être, si nous pouvions en trouver en nombre suffisant, ces perturbations
qui vous inquiètent, Coordinateur, ne se produiraient
pas.

TERRE *(Y compris le continent inhabité, appelé
Antarctique).*

*a – Superficie : 138 000 000 kilomètres carrés (terres
émergées).*

b – Population : 3 300 000 000 habitants.

c – Capitale : New York.

Le feu commençait maintenant à baisser derrière le
quartz et vacillait en se préparant à mourir, quoique à
regret.

311

Le Coordinateur avait la mine sombre, et son humeur était en harmonie avec celle du feu agonisant.

– Ils minimisent unanimement la gravité des incidents. (Il parlait d'une voix basse.) J'imaginerais aisément qu'ils se rient de moi... Et pourtant... Vincent Silver m'a affirmé que les Machines ne peuvent être en mauvais état de fonctionnement et je dois le croire. Mais les Machines déraillent d'une façon ou d'une autre et cela je dois le croire également... si bien que je me retrouve devant le même dilemme.

Il jeta un regard de côté à Susan Calvin qui, les yeux fermés, paraissait dormir.

– Et alors ? demanda-t-elle néanmoins.

– Il faut croire que des informations correctes sont fournies à la Machine, qu'elle donne des réponses correctes, mais qu'on n'en tient pas compte. Elle ne peut contraindre les gens à se conformer à ses décisions.

– Mme Szegeczowska a fait la même réflexion en se référant aux Nordiques en général, il me semble.

– C'est exact.

– Et quels desseins poursuit-on en désobéissant à la machine ? Examinons les mobiles possibles.

– Ils me paraissent évidents et devraient également l'être pour vous. Il s'agit de faire tanguer la barque délibérément. Il ne peut survenir aucun conflit sérieux sur la Terre, provoqué par un groupe ou un autre, désireux d'augmenter son pouvoir pour ce qu'il croit être son plus grand bien, sans se soucier du tort qu'il peut causer à l'Humanité en général, tant que la Machine dirige. Si la foi populaire dans les Machines peut être détruite au point qu'on vienne à les abandonner, ce sera de nouveau la loi de la jungle... Et aucune des quatre Régions ne peut être blanchie du soupçon de méditer une telle manœuvre.

« L'Est détient sur son territoire la moitié de l'humanité, et les Tropiques plus de la moitié des ressources terrestres. Chacune de ces Régions peut se croire la

312

maîtresse naturelle de la Terre, et chacune d
garde le souvenir d'une humiliation infligée pa
Nord, dont elle méditerait de tirer une vengea
insensée, ce qui est en somme assez humain. D'aut
part, l'Europe possède une tradition de grandeur
Autrefois, elle a effectivement dominé la Terre, et il
n'est rien qui ne colle davantage à la peau que le souvenir du pouvoir.

« Pourtant, d'un autre côté, il est difficile de le
croire. L'Est et les Tropiques sont le théâtre d'une
gigantesque expansion dans l'intérieur de leurs territoires respectifs. Tous deux montent à une vitesse
incroyable. Ils ne disposent pas d'énergie à revendre
pour la gaspiller en aventures militaires. Et l'Europe
ne peut rien obtenir que ses rêves. C'est une énigme,
militairement parlant.

– Donc, Stephen, dit Susan, vous laissez le Nord de
côté.

– Parfaitement, dit Byerley énergiquement. Le Nord
est à présent le plus fort, et l'a été depuis près d'un
siècle. Mais il perd relativement du terrain aujour-
d'hui. Les Régions Tropicales se frayent une place au
premier rang de la civilisation, pour la première fois
depuis l'époque des Pharaons, et certains Nordiques
craignent cette éventualité.

« La Société pour l'Humanité est une organisation
nordique, vous le savez, et ses membres ne font pas
mystère de leur hostilité à l'égard des Machines… Ils
sont en petit nombre, Susan, mais c'est une association de gens puissants. Des directeurs d'usines,
d'industries et de combinats agricoles qui détestent
jouer le rôle de ce qu'ils appellent *les garçons de
courses de la Machine,* en font partie. Des hommes
ambitieux en font partie. Des gens qui se sentent assez
forts pour décider eux-mêmes de ce qui leur convient
le mieux, et non pas simplement de ce qui est le mieux
pour les autres.

« En un mot, des hommes qui, en refusant avec ensemble d'appliquer les décisions de la Machine, peuvent d'un jour à l'autre jeter le monde dans le chaos... Ce sont ceux-là mêmes qui appartiennent à la Société pour l'Humanité.

« Tout se tient, Susan. Cinq des directeurs des Aciéries mondiales en font partie, et les Aciéries mondiales souffrent de surproduction. La Cinnabar Consolidated, qui extrayait le mercure aux mines d'Almaden, était une firme nordique. Ses livres sont en cours de vérification, mais l'un au moins des hommes concernés faisait partie de l'association. Un certain Francisco Villafranca, qui à lui seul retarda de deux mois la construction du Canal, est membre de l'organisation, comme nous le savons déjà... il en va de même de Rama Vrasayana, et je n'ai pas été le moins du monde surpris de l'apprendre.

– Ces hommes ont tous mal agi... dit Susan d'une voix calme.

– Naturellement, répondit Byerley, désobéir à la Machine revient à suivre une voie qui n'est pas idéale. Les résultats sont moins bons que prévu. C'est le prix qu'ils doivent payer. On leur fera la vie dure à présent, mais dans la confusion qui va suivre éventuellement...

– Que comptez-vous faire exactement, Stephen ?

– Il n'y a évidemment pas de temps à perdre. Je vais faire interdire la Société, et tous ses membres seront déchus de leurs postes. Désormais tous les cadres et tous les techniciens candidats à des postes de responsabilité devront jurer sur l'honneur qu'ils n'appartiennent pas à la Société pour l'Humanité. Cela signifiera un amoindrissement des libertés civiques fondamentales, mais je suis sûr que le Congrès...

– Cela ne donnera rien !

– Comment ?... Pourquoi pas ?

– Je vais vous faire une prédiction. Si vous vous lancez dans une pareille tentative, vous vous trouverez paralysé à chaque instant. Vous vous apercevrez qu'il est impossible d'appliquer vos mesures et que chaque fois que vous tenterez un pas dans cette direction, de nouvelles difficultés naîtront sur votre route.

Byerley était atterré :

– Pourquoi dites-vous cela ? Je vous avoue que je comptais plutôt sur votre approbation.

– Je ne puis vous la donner tant que vos actions se fondent sur des prémisses fausses. Vous admettez que la Machine ne peut se tromper et ne peut absorber des informations erronées. Je vais vous démontrer qu'on ne peut davantage lui désobéir ainsi que le fait, selon vous, la Société pour l'Humanité.

– Je ne vois pas du tout comment vous le pourriez.

– Alors écoutez-moi. Toute action effectuée par un cadre qui ne suit pas exactement les directives de la Machine avec laquelle il travaille devient une partie de l'information servant à la résolution du problème suivant. Par conséquent, la Machine sait que le cadre en question a une certaine tendance à désobéir. Elle peut incorporer cette tendance dans cette information… même quantitativement, c'est-à-dire en jugeant exactement dans quelle mesure et dans quelle direction la désobéissance se produira. Ses réponses suivantes seraient tout juste suffisamment faussées de telle manière que, aussitôt après avoir désobéi, le cadre en question se trouverait contraint de corriger ces réponses dans une direction optimale. La Machine *sait,* Stephen !

– Vous ne pouvez être certaine de ce que vous avancez. Ce sont là des suppositions.

– Ce sont des suppositions fondées sur une vie entière consacrée aux robots. Il serait prudent de votre part de vous y fier, Stephen.

– Mais alors que me reste-t-il ? Les Machines fonctionnent correctement, les documents sur lesquels elles travaillent sont également corrects. Nous en sommes tombés d'accord. À présent vous prétendez qu'il est impossible de leur désobéir. Alors qu'y a-t-il d'anormal ?

– *Rien !* Pensez un peu aux Machines, Stephen. Ce sont des robots, et elles se conforment aux préceptes de la Première Loi. Mais les Machines travaillent, non pas pour un particulier mais pour l'humanité tout entière, si bien que la Première Loi devient : « Nulle Machine ne peut porter atteinte à l'humanité ni, restant passive, laisser l'humanité exposée au danger. »

« Fort bien, Stephen, qu'est-ce qui peut exposer au danger l'humanité ? Les perturbations économiques par-dessus tout, quelle qu'en soit la cause. Vous n'êtes pas de cet avis ?

– Je le suis.

– Et qu'est-ce qui peut le plus vraisemblablement causer à l'avenir des perturbations économiques ? Répondez à cette question, Stephen.

– La destruction des Machines, je suppose, répondit Byerley à regret.

– C'est ce que je dirais et c'est également ce que diraient les Machines. Leur premier souci est par conséquent de se préserver elles-mêmes. C'est pourquoi elles s'occupent tranquillement de régler leur compte aux seuls éléments qui les menacent encore. Ce n'est pas la Société pour l'Humanité qui fait tanguer le bateau afin de détruire les Machines. Vous avez regardé le tableau à l'envers. Dites plutôt que ce sont les Machines qui secouent le bateau… Oh ! très légèrement – juste assez pour faire lâcher prise à ceux qui s'accrochent à ses flancs en nourrissant des desseins qu'elles jugent pernicieux pour l'humanité.

« C'est ainsi que Vrasayana perd son usine et obtient un autre emploi où il ne peut plus nuire… il n'est pas très désavantagé, il n'est pas mis dans l'incapacité de gagner sa vie, car la Machine ne peut causer qu'un préjudice minime à un humain, et seulement pour le salut du plus grand nombre. La Cinnabar Consolidated se voit dépossédée à Almaden. Villafranca n'est plus désormais un ingénieur civil dirigeant d'importants travaux. Les directeurs des Aciéries mondiales sont en train de perdre leur mainmise sur cette industrie…

– Mais tout cela, vous ne le savez vraiment pas, insista Byerley. Comment pouvons-nous courir de pareils risques en partant du principe que vous avez raison ?

– Il le faut. Vous souvenez-vous de la déclaration de la Machine lorsque vous lui avez soumis le problème ? « Le sujet n'exige aucune explication. » Elle n'a pas dit qu'il n'existait pas d'explication, ou qu'elle n'en pouvait déterminer aucune. Implicitement, la Machine laissait entendre qu'il serait préjudiciable à l'humanité que l'explication fût connue, et c'est pourquoi nous ne pouvons qu'émettre des suppositions et continuer dans la même voie.

– Mais comment l'explication pourrait-elle nous causer un préjudice, en supposant que vous ayez raison, Susan ?

– Si j'ai raison, Stephen, cela signifie que la Machine dirige notre avenir, non seulement par des réponses directes à nos questions directes, mais en fonction de la situation mondiale et de la psychologie humaine dans leur ensemble. Elle sait ce qui peut nous rendre malheureux et blesser notre orgueil. La Machine ne peut pas, ne doit pas nous rendre malheureux.

« Stephen, comment pouvons-nous savoir ce que signifiera pour nous le bien suprême de l'humanité ? Nous ne disposons pas des facteurs en quantité infinie que la Machine possède dans ses mémoires ! Pour vous donner un exemple familier, notre civilisation technique tout entière a créé plus d'infortunes et de misères qu'elle n'en a aboli. Peut-être qu'une civilisation agraire ou pastorale, avec moins de culture et une population moins nombreuse, serait préférable. Dans ce cas, les Machines devront progresser dans cette direction, de préférence sans nous en avertir, puisque dans notre ignorance nous ne connaissons que ce à quoi nous sommes accoutumés... que nous estimons bon... et alors nous lutterions contre le changement. La solution se trouve peut-être dans une urbanisation complète, une société totalement organisée en castes, ou encore une anarchie intégrale. Nous n'en savons rien. Seules les Machines le savent et c'est là qu'elles nous conduisent.

– Si je comprends bien, Susan, vous me dites que la Société pour l'Humanité a raison et que l'humanité a perdu le droit de dire son mot dans la détermination de son avenir.

– Ce droit, elle ne l'a jamais possédé, en réalité. Elle s'est trouvée à la merci des forces économiques et sociales auxquelles elle ne comprenait rien... des caprices des climats, des hasards de la guerre. Maintenant les Machines les comprennent ; et nul ne pourra les arrêter puisque les Machines agiront envers ces ennemis comme elles agissent envers la Société pour l'Humanité... ayant à leur disposition la plus puissante de toutes les armes, le contrôle absolu de l'économie.

– Quelle horreur !

– Dites plutôt quelle merveille ! Pensez que désormais et pour toujours les conflits sont devenus évitables. Dorénavant seules les Machines sont inévitables !

Le feu s'éteignit dans la cheminée et seul un filet de fumée s'éleva pour indiquer sa place.

– Et c'est tout, dit le Dr. Calvin en se levant. Je l'avais compris dès le début, à l'époque où les pauvres robots ne pouvaient pas parler, jusqu'à ce jour où ils se dressent

entre l'humanité et la destruction. Je n'en verrai pas davantage. Ma vie est terminée. Vous verrez bien ce qui arrivera ensuite.

Je ne revis jamais Susan Calvin. Elle est morte le mois dernier à l'âge de quatre-vingt-deux ans.

453

Achevé d'imprimer en Europe (France)
par Maury-Eurolivres – 45300 Manchecourt
le 28 mars 2001.
Dépôt légal mars 2001. ISBN 2-290-31290-8
1er dépôt légal dans la collection : janvier 1976

Éditions J'ai lu
84, rue de Grenelle, 75007 Paris
Diffusion France et étranger : Flammarion